रिया

रिया

एक सीरियल किलर की कहानी

कबीर अहमद

प्रभात
प्रकाशन

प्रकाशक
प्रभात प्रकाशन प्रा. लि.
4/19 आसफ अली रोड, नई दिल्ली-110002
फोन : 011-23289777 • हेल्पलाइन नं. : 7827007777
इ-मेल : prabhatbooks@gmail.com ❖ वेब ठिकाना : www.prabhatbooks.com

संस्करण
प्रथम, 2021

पेपरबैक मूल्य
दो सौ पचास रुपए

मुद्रक
आर-टेक ऑफसेट प्रिंटर्स, दिल्ली

★

RIYA : Ek Serial Killer Ki Kahani
novel by Kabir Ahmed

Published by **PRABHAT PRAKASHAN PVT. LTD.**
4/19 Asaf Ali Road, New Delhi-110002

ISBN 978-93-90900-19-0

₹ 250.00 (PB)

1

"आज तो रविवार है पिताजी! फिर आप क्यों जा रहे हैं?"— रिया ने मुँह बिगाड़कर प्रश्न किया।

"थोड़ा काम है, मैं जल्द वापस आ जाऊँगा।"

"पिताजी! आपने वादा किया था कि रविवार को आप घर पर ही रहेंगे।"—रिया दोबारा रूठकर बोली।

"अरे बाबा! मैं यूँ गया और यूँ आया, आपके लिए चॉकलेट भी लेकर आऊँगा।" रिया के पिता उसे मनाते हुए बोले।

"रिया चलो, अपना होमवर्क करो, पापा को परेशान नहीं करते।"—थोड़े रुक्ष स्वर में रिया की माँ ने कहा।

माँ की आवाज सुनते ही रिया होमवर्क करने चली गई।

रिया महज 8 वर्ष की और उसका बड़ा भाई कबीर लगभग 14 वर्ष का है। कहने के लिए रिया छोटी थी पर उसके बचपन और हुकूमत की वजह से घर में दादी कहलाती थी। कबीर अपनी बहन से बेहद प्यार करता।

रिया और कबीर के पिता, ताज होटल में मैनेजर की नौकरी करते थे। खुशियों का संबंध दौलत से नहीं होता, यह इनके परिवार में बखूबी नजर आता। इनका परिवार बहुत ही साधारण था। छोटा परिवार, नन्ही सी गुड़िया जैसी रिया और कबीर मासूम सा लड़का। पिता अपने दोनों पुत्र-पुत्री से बहुत प्यार करते थे। उनकी सारी ख्वाहिशों को पूरा करते, चाहे वह कितनी बड़ी हो। रिया की मम्मी हाउसवाइफ थी। वह इतना स्वादिष्ट खाना पकाती थी कि कभी रेस्टोरेंट जाने की जरूरत ही नहीं पड़ती। रिया के पापा हमेशा कहते,

ऐसा तो ताज होटल में भी नहीं बनता, जितना स्वादिष्ट भोजन रिया की मम्मी पकाती हैं।

छोटा सा परिवार हँसता-खेलता, खिलखिलाता ऐसा लगता कि इनका परिवार दुखों के बादल से लाखों कोस दूर हो। ऐसा लगता था कि कभी बुरा वक्त इनके आसपास भी नहीं मँडरा सकता। पर वक्त को जो चाहता है वही होता है, चाहे कोई कितना भी कुछ कर ले, उन्हें वक्त के सामने घुटने टेकने ही हैं।

रिया के पापा हर दिन की तरह 9:00 बजे अपने कार्यस्थल से घर पहुँचे।

"पापा! आपने कहा था मेरे जन्मदिन पर ताज होटल लेकर चलेंगे, कहीं आप भूल तो नहीं गए न?"—कबीर ने प्यार से सवाल किया।

"अरे बाबा, अभी तो काम से आ रहा हूँ। साँस तो लेने दो कबीर, मैंने आपसे कहा है न लेकर जाऊँगा तो समझ लो लेकर जाऊँगा और वैसे भी जन्मदिन तो तुम्हारा 26 नवंबर को है, अभी बेटा 8 दिन बाकी हैं। मैं वादा करता हूँ, लेकर चलूँगा।"—पिता ने सहज स्वर में जवाब दिया।

"8 दिन बाकी तो हैं पर, मुझसे रहा नहीं जा रहा है। ताज होटल में बहुत सेलिब्रिटी आते-जाते हैं न पापा!"—कबीर ने जिज्ञासा से पूछा।

"हाँ आते तो हैं, पर वह तुमसे थोड़ी मिलेंगे, पागल! जाओ चाय लेकर आओ।"—कबीर की बातों को सुनकर पिता ने हँसते हुए आदेश दिया।

और तभी माँ चाय लेकर आ गई और कबीर के पिता को देते हुए बोली—"जन्मदिन से ज्यादा खुशी तो इसे ताज होटल जाने की है। पूरे दिन ताज होटल के सपने देखता है।"

"लेकर जाऊँगा बेटा, डोंट वरी!"—पिता ने कबीर को भरोसा दिलाते हुए कहा।

कबीर की खुशी का ठिकाना नहीं रहा। पता नहीं ताज होटल में क्यों जाना चाहता था, शायद फिल्मों में अकसर देखा करता था, इसलिए उसे जाने की जिज्ञासा थी।

"रिया कहाँ है ?कहीं दिखाई नहीं दे रही है ?"—रिया के पापा ने थोड़े चिंतित स्वर में रिया की मम्मी से पूछा।

"रिया लगभग 2 घंटे से सो रही है, अब आप ही अपनी रिया को उठाओ। मुझे बरतन धोने जाना है। रसोईघर का सामान सब बिखरा पड़ा हुआ है।"—मम्मी गुलाब की मीठी मुसकराहट देकर रसोई घर में चली गईं।

रिया के पिता रिया को जगाने के लिए उसके रूम में गए।

"मेरी बेटी कुंभकरण हो गई है क्या ? उठो बाबा! उठो देखो! आपके पिता आपके लिए चॉकलेट लाए हैं।"—रिया के पिता ने प्यार से जगाते हुए कहा।

"सच्ची मुच्ची पापा!"—रिया बेड पर अँगड़ाई लेते हुए बोली।

चॉकलेट का नाम सुनते ही रिया झटपट उठ गई और चॉकलेट खोलकर खाने लगी। घर में अगर किसी को सबसे ज्यादा प्यार मिलता था तो वह थी रिया, इस बात से कबीर गुस्सा नहीं होता था, क्योंकि वह खुद ही रिया से बेहद प्यार करता था।

कबीर के लिए उसकी बहन ही उसकी दुनिया थी। कबीर ने अपने पिता से कहा था, अगर वह जब भी कुछ खाने का लाएँ तो सबसे पहले रिया को दें फिर मुझे। कबीर की गुड़िया थी रिया, वैसे कबीर खुद चोट खा लेता था, पर रिया को खरोंच तक नहीं आने देता। ऐसे था उसका भाई कबीर जब भी दोनों सोसाइटी के पार्क में खेलने जाते तो कबीर खेलने से ज्यादा रिया का खयाल रखता, कहीं रिया को चोट न लग जाए। इस बात से कबीर के पापा और मम्मी बहुत खुश थे कि हमारा लड़का इतना होनहार है कि अपनी बहन का खयाल इतने अच्छे तरीके से रखता है। जितना रिया के पापा उसका ध्यान नहीं रखते थे, उससे कहीं ज्यादा कबीर रिया का खयाल रखता था। कबीर रिया का होमवर्क रातों-रात पूरा कर देता, ताकि रिया को स्कूल में टीचर के हाथों मार खाने की नौबत न आए। दोनों एक ही स्कूल में थे। कबीर बाथरूम पूरे दिन में 10 बार चक्कर लगाता और आते-जाते रिया की क्लास में दरवाजे

की आड़ में देख लेता था कि मेरी बहन ठीक तो है न। सच में कबीर और रिया दोनों बहुत ही प्यारे भाई-बहन थे।

हँसता-खेलता जीवन इनका बहुत ही आनंद से व्यतीत हो रहा था। इनके जीवन में खुशियों ने बहुत ज्यादा जगह बना ली, शायद इसीलिए इन्हें किसी की नजर लग गई। वो पल बहुत समीप आ गया, जिसका शायद इंतजार नहीं था। जिसकी खुशियों के मटके भर चुके थे, हर वक्त इनके विपरीत होनेवाला था। जहाँ इनके सपनों में भी बुरे समय ने जगह नहीं ली थी, वहाँ हकीकत अपनी जगह बनानेवाली थी। बुरा वक्त न आए इसकी चेष्टा कौन नहीं करता, पर होनी को कौन टाल सकता है।

कबीर का जन्मदिन आखिर आ ही गया, यह दिन इनके परिवार के लिए गुलजार होने जा रहा था।

26/11 के दिन!

"पापा! मैं परी वाली ड्रेस पहन लूँ?आज ताज होटल जाना है न?"—रिया ने मुसकराते हुए कहा।

"आप जो भी ड्रेस पहनो, मेरी बेटी परी ही लगेगी और रही परी वाली ड्रेस, हाँ मेरी बेटी पहन लो।"—पापा प्यार भरे स्वर में बोले।

"वहाँ बड़े-बड़े लोग आते हैं न, इसके लिए मुझे पहनना पड़ेगा।"

"मेरी बेटी को कैसे पता, बड़े-बड़े लोग आते हैं?"—पापा ने आश्चर्य भरे स्वर में पूछा।

"कबीर ने कहा पापा।"—रिया ने जवाब दिया।

"कबीर आपसे बड़ा है, तो आप उसे भैया क्यों नहीं कहते?" पापा ने सवाल किया।

कबीर अचानक अपने रूम से आया और कहा—"नहीं पापा, कबीर कहना तो अच्छा लगता है।"

"इतनी जल्दी तैयार हो गए कबीर।"—कबीर को तैयार देखते हुए पापा ने थोड़ी हैरानी से पूछा।

"यह तो 7:00 बजे से ही तैयार है। आपका ही इंतजार कर रहा है।"—कबीर की मम्मी सहज भाव में बोली।

"पापा-मम्मी जल्द तैयार हो जाएँ।" रिया और कबीर अपने रूम में बैठकर इंतजार कर रहे थे।

"मैं कैसी लग रही हूँ कबीर?"—रिया ने अपने भाई से पूछा।

"मेरी बहन इस दुनिया की सबसे खूबसूरत लड़की लग रही है।"—कबीर ने रिया के सर पर हाथ सहलाते हुए प्यार से कहा।

कबीर के माता-पिता अपने रूम में तैयार हो रहे थे। तभी रिया की माँ ने चिंतित स्वर से पूछा—"आपके पास पैसे तो हैं न ताज होटल में खाने के लिए?"

"पिछले महीने बोनस मिला था, फिकर न करो और आप तैयार हो जाइए बेगम साहिबा। वैसे भी दोनों की खुशी में ही तो हमारी खुशी है, देखो! कितना खुश है। कबीर तो 1 महीने पहले से ही चिल्ला रहा है, कैसे नहीं जानते··? तुम पैसों की टेंशन न करो, मेरे पास रुपए हैं।" यह कहते हुए बाथरूम में चले गए।

कुछ क्षण बाद सफेद रंग की गाड़ी ने घर के सामने दस्तक दे दी। कबीर और रिया भागते हुए आगे की सीट पर जाकर बैठ गए। रिया लाल रंग की परी ड्रेस में बेहद खूबसूरत दिख रही थी। गुलाब की नई पँखुड़ियों की तरह। कुछ क्षण बाद रिया और कबीर गाड़ी में बैठकर बेसब्री से चिल्लाने लगे—"मम्मी-पापा जल्दी से आओ।" कई बार दोनों ने मिलकर यह कारनामा किया।

"आ रहे हैं बेटा! घर में ताला तो लगा दूँ।"—माँ ने दबे स्वर में चिल्लाते हुए कहा।

इन दोनों के कारनामे देखकर माता-पिता हँस रहे थे।

और धीरे-धीरे कदम बढ़ाते हुए, कबीर के माता-पिता गाड़ी के पास आए। रिया और कबीर की बेसब्रियाँ खत्म हुईं, माता-पिता दरवाजा खोलकर हलकी मुसकान के साथ गाड़ी में बैठ गए। रिया के पापा ने ड्राइवर को चलने के लिए संकेत दिया और गाड़ी वहाँ से अपनी मंजिल की तरफ रवाना हो गई।

लगभग 8–9 बजे रात्रि के समय।

धीरे–धीरे ट्रैफिक को चीरते हुए गाड़ी निकल रही थी और जिंदगी की असली कलई खुलने का वक्त आ रहा था। कबीर और रिया दोनों आपस में बातें कर रहे थे। पापा और मम्मी पीछे की सीट पर दोनों हाथों पर हाथ रखकर सुकून भरी साँसें ले रहे थे। रिया और कबीर बेसब्री से इंतजार कर रहे थे, ट्रैफिक गायब हो और जल्द–से–जल्द हम ताज होटल पहुँचे।

"सच कहूँ रिया की मम्मी! आज मेरा बिल्कुल मन नहीं था आने का, पर मैं बच्चों के साथ आया उनकी जिद की वजह से।"—पिता ने थोड़े उदास स्वर में कहा।

"आपने पहले क्यों नहीं बताया, हम नहीं आए होते, किसी और दिन कबीर का जन्मदिन सेलिब्रेट करते"—रिया की माँ चिंता जाहिर करते हुए बोली।

और ताज होटल तभी करीब आ गया, गाड़ी एक साइड में रुक गई।

"ऐसा कुछ नहीं है, थोड़ा मन उदास था और कुछ नहीं, देखो! ताज होटल भी आ गया।"—दबी मुसकराहट के साथ रिया के पिता ने बात सँभालते हुए कहा। कबीर ने गाड़ी का दरवाजा खोला और रिया का हाथ पकड़कर उसे उतारा। रिया और कबीर दोनों एक नई उमंग के साथ उतरे और कबीर के पापा ने अपनी जेब से पचासी रुपए निकालते हुए ड्राइवर को दिए और एक–दूसरे को खुशी जाहिर करते हुए चेहरा देखने लगे, फिर चारों एक–दूसरे का हाथ पकड़कर ताज होटल में प्रविष्ट हुए।

"अरे साहब ! आपकी छुट्टी है फिर यहाँ कैसे ?"—वहाँ के एक स्टाफ ने आश्चर्य से रिया के पिता से पूछा।

"मेरे बेटे कबीर का जन्मदिन है और यह मेरी बेटी रिया है। मेरी पत्नी साध्वी। आज मैं आपका स्टाफ बनकर नहीं, बल्कि एक कस्टमर बनकर आया हूँ।"—कबीर के पिता उस स्टाफ के साथ ठहाके लगाते हुए और अपने परिवार का परिचय कराते हुए बोले।

"हैप्पी बर्थडे कबीर!"

"थैंक यू!"—कबीर ने जवाब दिया।

"वेलकम सर फिर आज मुझे आपको सर कहना पड़ेगा।"

"ऐसा कुछ नहीं है यार!"—कबीर के पिता ने उस स्टाफ से कहा।

चारों लोग अब धीरे-धीरे अंदर आ गए थे तभी—

"भाभीजी नमस्ते! आपके दोनों बच्चे प्यारे-प्यारे हैं!"—किसी दूसरे स्टाफ ने पूछा?

"हाँ मेहता साहब! यह मेरे प्यारे बच्चे हैं!"—कबीर के पिता खुशी जाहिर करते हुए बोले।

कबीर के पिता के ताज होटल में काम करने की वजह से चारों तरफ उनकी जान-पहचान वाले ही थे। जिससे वे एक-एक कर सबसे अपने परिवार का परिचय करा रहे थे।

पर कबीर और रिया ताज होटल की वेशभूषा को निहार रहे थे। वे बेचैन थे, कि कब हम खाने बैठे।

□

2

कबीर के पिता ऐसे ही कार्यकर्ता के पास खड़े होकर अपने दोस्त मेहता साहब से बातें कर रहे थे। तभी एक गोली सनसनाती हुई कबीर के पापा की कनपटी पर लगी। धीरे-धीरे गोलियों की बरसात होने लगी, ऐसा लगा कि गोलियाँ बारिश के ओले बनकर धड़ाधड़ लोगों को छलनी कर रही हैं। चारों तरफ गोलियों की झुनझुनाहट, तड़...तड़...तड़...तड़...बरसने लगी। अपनी जान की परवाह करते हुए वहाँ से लोग इधर-उधर भागने लगे, गोलियों की आवाज से पूरा हॉल दहल उठा, लोगों को सोचने तक का वक्त नहीं मिला, जान की परवाह करते हुए लोग इस कोने से उस कोने में छुपते रहे। आतंकवादियों की बंदूक से निकली गोलियों ने न ही बूढ़ा देखा, न ही बच्चा देखा, न ही जवान देखा, आतंकवादियों की एक छोटी अँगुलियों के ऊपर लोगों के मरने के नसीब लिखे थे। उनकी बंदूक से निकली गोलियाँ लोगों को छलनी करती हुई जा रही थीं। कुछ ही क्षण में खून पूरे फर्श पर पानी की तरह फैल गया। लोगों ने इधर-उधर भागकर अपनी जान बचाई, पर आतंकवादी ने ढूँढ़कर उन्हें भी मारा, किसी को नहीं छोड़ा, जैसे उन्हें जान लेने का भूत सवार था। न जाने उस दिन कितनी कहानियाँ खत्म हो गईं। देश-विदेश से आए लोगों ने भी अपनी जान गँवाई। आज का दिन एक काले दिन की तरह हो गया, कबीर का परिवार 26/11 को जन्मदिन मनाने आया था और आज के दिन मरण दिन मना बैठा।

उन्हीं परिवारों में से कबीर का परिवार भी था, जो एक खुशी के साथ जन्मदिन मनाने आए थे।

हुआ कुछ ऐसा कि—

उस भीड़ में इधर-उधर भागते हुए, न जाने कब रिया का हाथ कबीर के हाथ से छूट गया, और जैसे ही कबीर का हाथ रिया के हाथ से छूटा, वह अपना हाथ मम्मी के हाथ से छुड़ाते हुए रिया की तरफ भागा, चिल्लाता रहा''' रिया'''रिया.. रिया'''और उस भीड़ में न जाने कब रिया पल भर में कहाँ खो गई, उसी वक्त माँ की तरफ से बंदूक की गोलियों की आवाज आई। कबीर दुबारा अपनी माँ की तरफ भागा, पर वह जब तक आया माँ की लाश फर्श पर पड़ी हुई थी। यह मंजर देखते हुए कबीर के चेहरे पर जमाने भर के जैसे दर्द फूट गए हों, और वह वहीं रोता हुआ बेहोश हो गया।

चारों तरफ हाहाकार, दहशत, पल भर में सब बिखर सा गया, कबीर के परिवार की तरह न जाने कितने मासूम परिवारों ने वहीं दम तोड़ दिया। उन गोलियों के सामने सभी को फर्श पर खून के साथ लथपथ होना पड़ा। वह हॉल नर्क से भी बदतर हो गया, जैसे ऐसी सजा शायद भगवान् भी न दे किसी को, पर यह सजा पानेवाले वहाँ ठहरे हुए लोग ही थे। पर यह सजा थी या एक बुरा सपना, इन दोनों में फर्क करना मुश्किल है।

उस हॉल में मौजूद केवल कबीर ही उन आतंकवादियों की नजर से बचा हुआ था, वह शायद बेहोश न होता तो उसे भी उन्हीं लोगों के साथ अपना जीवन न्योछावर करना पड़ता, जो टूटे शीशे की तरह फर्श पर बिखरे पड़े हुए थे, कबीर खुशनसीब रहा कि वह उसी वक्त बेहोश हुआ और शायद ऊपर वाले ने उसकी जान बख्श दी।

गोली चलानेवाले भी इनसान थे और गोली खानेवाले भी इनसान ही थे, बस फर्क यही था कि गोली चलानेवाले इनसान के रूप में एक जानवर व जाहिल इनसान थे, जो सदियों से देश के लिए दर्दनाक तसवीर छोड़कर गए, जब भी 26/11 तारीख आएगी, तब-तब देश को यह मंजर याद आएगा। जिन्होंने इस दिनांक पर अपने परिवार को खोया है, उनके लिए यह मंजर किसी श्राप के बराबर होगा। जिन्होंने अपने पूरे परिवार को खोया है, शायद वे बयाँ भी न कर पाए। सोचने पर डर लगता है, कभी हम अपने परिवार के साथ

खुशी से किसी होटल या रेस्टोरेंट में यह सोचकर जाएँ कि आज हम भरपेट अपने परिवार के साथ खाना खाएँगे और अचानक हमारे साथ यह दर्दनाक हादसा हो जाए, तो कैसा मंजर हो जाएगा, हमें सोचने में भी डर लगता है, पर जिन्होंने अपना परिवार, अपना सबकुछ खोया हो उन्हें किस तरह महसूस होता होगा। 26/11 उस दिन पर कबीर ने अपना सबकुछ खो दिया, क्या इस दिन पर वह अपना दोबारा जन्मदिन कभी मना पाएगा?

जब भी यह तारीख उसके सामने आएगी, उसके सामने हमेशा अपने माता-पिता की मरी हुई तसवीर आएगी, क्योंकि इस काले दिन के दिनांक पर प्यार करनेवाले माता-पिता ने कुर्बानी दी है, और खासकर बेहद प्यारी रिया का चेहरा बार-बार सामने आएगा, जो महज सिर्फ 8 वर्ष की थी।

हम हमेशा सोचते हैं कि हमारी तकलीफ सबसे बड़ी है और दुनिया में बहुत ऐसे लोग हैं, जिसमें 'तकलीफ' शब्द जैसे उनके लिए बनाया गया हो।

माता-पिता का साया कबीर से लाखों कोस दूर हो गया। बस उसके एकमात्र मामा थे, बाकी परिवार में या दूर की रिश्तेदारों में भी कोई नहीं था, यह परिवार हँसता-खेलता नैनो गाड़ी की तरह बहुत छोटा-सा था, छोटी-सी दुनिया थी इनकी, अब शायद इतनी छोटी हो गई कि केवल एक इनसान बचा है—'कबीर'

"मैं यहाँ क्यों हूँ? मैं यहाँ कैसे आया हैं? रिया कहाँ है…पापा…मम्मी…मामा…मैं कहाँ हूँ… ?" वेंटिलेटर पर पड़े बौखलाहट जाहिर करते हुए कबीर ने कहा।

"कबीर सँभालो अपने आपको, तुम यहाँ 10 दिन से पड़े हो। आज तुम्हें होश आया है।"—मामा शांत करते हुए बोले।

"मैं 10 दिन से यहाँ हूँ!…मेरी रिया!…तो मेरी रिया कहाँ है?…वह यहीं बाहर है न? उसे आप बुलाओ न।" कबीर के बौखलाहट भरे स्वर के स्थान पर बेबसी ने जगह बना ली।

"मेरी बात ध्यान से सुनो, तुम घर चलना, रिया वहीं पर मिलेगी और

आज तुम आराम करो, कल तुम्हें छुट्टी मिलेगी…बेटा।"—मामा ने प्यार से समझाते हुए कहा।

"मैं बिल्कुल ठीक हूँ मामा।"

"फिर भी डॉक्टर ने कहा है। 1 दिन आराम करने के लिए।"

"पर मैं बिल्कुल ठीक हूँ मामा।"

"जिद नहीं करते बेटा, प्लीज!"

"ठीक है आज के दिन मैं रुक जाता हूँ, पर आप रिया का ध्यान रखना।"—कबीर ने चिंता जाहिर करते हुए मामा से कहा।

"तुम फिकर न करो।"—यह कहते हुए मामा कबीर को बेड पर लेटाकर वहाँ से बाहर आ गए। बाहर आते ही कबीर के मामा जोर-जोर से रोने लगे, शायद इसीलिए क्योंकि रिया मर चुकी थी।

मामा के दिमाग में बस यही घूम रहा था, वे किस तरीके से कबीर को बताएँगे कि रिया अब इस दुनिया में नहीं है, रिया मर चुकी है। मामा बेचैन-से हो गए, क्योंकि उन्हें इन किस्सों के बारे में खबर थी, कबीर अपनी बहन के बहुत ही करीब था और बेहद प्यार करता था, कबीर को कैसे सँभालेंगे? यह बात उनकी चिंता बढ़ाए जा रही थी, कहीं कबीर की तबीयत दोबारा न बिगड़ जाए, यही सब सोचकर उनकी आँखों में आँसू भर आते थे।

पूरा दिन मामा ने यही सोचकर निकाल दिया। उनकी पूरी हालत एक थके हुए इनसान की तरह हो गई। अगले दिन हॉस्पिटल में प्रवेश किया, कबीर को घर ले जाने के लिए।

"मामा! आपकी आँखें क्यों लाल हैं?"—कबीर ने थोड़े चिंतित स्वर में पूछा।

"कुछ नहीं, यह तो बस रात में सही से नींद नहीं आने का कारण है।"—मामा ने बात बदलते हुए जवाब दिया और फिर मामा ने कबीर से सवाल किया।

"कैसी लग रही है तबीयत तुम्हारी?"

"मैं ठीक हूँ मामा, क्या रिया नहीं आई यहाँ पर ?" रिया को न देखते हुए कबीर ने भारी मन से पूछा।

"अरे बेवकूफ ! जब 2 घंटे में यहाँ से चलना है तो क्यों लेकर आता, घर पर ही चलकर रिया से मिल लेना।" मामा ने स्वभाव के विपरीत जवाब दिया।

कुछ घंटों के बाद कबीर और मामा हॉस्पिटल से डॉक्टर की मंजूरी लेने के बाद वहाँ से घर की तरफ निकल पड़े। हॉस्पिटल में कबीर का कोई चार्ज नहीं लगा था, क्योंकि उस हॉस्पिटल में घायल इनसानों का खर्च गवर्नमेंट की तरफ से दिया गया था। सारे इलाज का खर्चा सरकार ने उठाया था।

पुलिस ने हॉस्पिटल की गाड़ी से छोड़ने के लिए कहा, पर मामा खुद की गाड़ी लेकर आए हुए थे, आते वक्त पूरे रास्ते दोनों खामोश थे, मामा के चेहरे पर हवाइयाँ उड़ी हुई साफ नजर आ रही थीं।

दोनों घर पहुँच आए, कबीर कार का दरवाजा खोलते हुए तुरंत दौड़ते हुए घर में घुस गया और जोर-जोर से चिल्लाने लगा···रिया···रिया···देखो मैं आ गया हूँ। पागलों, जैसे पूरे घर में रिया को तलाश करने लगा। मामा आकर सोफे पर बैठ गए, कबीर आया और बेचैनी से बोला—"मामाजी ! रिया कहाँ है ? आपने कहा घर पर है, मैं पूरा घर तलाश कर चुका, रिया कहीं नहीं दिखी ?"

कुछ क्षण तक मामा चुप रहे।

"मुझसे कोई बात छुपा रहे हैं आप, कहाँ है मेरी रिया ?" कबीर ने छटपटाते हुए रुआँसे स्वर में पूछा।

"रिया···अअअअअ···! वह मतलब रिया यहीं-कहीं है, शायद।"—मामा ने बड़बड़ाते हुए जवाब दिया।

कुछ क्षण तक कबीर अविश्वासपूर्वक मामा को घूरता रहा।

"कहाँ है रिया ? मामा आपको मेरी कसम, आप मुझे बताओ रिया कहाँ है ? आपके चेहरे से नहीं लगता कि रिया यहाँ पर है।" इस सवाल में कबीर हाथ जोड़कर मामा से विनती करने लगा।

"पहले तुम मेरे सवाल का जवाब दो। उस दिन ताज होटल में रिया कहाँ थी?"—मामा ने गंभीर स्वर में पूछा।

"मेरे साथ ही थी मामा···पर क्यों? अचानक यह सवाल क्यों"—कबीर ने पूछा।

"तुम शुरू से बताओ, उस दिन क्या हुआ था? सब सही से सोचकर बताना।"

"हम होटल में प्रविष्ट हुए, तभी रिया ने मेरे कान में फुसफुसाते हुए कहा; मैं आज पनीर खाऊँगी। फिर हम सब एक-दूसरे का हाथ पकड़कर अंदर आए, एक स्टाफ के व्यक्ति मिले, वे पापा से बात करने लगे, तभी वहाँ से आगे चलते-चलते एक और पापा के मित्र मिले, जैसे पापा ने उनसे बात करने की कोशिश की···" यह बताते हुए कबीर रोने लगा।

"हिम्मत रखो कबीर! आगे क्या हुआ?"—मामा ने दोबारा पूछा।

कबीर ने अपने आँसू पोंछते हुए कहा—"फिर वहाँ पर, पहली गोली पापा को लगी और लोग इधर-उधर भागने लगे, मेरा हाथ रिया के हाथ से न जाने कब छूट गया, मैं उसके पीछे भागा, कुछ दूर तक तभी माँ की चिल्लाने की आवाज आई। अचानक मैंने अपने कदमों को पीछे मोड़ लिया, तुरंत माँ के पास पहुँचा तो देखा माँ भी फर्श पर पड़ी हुई खून से लथपथ थीं, फिर उसके आगे मुझे क्या हुआ? कुछ याद नहीं शायद, मैं उसी क्षण बेहोश हो गया था।"

कुछ क्षण तक दोनों चुप्पी साधे हुए थे।

"पर मेरी रिया कहाँ है मामा?"

"उस होटल में 31 लोग मरे हुए थे, पर उनमें रिया नहीं थी। होटल के फर्स्ट फ्लोर पर एक धमाका हुआ, उसी स्थान पर एक जला हुआ शव मिला, जो बिल्कुल रिया के कद काठी जैसा था।···कपड़े भी···रिया अब इस दुनिया में नहीं है···कबीर।···" यह कहते-कहते मामा जोर से रोने लगे।

कबीर अचानक अपने स्थान से खड़ा हुआ, जैसे किसी ने सीने में खंजर से वार किया हो, अचानक हैरान होकर कहा—"मामा यह नहीं हो सकता!···

मामा यह बिल्कुल नहीं हो सकता!···मामा यह हो ही नहीं सकता!"

"हुआ है बेटा, इस सच्चाई को तुम्हें मानना ही पड़ेगा···मैं 10 दिनों से यही सोच रहा था, यह कहानी कैसे व्यक्त करूँगा तुम्हारे सामने।"

"फिर आपने क्यों कहा कि रिया घर पर है?" रोते-रोते कबीर ने सवाल पूछा।

"क्या करता बेटा, मेरे पास और कोई रास्ता नहीं था।"

"पर।···"

"मैं नहीं चाहता फिर से तुम्हारी तबीयत और भी बिगड़ जाए।"

"अब सबकुछ खत्म हो गया मामा···सबकुछ खत्म हो गया···मेरे लिए कुछ नहीं है।"

"तुमने जिस तरह से अपनी बहन को खोया है, उसी तरह मैंने भी अपनी बहन को खोया है। मैं दर्द समझ सकता हूँ।"—मामा ने रोते हुए कहा।

"सब मेरी ही गलती है मामा! काश मैं जिद नहीं करता वहाँ जाने की तो आज मेरा पूरा परिवार मेरे साथ होता, मैंने ही अपने परिवार को मारा है, मामा! आपकी बहन व जीजा का कातिल मैं हूँ।"—अपने आपको दोष देते हुए कबीर ने कहा।

"खुद को दोष मत दे कबीर, ऊपरवाले को शायद यही मंजूर था, पर तू दिल छोटा मत कर···मैं हूँ तेरे साथ।"—मामा ने धैर्यपूर्वक स्वर में कबीर को अपने सीने से लगाते हुए कहा।

"मैं जीना नहीं चाहता मामा!" यही कहते हुए कबीर दोबारा बेहोश होकर फर्श पर गिर पड़ा।

कुछ वक्त के बाद कबीर को होश आया। पर मामा बहुत चिंतित हो उठे थे, क्योंकि दिन-प्रतिदिन कबीर को सँभालना बेहद मुश्किल हो गया था, उनको समझ नहीं आ रहा था, वह क्या करें? उन्होंने बड़ी मुश्किलों से अपने आपको काबू करके कबीर को सँभाल रखा था।

शाम के वक्त।

"खाना खा ले बेटा! दवाई भी खानी है।" मामा ने कहा।

"मुझे भूख नहीं है।"

"हॉस्पिटल से आने के बाद तूने अभी तक कुछ नहीं खाया है, खाना खा ले वरना और भी बीमार पड़ जाएगा।"

"बीमार तो जिंदगी ने कर दिया है, अब मैं हमेशा बीमार ही रहूँगा।"

"धैर्य रख बेटा, बुरा वक्त है अभी''इस वक्त में जो खुद को सँभाल लिया तो सँभल जाएगा''जो टूट गया तो हमेशा के लिए टूट जाएगा।"

"अभी मेरी उम्र ही क्या हुई है मामा कि मैं बुरा वक्त देखूँ, माँ के हाथ से खाना, शाम को पापा के ऑफिस से आने की खुशी, रिया के साथ दिनभर खेलना, उसका खयाल रखना। अभी तो मेरा जीवन शुरू हुआ था मामा, सच कहूँ तो मामा मुझे घुटन सी हो रही है, अब मुझे जीना ही नहीं है।"

"मैं मानता हूँ। हमारे साथ बुरा हुआ पर,अभी तुम्हारी उम्र ही कितनी है। तुम्हारी उम्र में लाखों लड़के इस देश में गरीबी से भूखे पेट सो रहे हैं, उन्हें पता नहीं उनके माता-पिता कौन हैं? पर उन्होंने कभी जीवन न जीने का हौसला न छोड़ा।"—मामा कबीर को मोटिवेट करते हुए बोले।

"हाँ, तो मेरी गलती है। मैंने ऐसे परिवार में जन्म क्यों लिया? इससे सही यह रहता कि भगवान् मुझे एक रोड के किनारे जन्म दे देता, यह सब देखना नहीं पड़ता।" कबीर ने कड़कड़ाती आवाज में कहा।

"सब ठीक हो जाएगा कबीर, अपने आप पर काबू रखो।"

"मेरा भाग्य ही खराब है।"

"भाग्य खराब नहीं है बेटा, किस्मत या भाग्य इनसान के कर्म से तय होता है। इनसान अपनी गलतियों को किस्मत पर थोपकर उसे सौभाग्य या दुर्भाग्य का नाम देता है, यह दुर्घटना है बेटा। इसें तुम्हें स्वीकार करना ही पड़ेगा। यह जीवन भगवान् का उपहार है, तुम्हें इसे खुद से ज्यादा खूबसूरत बनाना होगा, बॉर्डर पर शहीद हुए जवान, कभी रेल यात्रा में, कभी हवाई जहाज में क्रैश होते हैं, लाखों लोग अपने परिवार को खो देते हैं, इसका

मतलब यह नहीं कि सभी लोग जीना छोड़ दें।"

"पर मामा मैं ही क्यों मिला इस दुनिया में, मेरी किस्मत खराब है शायद इसीलिए न!"

"नहीं बेटा, भगवान् पर भरोसा रखो। सब सही होगा।"—मामा ने समझाते हुए कहा।

"भगवान् पर भरोसा मरते समय भी न करूँ।"—यह कहते हुए कबीर बेड पर मामा के विपरीत मुख करके, तकिए से लिपटकर रोने लगा।

मामा कुछ कहना चाहते थे, परंतु नहीं कहा, वहाँ से जाना मुनासिफ समझा... तब भी उनके दिमाग में यही घूम रहा था कि कबीर को कैसे सँभालेंगे। मामा दिन-पर-दिन चिंतित हुए जा रहे थे।

मामा एक अच्छे और निष्ठावान इनसान हैं। वे डाक विभाग के कर्मचारी हैं, कबीर के मामा स्वाभिमानी पुरुष हैं, मामा हमेशा यह सोचते कि इस हादसे का बुरा असर न हो, गलत रास्ता न चुन ले। मामा कबीर का पल-पल ध्यान रखते थे, उसका सही से पालन-पोषण करते, धीरे-धीरे कुछ दिन बीत गए।

□

3

"वैसे मामा, उस दिन क्या हुआ था, उस हॉल में वे लोग कौन थे, जिन्होंने मासूमों को कत्लेआम कर दिया?"—कबीर ने प्रश्न पूछा।

मामा हिचकिचाए, पर गंभीर स्वर में बोले—"26/11 तारीख एक खौफनाक दिन तुम्हारे लिए तो था ही, पर देश के लिए भी उतना ही था। भारत के ऊपर सबसे बड़ा आतंकी हमला हुआ, यही नहीं पूरे देश में हाहाकार मच गया। जो मंजर शायद फिल्मों में लोगों ने देखा हुआ था, उस दिन हकीकत में रूबरू हुआ। इस दिन को भुला पाना बहुत मुश्किल है, खासकर जिन्होंने तुम्हारी तरह अपने परिवार को खोया है। 31 लोग तो ताज होटल में अपनी जान गँवा बैठे और भी जगहों पर धमाका-गोलीबारी हुई थी, लश्कर-ए-तैयबा के 30 आतंकवादी यहाँ आए थे, लोगों की जान लेने।"

"लश्कर-ए-तैयबा?"—कबीर के स्वर में आश्चर्य का भाव था।

"यह आतंकवादी संगठन है, जो पाकिस्तान से आए हुए थे, 160 लोगों से ज्यादा जानें लीं और 300 के करीब लोगों को घायल किया।"

"पर कैसे…"

"10 आतंकवादी कराची से मुंबई नाव के सहारे आए, समुद्र के रास्ते से इन्होंने इस कदम का आगाज किया। इन नाव पर चार भारतीय सवार थे, जब तक किनारे पर आए उन्हें भी खत्म कर दिया, फिर वहाँ से कोलाबा के पास तुम्हारे दोस्त का जिस तरफ घर है उसके पिछले हिस्से मछली बाजार पर उतरे। उन्होंने रात के तकरीबन 9:30 बजे मुंबई के छत्रपति शिवाजी टर्मिनल

पर गोलीबारी की, वहाँ दो आतंकवादियों ने घटना को अंजाम दिया। मोहम्मद अजमल और कसाब को पुलिस ने पकड़ लिया, शिवाजी टर्मिनल पर 52 लोग मरे और 100 से ज्यादा लोग घायल हुए। उसके बाद उन्होंने लियोपोल्ड कैफे में भी आतंक फैलाया, इसके बाद टैक्सी बम, जिस दिन तुम्हारा जन्मदिन था, उस दिन यह हादसा हुआ। बेगुनाह लोगों को इन आतंकवादियों की गोलियों के आगोश में अपनी जान निछावर करनी पड़ी, तुम खुशनसीब थे बेटा, जो बच गए, शायद जीवन ने तुम्हें दोबारा मौका दिया।"

"इस हादसे ने मुझे अनाथ बना दिया मामा।"

"दिल छोटा न करो, अपने आप पर भरोसा रखो।"—मामा ने कहते हुए एक गहरी साँस ली और अपने रूम में चले गए।

"कोई मंदिर, कोई मसजिद, कोई रब नहीं होता।"

"दरिंदों का कोई अपना मजहब नहीं होता।"

"तबाही करनेवाला मजहब सिर्फ तबाही है।"

"लहू किसका बहा है, कोई मतलब नहीं होता।"

यह जिन्होंने कहा है, सही कहा है। दरिंदों को कोई मजहब नहीं होता, न जाने मासूमों की क्या गलती थी, उन्हें इस दर्द से गुजरना पड़ा, जब भी कोई बड़ी वारदात होती है। बेकसूर लोगों को ही अपनी जान गँवानी पड़ती है। 160 लोगों से ज्यादा लोगों ने कुर्बानी दी एक मजहब के लिए, बल्कि हर मजहब प्रेम सिखाता है, फिर भी कुछ लोग क्यों भूल जाते हैं अपने फायदे के लिए, अपने धर्म के लिए, दूसरों की जान की कीमत नहीं समझते, अगर किसी मजहब को ऐसा लगता है कि किसी को मारने से हमारा धर्म आगे बढ़ जाएगा या हमें कामयाबी मिल जाएगी तो बिल्कुल गलत है। हर धर्म शांति और प्यार का प्रतीक है।

जितने भी लोग 26/11 में मरे हैं, उनका क्या कसूर रहा होगा। कबीर का परिवार सीधा-साधा सज्जन परिवार था, खुशियों का संबंध दौलत से नहीं यह इस परिवार में बखूबी दिखाई देता। इस परिवार का क्या कसूर था, जो कबीर

को ये सबकुछ देखना पड़ा, इसका जवाब कौन देगा? कौन सा धर्म? कौन सा मजहब? कौन से लोग देंगे?

धीरे-धीरे छोटे पल महीनों में तब्दील हुए और महीने सालों में, इन सभी सालों में कबीर हर पल खामोश रहा, न वह कहीं आता, न कहीं जाता, बस एक जिंदा लाश की तरह खामोश पड़ा रहना उसकी आदत सी बन गई थी। यह मंजर देखकर मामा हमेशा चिंतित हो उठते थे। मामा सोचते थे कि अगर यह हमेशा ऐसे ही रहेगा तो जीवन में क्या करेगा? इस तरह खामोश देखकर कई बार उसकी मामी ताना भी मारती थी। एक दिन मामाजी के मन में कुछ खयाल आया और उन्होंने यह बात ठानी कि आज पूरा वक्त कबीर को देंगे। अगले दिन उन्होंने रात को कबीर को छत पर बुलाया।

"मामाजी आपने बुलाया?"

"हाँ बैठो, तुमसे कुछ बात करनी है।"

"कहिए मामाजी।"

"तुम कब तक ऐसे रहोगे कबीर? न कोई काम, हर वक्त अपने आपको दोष देना, अपना शरीर देखो! कैसी हालत हो गई है? कोई हल्का इनसान भी अगर तुम्हें मार दे तो तुम जमीन पर गिर जाओगे।"—मामा ने चिंतित स्वर में कहा।

"खबर है, मामाजी! मैं आप पर बोझ बनते हुए जा रहा हूँ, कहने की जरूरत नहीं, मैं कुछ दिन में शायद चला जाऊँ।"—कबीर ने थोड़े रुक्ष स्वर में कहा।

"ऐसी बात की तो थप्पड़ मारूँगा, जाने की बात करता है।"—मामा ने थोड़ा गुस्सा बरता।

सुनते ही कबीर दोबारा अपने रूम में चला गया। मामा सिगरेट का कश मारते हुए कुछ सोच रहे थे, बाद में फैसला लिया कि क्यों न कबीर को डाकखाने के पोस्टमैन पर लगा देता हूँ। बाहर रहेगा, शायद खुश भी रहे और उसका मन भी बहला रहेगा, मामी के तानों से भी बचा रहेगा। यह फैसला

करके कबीर को रोजाना अपने साथ लेकर जाने लगे। इस काम के लिए कबीर ने भी मना नहीं किया। उसने मामा की हाँ–में-हाँ भरी। अब कबीर साइकिल पर सवार होकर डाक बाँटने लगा।

इस तरीके से कबीर अब रोजाना इस काम में मामाजी का हाथ बँटाने लगा। डाक विभाग में पोस्ट–मैन बनकर यहाँ से वहाँ डाक लेकर आता-जाता, कुछ सालों में मामा ने कबीर के लिए 110 सीसी की काले रंग की टी.वी.एस. बाइक भी ली। अब कबीर उस काले रंग की बाइक से पोस्ट–मैन की नौकरी करने लगा, कुछ सालों के दरमियान बस इतना ही फर्क हुआ कि साइकिल से काले रंग की बाइक मिल गई। फिर भी कबीर की उदासी आज भी उस लम्हे की गवाही दे रही थी। उसकी नस–नस में जैसे तेजाब दौड़ रहा हो, पर चेहरा शांत सागर की तरह हर वक्त थमा सा नजर आने लगा, न तो वह दीवाली में पटाखे जलाता, न ही होली में रंगों के साथ खेलता, उसने जैसे खुशियों से अपना नाता ही तोड़ दिया हो।

7 वर्ष पश्चात्!

"अपनी दाढ़ी क्यों नहीं कटवाते तुम? बिल्कुल जानवर जैसे हो गए हो।"—मामा ने प्रश्न पूछा।

"कटवा लूँगा मामा, कुछ दिन बाद।"

"आज लगभग हादसे को 7 से 8 साल हो गए और तुम अभी तक उस सदमे से बाहर नहीं निकले, ऐसे ही हर वक्त तुम्हारा चेहरा ढला रहेगा क्या?"

"तो मैं क्या करूँ मामाजी? आप जो कहते हो वह मैं करता हूँ, आपने डाक विभाग में काम दिलाया, मैं वह भी कर रहा हूँ, न कभी आपसे कोई शिकायत की, न कभी आपसे कुछ माँगा और यहाँ तक कि हर वक्त मामी ताना मारती हैं, कोसती हैं, फिर भी मैं कुछ नहीं कहता, तो फिर आप क्यों परेशान हैं?" फिर कबीर ने बात का रुख बदलते हुए कहा—"मैं बहुत खुश हूँ और शायद मैं ऐसे ही ठीक हूँ, मेरा स्वभाव हमेशा ऐसे ही रहेगा।"

"ऐसे कैसे रहेगा, आज तुम 21 साल के हो गए हो कबीर, फिर भी

तुम हर दिन खोए हुए रहते हो, उदासी की भावना लिये हुए, यह कब तक चलेगा?"

"मुझे कोई फर्क नहीं पड़ता मामा!"

"मुझे फर्क पड़ता है, तुम मेरे बेटे जैसे हो, मुझे फिक्र रहती है।"

"आप खामखाह फिक्र करते हैं फिर।"

"आज मेरी बहन और जीजू होते तो तुम ऐसे नहीं रहते।"

"सही कहा मामा आपने, मेरे पापा का सपना था कि मैं एक सच्चा इनसान और एक ईमानदार पुलिसवाला बनूँ।"

"पुलिसवाला!"—मामा ने आश्चर्य भरे स्वर में कहा।

"हाँ मामाजी! पिताजी हमेशा कहते थे कि कबीर को पुलिसवाला बनाऊँगा, क्योंकि दादाजी पुलिस डिपार्टमेंट में एक ईमानदार पुलिसवाले थे, जो हमेशा अच्छाई के लिए जाने जाते थे, शायद इसीलिए पापा मुझे हर वक्त मेरा भरोसा, मेरा साहस बढ़ाते, ताकि मैं एक ईमानदार पुलिसवाला बनूँ।"

"यह बात तुमने पहले क्यों नहीं बताई?"

"मतलब!" अबकी बार आश्चर्य से बोलने की बारी कबीर की थी।

"मेरा मतलब यह बात मुझे पहले क्यों नहीं बताई?"

"इस बात का कोई मतलब नहीं मामा।"

"मतलब है बेटा! दुनिया में सबकुछ छोड़ देना, लेकिन कभी मुसकराना और उम्मीदें रखना कभी मत छोड़ना, पापा ने तुमसे यह उम्मीद लगाकर रखी थी कि तुम एक पुलिसवाले बनोगे, मैं तुम्हारी बात पुलिस ट्रेनिंग एकेडमी में करता हूँ।"—सहज स्वर में मामा ने कहा।

"पर मामा···!"

"बेटा तुम्हें एक बढ़िया अवसर प्राप्त हुआ है, तुम अपने जीवन में पापा के सपने को साकार कर सकते हो, यह मौका दोबारा नहीं आएगा।"

"शायद मुझसे नहीं हो पाएगा।"—कबीर ने निराश स्वर में जवाब दिया।

"अरे पागल देखो! जन्म से कोई बड़ा नहीं होता। असल में खुद मेहनत करके अपने हाथों से अपनी किस्मत लिखनी पड़ती है। अभी तक जो खामोश है, तेरी रगों में वो खून जो 7 सालों से शांत ठहरा हुआ है, अपने पिता के सपनों को साकार कर और उनका सीना गर्व से चौड़ा कर, वे हर वक्त तेरे साथ हैं और तुझे देख रहे हैं बेटा।"

"नहीं हो पाएगा मामा!"

"मैंने तुझे खामोश देखा है, अब दहाड़ते देखना चाहता हूँ, जब तू कहता है न कि अब जीने का क्या फायदा है, कोई वजह नहीं है मेरे पास, ईमानदार पुलिस वाला बनकर लोगों के लिए जीना शुरू कर, लोगों की ढाल बन, लोगों की सुरक्षा कर, आम लोगों की बात ऊपर तक पहुँचा, ऐसा काम करके अपने आप पर गर्व हो। इस आग को ठंडा मत होने दे कबीर।"—मामा ने एक साँस में पूरी बात कह दी।

"ठीक है पर मामाजी कर पाऊँगा मैं।" कबीर बात सँभालते हुए बोला।

"आँखें बंद करके अपने माता-पिता को याद करना। बस सोचना, वे हमेशा मेरे साथ हैं, सब आसान हो जाएगा, बस तुम्हें चाहने की जरूरत है।"—मामा ने हलकी मुसकान के साथ समझाते हुए कहा।

कबीर कुछ देर तक अपने आपके बारे में सोचने लगा और सोचने के बाद मामाजी से आदर्श भाव में कहा—"वैसे मामाजी एक बात कहनी थी आपसे, जो आज तक कभी आपसे कहा नहीं।"—कबीर थोड़ा हिचकिचाया।

"हाँ कहो।"

"आप सच में बहुत महान् इनसान हैं, मेरा इतना ध्यान रखते हैं, मेरी खुशियों को आपने कहाँ-कहाँ नहीं ढूँढ़ा, आप कहते हैं न कि तुम मेरे बेटे जैसे हो, सच कहूँ तो आप मेरे पिता जैसे हैं। अगर आप नहीं होते तो मैं भी नहीं होता।"

यह कहते हुए कबीर मामा को अपने गले लगाकर रोने लगा। यह देखकर मामाजी की आँखों में आँसू ने दस्तक दे दी और फिर पीठ थपथपाते

हुए बोले—"सब सही होगा! कबीर सब सही होगा!"

काले रंग के बैग में कबीर ने कुछ कपड़े रखे और अपने परिवार की एक तसवीर रखी, बोरिया बिस्तर उठाया, चल दिया अपने मामाजी के साथ। हैदराबाद निकल गया, पुलिस ट्रेनिंग एकेडमी।

रास्ते में जाते वक्त कबीर के मन में हजारों सवाल अंदर घूम रहे थे, मैं कामयाब हो पाऊँगा या नहीं। कहीं मैं पापा का सपना पूरा नहीं कर पाऊँ तो, कहीं मैं पुलिसवाला नहीं बन पाया तो, वो रास्ते पर निकल तो चुका था, पर अभी भी उसके मन में कई बातें खटक रही थीं।

उस पुलिस एडमिशन एकेडमी में मामाजी के दोस्त होने के नाते एडमिशन लेने में आसानी हो गई और उन्होंने कबीर के बारे में पूरा चिट्ठा बताया कि किस तरह 26/11 में उसने अपने परिवार को खोया है, किस दर्द से कबीर गुजर रहा है, उन्होंने अपने दोस्त को वे सारी बात बताईं। वे किसी तरीके से कबीर का एडमिशन पुलिस ट्रेनिंग एकेडमी में कराना चाहते थे। मामाजी की मेहनत रंग लाई, आखिर मामाजी एडमिशन कराकर ही माने।

एडमिशन होने के पश्चात्, "बेटा मैं चलता हूँ, मैं महीने में तुमसे एक-दो बार मिलने आ जाया करूँगा।"

"मामा यह मैं कर पाऊँगा या नहीं।"

"मैदान में हारा हुआ इनसान दुबारा जीत सकता है, पर मन से हारा हुआ इनसान कभी जीत नहीं सकता, बस तुम अपने मन पर और अपने आप पर भरोसा रखो, सब सही हो जाएगा।"—मामा ने समझाते हुए कहा

"फिर भी मेरे मन में घुटन सी हो रही है।"

"मैं समझ सकता हूँ, पर तुम्हें इस काम को अंजाम देना ही पड़ेगा।"

कबीर ने कुछ कहना चाहा, पर मामा दोबारा बोल पड़े—"मैं चलता हूँ, अगले महीने मुलाकात के लिए आऊँगा।"

"नहीं मामाजी, आप बस फोन पर बातें करना, जब तक मैं कुछ बन नहीं जाता, प्लीज आप मिलने मत आना, यही मेरे लिए सबसे बड़ी परीक्षा होगी।"

"पर बेटा!…"

"प्लीज मामाजी।"

"ठीक है, भगवान् तुम्हारा भला करें, कोई भी जरूरत हो, कैसी भी परेशानी हो? मुझे एक बार फोन कर देना।"

"जरूर मामा।"

मामा कबीर को मंजिल के रास्ते पर खड़ा करके खुद वहाँ से निकल गए, ताकि कबीर उस मंजिल को अपने दम पर पार कर सकें।

कबीर के कदम अब लक्ष्य की तरफ बढ़ चुके थे, मामाजी के जाने के बाद कबीर और भी अकेला हो गया। कबीर को पहली बार मामाजी की कमी खलने लगी, मन-ही-मन में सोचता रहा कि मामा कितने अच्छे इनसान हैं, मुझे मामा से मिलने के लिए और पिताजी का सपना पूरा करने के लिए भरपूर संघर्ष करना पड़ेगा और कबीर ने बड़ी लगन के साथ मेहनत की। अपनी मंजिल की तरफ पहुँचने के लिए मेहनत की। रोजाना रात में सोते वक्त अपने माता-पिता और रिया की तसवीर देखकर ही सोता। शायद उसे यह करते हुए उसकी साहस और विश्वास मिलता, मन भी हलका हो जाता।

कबीर ने ट्रेनिंग में 3 साल गुजारे, पूरी निष्ठा के साथ उसने मेहनत की और एकेडमी में हर चीज ने वह अव्वल रहा। पूरी एकेडमी में कबीर गन शूटिंग के लिए बेहद फेमस हो गया, शूटिंग की बात आती थी तो कबीर के चर्चे जोरो, शोरो से होते, सबके लबों पे एक ही नाम आता—कबीर। ठीक निशाने पर उसके हाथों से दबी रिवाल्वर रेड लाइन पर दस्तक देती। हर वक्त मामा ध्यान देते, मामा बहुत खुश थे कि कबीर पूरी निष्ठा के साथ अपने कार्य में लीन है, जिस निष्ठा से कबीर अपने काम पर अपना ध्यान केंद्रित कर रहा था, उससे मामाजी को पूरा यकीन हो गया कि कबीर वहाँ से कुछ-न-कुछ बनकर जरूर निकलेगा। मामा फोन पर उसका साहस हर वक्त बढ़ाते रहते, जिससे कबीर और भी मजबूत होता, देखते-ही-देखते वो वक्त करीब आ गया, जब कबीर की ट्रेनिंग पूरी होनेवाली थी और पापा का सपना साकार होनेवाला था।

एक दिन!

"एक बात बता कबीर, तू इतनी शिद्दत से और इतने जोश से हर काम कैसे कर लेता है?"—ट्रेनिंग एकेडमी में एक लड़के ने कबीर से पूछा।

"पुलिसवाला बनना मेरे पापा का सपना था, इसलिए मैं इतनी मेहनत करता हूँ।"

"पापा तो तुम्हारे बहुत खुश होंगे।"

"हाँ शायद खुश होंगे।"

"शायद!"

"मेरे पापा इस दुनिया में नहीं हैं।"—कबीर ने निराश भाव से कहा।

"मुझे माफ करना, मुझे पता नहीं था।"

"कोई बात नहीं।"

□

4

कुछ समय पश्चात् अंतिम परीक्षा का परिणाम आया, इस परिणाम ने कबीर को कबीर से ए.सी.पी. कबीर रेड्डी बना दिया।

यह खबर सुनते ही मामाजी फूले न समाए और वे भागते हुए कबीर को एकेडमी लेने के लिए आए, क्योंकि कबीर से रूबरू हुए आज लगभग साढ़े तीन वर्ष हो चुके थे।

"अरे मामाजी!" यह कहते हुए कबीर ने पैर छुए और फिर कहा—"आप तो थोड़े बूढ़े हो गए हैं।"

"ए.सी.पी. कबीर रेड्डी, आखिर तुमने अपने पापा का सपना साकार कर ही दिया, तुम्हारी मेहनत रंग लाई, अब कबीर से तुम एक पुलिसवाले बन गए हो तो मैं तुमको क्या कहूँ? ए.सी.पी. कबीर रेड्डी सर।"—मामा ने खुशी जाहिर करते हुए कहा।

"नहीं मामाजी! दुनिया के लिए ए.सी.पी. हूँ, आपके लिए आपका बेटा ही हूँ, वैसे भी आज जो कुछ हूँ आपकी बदौलत हूँ, आपका जितना धन्यवाद करूँ, उतना कम है।"—कबीर ने सहज भाव में उत्तर दिया।

"ऐसी बात नहीं है बेटा! यह तुम्हारी मेहनत का नतीजा है।"—यह कहते हुए मामा ने कबीर को अपने गले लगा लिया और कहा—"बस तुम अपना कर्तव्य पूरी लगन, निष्ठा और ईमानदारी के साथ निभाना, देखना तुम्हें बहुत खुशी मिलेगी यह कार्य करके।"

घर आते वक्त दोनों ने रास्ते में खूब सारे किस्से कहानियों के बारे में बातें कीं, खूब सारा खाया पिया। इन 3 वर्षों के दरमियान क्या-क्या हुआ?

क्या–क्या किस्से हुए? आपस में शेयर करते हुए आ रहे थे, यही नहीं ए.सी. पी. बनने की खुशी में मामाजी ने सोसाइटी में एक छोटा सा प्रोग्राम भी रखा। मामी भी अब पहले से खुश थी, जिस कबीर को नाकारा समझती थी, वह आज हीरो बन गया है। उन्होंने कबीर से अपने गुनाहों की माफी भी माँगी, पर कबीर ने कहा कि माँ कभी माफी माँगते हुए अच्छी नहीं लगती। यह सुनते ही मामी की आँखों से जमाने भर के आँसू छलक निकले।

कुछ हफ्तों के बाद कबीर के घर पर वॉइनिंग लैटर आया, यह देखकर कबीर बहुत ही खुश हुआ। वॉइनिंग लैटर हैदराबाद का था। मामाजी का आशीर्वाद लेकर कबीर हैदराबाद के लिए रवाना हो गया। हैदराबाद आने के बाद, यहाँ भी कुछ महीने ट्रेनिंग चली। एक हफ्ते कॉन्स्टेबल की ड्यूटी, फिर राइटर बनकर 10 दिनों तक कंप्लेन लिखना, एस.आई. बनकर स्टेशन मेंटेनेंस सँभालना, क्रिमिनल इन्वेस्टिगेशन की पूरी जानकारी के बाद फिर कबीर को ए.सी.पी. की कुरसी प्राप्त हुई, यह करते हुए कबीर को हफ्तों गुजर गए।

कुरसी पर बैठकर पहले दिन से ही कबीर ने पूरी निष्ठा के साथ कार्य चालू कर दिया। जितने चोर–उचक्कों के नाम से फाइल थी, उन्हें पुलिस स्टेशन में बुलाया। उन्हें मेहनत से कमाने और काम की सलाह दी, जितने भी ट्रक से अवैध माल–सामान आते–जाते उन्हें सबसे पहले जब्त कराया। धीरे–धीरे कबीर का आक्रोश शहर में बढ़ता ही जा रहा था, वह किसी की भी नहीं सुनता। कबीर का दिन–प्रतिदिन रौब बढ़ता ही जा रहा था। कलेक्टर साहब ने उसे समझाया भी कि ऐसा मत करो, वरना खुद भुगतना पड़ेगा और उसने कहा कि मेरा जो काम है, मैं वही करूँगा। पुलिस की नौकरी में, मैं अपनी पूरी निष्ठा के साथ कार्य करूँगा, मैं यहाँ पर चाय समोसा खाने के लिए नहीं आया हूँ।

हैदराबाद में किसी विधायक के बेटे ने एक लड़की का रेप किया तो उसे कोर्ट ले जाने के बजाय कबीर ने रास्ते में ही एनकाउंटर कर दिया। उसने नकली सबूत बता के घटनास्थल की कथित कहानी कोर्ट के सामने सुना दी।

हर वक्त काम की धुन में रहने की वजह से स्टेशन के स्टाफ भी अब

ए.सी.पी. कबीर रेड्डी से तंग आ गए थे और दुआ करते कि ए.सी.पी. कबीर रेड्डी का जल्द तबादला हो जाए।

वह अवैध कारोबार, शराब, चोर-उचक्के, लड़कियों के धंधे करनेवालों का सफाया कर रहा था, धीरे-धीरे पूरा शहर साफ होने लगा, छोटे-मोटे गुंडे से तमाचा मार के कबीर निपट लेता, उन्हें काम करने के लिए सलाह देता।

3 महीनों के दरमियान, हैदराबाद की जेल की सलाखों के पीछे अवैध कारोबार करनेवाले बड़े-बड़े लोग, बिल्डर, भ्रष्टाचारियों, घपला करनेवाले नेताओं को डाल रखा था।

"इसके जैसे पागल पुलिसवाले को मैंने सिर्फ फिल्मों में देखा है, भगवान् कसम!"—स्टेशन के बाहर 3 सिपाही खड़े हुए आपस में बात कर रहे थे।

"होना चाहिए शर्माजी, कभी तो ऐसा पुलिसवाला आना चाहिए, जिसकी दहशत हो।"

"पर हमारा जीना मुश्किल कर दिया है मेहता साहेब!"

"हमारी परवाह क्या करेगा? वह तो कमिश्नर साहब तक की नहीं सुनता।"

"मैंने सुना है इसके माता-पिता 26/11 के आतंकी हमले में मारे गए थे।"—शर्माजी गंभीर स्वर में बोले।

"अब समझा! इसके आगे पीछे कोई नहीं है। इसके लिए इतना इतरा रहा है।"

"मेहता साहब, यह एक जगह टिकनेवाला बंदा नहीं है, तबादला तो उसका पक्का ही है, जब भी इसका तबादला लैटर आए।"

"हम्म! भगवान् जाने, देखो क्या होता है?"

"विधायक के लड़के को एनकाउंटर के समय बिना हिचकिचाए ही उसे मार दिया, यह बहुत ऊँची चीज है।"

"नया खून है, उड़ने दो थोड़े साल।"

"नए-नए जब आते हैं तो सभी अपने आपको रजनीकांत समझते हैं।"

"सही कहा! फिर कुछ सालों बाद विजय माल्या बनना शुरू हो जाता है।"

"सही कहा।"

सिपाहियों की बात शायद भगवान् ने सुन ली और कबीर का ट्रांसफर लैटर कोतवाली में दस्तक दे चुका था।

ए.सी.पी. कबीर रेड्डी ने जैसे ही कोतवाली में प्रवेश किया।

"सर! आपको कमिश्नर साहब ने ऑफिस में बुलाया है।" सिपाही ने भावपूर्ण स्वर में कहा।

कबीर कमिश्नर साहब के केबिन में प्रविष्ट हुआ।

"मुझे कहते हुए बहुत गर्व हो रहा है कि तुम एक सच्चे पुलिसवाले हो।"—कलेक्टर साहब ने प्रशंसा भरे स्वर में कहा।

"थैंक्यू सो मच सर! पर यह तो मेरा कर्तव्य है सर, और मैं इसे सिर्फ और सिर्फ अपना फर्ज समझता हूँ।"—कबीर ने प्रभावशाली शब्दों में जवाब दिया।

"वैरी गुड कबीर पर मुझे कहते हुए दुःख भी हो रहा है कि तुम्हारा ट्रांसफर लैटर आ चुका है।"

अचानक ट्रांसफर लैटर की बात सुनकर कबीर कुछ क्षण तक चुप रहा और फिर कहा—"ओके सर।" एक गहरी साँस लेते हुए कबीर बाहर आ रहा था, तभी कमिश्नर साहब ने कबीर को रोका और कहा—"यही हाल सबके साथ होता है, इसीलिए हमें नरमी बरत के हर कार्य को करना चाहिए।"

"सर मेरा रोजाना तबादला हो फिर भी मैं अपने हिसाब से ही काम करूँगा।"

"अपने हिसाब से कार्य करने का नतीजा तो तुम देख ही चुके।"

"मुझे कोई फर्क नहीं पड़ा।"

"पर मुझे थोड़ा सा हो रहा है, क्योंकि तुम्हारे यहाँ रहने से इस कोतवाली का रुतबा था।"

"मेरे जैसा फिर कोई आएगा।" यह कहकर कबीर रेड्डी कमिश्नर साहब के ऑफिस से चला गया।

ट्रांसफर लैटर में, कबीर की पोस्टिंग गोवा शहर में हुई। गोवा एक खूबसूरत जगह है, जहाँ पर हर कोई आना पसंद करता, गोवा की रंगों भरी खुशबू लाखों पर्यटक महसूस करने आते। उन्मुक्त जीवन शैली, शांति पाने के लिए हर कोई आता है, पर कबीर रेड्डी के आने की वजह कुछ और ही थी।

ट्रांसफर लैटर पाकर मामा के घर न जाकर बोरिया-बिस्तर बाँधकर कबीर डायरेक्ट गोवा के लिए निकल गया।

पहले दिन कोतवाली में प्रविष्ट हुआ। सारा काम-काज समझा। गोवा कोतवाली के लिए ए.सी.पी. कबीर रेड्डी नया था, वैसे हैदराबाद में कबीर का जो व्यवहार था, गोवा में थोड़ा नरम तरीके से पेश आने लगा। सभी के साथ अच्छे से बातचीत करके कार्य कर लेना। एक महीना हुआ था कबीर को वहाँ काम करते वह बहुत खुश रहने लगा था। कोतवाली के सारे कर्मचारी बहुत ही खुश थे, हर समय किसी-न-किसी की मदद करना, चोर-उचक्के को प्यार से समझाता, उन्हें बताता था, क्या कार्य करना चाहिए, मेहनत से पैसा कमाना चाहिए।

वैसे कबीर ने एक बात ठान ली थी, वह हमेशा अपनी जिंदगी में अकेला रहेगा, बस कोई साथ रहेगा तो यह पुलिस की वर्दी रहेगी। कबीर धीरे-धीरे अपने कार्य को ज्यादा वक्त देने लगा। पुराने बीते कल को याद करना थोड़ा कम कर दिया, उसके लिए सबकुछ ईमानदारी से ड्यूटी निभाना था। जब वह अपने केबिन में बैठा रहता तो कभी-कभी सोचता, काश पापा आज होते तो यह देखकर मुझ पर गर्व महसूस करते।

लिहाजा हर कार्य अच्छे तरीके से हो रहा था। पर कहानी के दरवाजे पर एक और कहानी दस्तक देनेवाली थी। यह कहानी कबीर के बीते कल से भी खतरनाक थी, ऐसी रहस्यमयी कहानी ने दस्तक दी।

□

5

(24 तारीख, शाम 5:10 बजे)

ए.सी.पी. कबीर रेड्डी अपने केबिन में बैठा पुरानी फाइल पर से धूल झाड़कर लीन होकर पढ़ रहा था, तभी कबीर ने आवाज लगाई—"चौबे साहेब।"

"जी सर!"—चौबे तेजी से केबिन के अंदर आया और सैल्यूट मारते हुए कहा।

"गाड़ी निकालो और मुझे रूम पर छोड़ दो।"—ए.सी.पी. कबीर रेड्डी ने आदेश देते हुए कहा।

"सिर्फ 20 मिनट रुक जाइए।"

"क्यों?"

"बाहर तेजी से बारिश हो रही है और तूफान के संकेत लग रहे हैं।"—चौबे ने कहा।

"क्या? बारिश हो रही है?"—ए.सी.पी. कबीर रेड्डी ने आश्चर्य से पूछा।

"हाँ सर।"—चौबे बोला।

कबीर ने जब बाहर आकर देखा तो सच में तूफानों के साथ तेज बारिश हो रही थी। कबीर स्टेशन की छत के नीचे खड़ा रहा, कबीर सोच रहा था कि बारिश रुक जाए, तो मैं आराम से निकलूँ, पर ए.सी.पी. कबीर रेड्डी की सोच के विपरीत होने लगा। बारिश और तेज हो रही थी और हवाएँ मेट्रो सी रफ्तार पकड़ रही थीं।

ए.सी.पी. को इस तरह खड़े देखकर चौबे ने सहज स्वर में कहा—"सर आप कब से खड़े हैं! चलिए आपको मैं छोड़ दूँ, बारिश शायद रुकने का नाम न ले।"

"नहीं चौबे।" कबीर बोला—"बारिश रुकने दो फिर आराम से निकलते हैं यहाँ से, आप एक काम करिए, चाय मँगा दीजिए।"

"जी सर!"—यह कहते हुए चौबे चाय लेने चला गया।

कबीर बैठकर चाय की चुस्कियाँ लेने लगा और तकरीबन 2 घंटे के पश्चात्, बारिश अब पूरे तरीके से थम चुकी थी और धीरे-धीरे कबीर की चाय की चुस्कियाँ लेना खत्म हुआ। इन 2 घंटों के अंतराल में बारिश का आनंद लेते हुए कबीर रेड्डी ने लगभग 15 से 20 कप चाय की चुस्कियाँ लीं।

हवलदार चौबे ने सरकारी काले रंग की जीप निकाली और कबीर रेड्डी को गाड़ी में आने का इशारा किया और कबीर स्टेशन से निकलकर जेब से सिगरेट निकालकर उसे जलाते हुए बड़े-बड़े कस मारते हुए जैसे जीप में बैठने ही वाला था कि उसकी तरफ अचानक एक आवाज आई।

"सर जी! सर जी! एक खबर आई है, किसी का फोन आया है।"—सिपाही लगभग घबराते हुए बोला।

इन बारिशों में एक और तूफान शायद दस्तक दे चुका था, जो तूफान कबीर के बीते कल से भी खतरनाक था।

"कैसा फोन?" ए.सी.पी. कबीर रेड्डी ने हैरानी से पूछा।

"हीरा वाड़ी कैनाल के पास एक लाश मिली है।"—सिपाही ने जवाब दिया।

"क्या?"

"हाँ सर, अभी तुरंत ही कॉल आई है।"

रूम पर जाने का प्रोग्राम समाप्त हुआ। कबीर भागा-भागा स्टेशन में आया और वहाँ से पुलिस की दो गाड़ी घटनास्थल पर तक तफ्तीश के लिए पहुँचीं।

घटनास्थल से 20 गज की दूरी पर जीप खड़ी हुई और कबीर ने गाड़ी से उतरते ही बेबसी से पूछा, लाश कहाँ है?

घटनास्थल के करीब जाते ही बड़ी गंदी बदबू आ रही थी। खून से लथपथ लाश, शरीर पर भिनभिनाती मक्खियों की आवाज कानों में पढ़ रही थी, लावारिस की तरह पड़ी लाश, कचरे के ढेर के पास ठिकाना लगाया हुआ था, देखने के बाद ऐसा लगता था कि लाश पर किसी जानवर ने हमला किया हो, बॉडी इस प्रकार डैमेज थी कि जो इनसान मरा पड़ा था उसके घर वाले भी न पहचान पाएँ, पूरा शरीर तहत-नहस हुआ था, जिस घटनास्थल पर यह घटना हुई उसे 'डू नॉट क्रॉस' पट्टी से सील कर दिया गया।

"किसने फोन किया था?"—कबीर ने सवाल किया।

"सर, यहाँ एक ट्रक ड्राइवर रहता है, उसी ने फोन किया था।"—एस.आई. जावेद ने जवाब दिया।

"यह घटना कब हुई?"

"ट्रक ड्राइवर के कथनानुसार घटना लगभग 5:00 बजे हुई।"

"कॉन्स्टेबल किशन तुम उस ड्राइवर से पूछताछ करो, उसका स्टेटमेंट तैयार करो।"—ए.सी.पी. कबीर रेड्डी ने आदेश दिया।

"जी सर।"—किशन ने जवाब दिया।

"रंजना!" ए.सी.पी. कबीर रेड्डी ने कहा—"तुम फॉरेंसिक डिपार्टमेंट और फोटोग्राफर को इनफॉर्म करो।"

"यस सर।"—रंजना ने जवाब दिया।

कबीर अपने स्थान से उठा और मन-ही-मन में यह सोचने लगा कि किस जानवर ने ऐसा वार किया होगा। इस तरीके से कोई इनसान जान नहीं ले सकता है, धीरे-धीरे अब मीडिया घटनास्थल पर पहुँच गई और सवाल शुरू किए।

कुछ क्षण बाद मीडिया वालों को भी वहाँ से हटा दिया गया।

पुलिस डिपार्टमेंट को बहुत हैरानी हुई, क्योंकि ऐसा केस पहली बार

घटा, किसी इनसान की इतनी गंदी हालत हुई हो, धीरे-धीरे यह बात कमिश्नर साहब तक पहुँच गई और वे घटनास्थल पर तुरंत पहुँचे।

"क्या हुआ कबीर रेड्डी, यह कैसा केस है? टी.वी. पर न जाने कैसी तसवीर घूम रही है?"

"डोंट वरी सर! यह किसी जानवर का काम है।" कबीर ने सहज भाव में कहा।

"जानवर!"—माथे की लकीरों को सिकुड़ाकर कलेक्टर साहब बोले।

"हाँ सर, ऐसा काम इनसान नहीं कर सकता, शरीर पर इतने कटे हुए निशान, छाती का हिस्सा आर-पार, खून से लथपथ, इस तरीके से जानवर का ही काम है।"

"पर यहाँ तो दूर-दूर तक कोई जंगल नहीं है।"—कलेक्टर साहेब ने सवाल किया।

"इसी बात की हैरानी है सर! पोस्टमार्टम के बाद ही खबर पड़ेगी।"—ए. सी.पी. कबीर रेड्डी ने जवाब दिया।

"जैसा भी हो, तुम मुझे इन्फॉर्म करना।"

"जी सर।"

वहाँ से निकलते ही मीडिया ने कमिश्नर साहब को घेर लिया और सवाल किया।

"सर इस मर्डर का क्या राज है? इतनी बेरहमी से कत्ल आखिर कौन कर सकता है?"

"फिलहाल हमें कोई जानकारी प्राप्त नहीं हुई और वैसे भी यह किसी जानवर का काम लगता है, कुछ भी जानकारी प्राप्त होगी, हम जरूर बताएँगे।"

"सर…सर…सर…"

"नो मोर क्वेश्चन!" यह कहते हुए मीडिया को पुलिस वालों ने हटाया और वहाँ से कलेक्टर साहब चले गए।

कलेक्टर साहब के जाने के बाद ही कुछ क्षण में फॉरेंसिक डिपार्टमेंट ने आकर अपना कार्य आरंभ कर दिया।

"सर ऐसी लाश अपने जीवन में मैं पहली बार देख रहा हूँ।"—फॉरेंसिक डिपार्टमेंट के एक सदस्य ने ए.सी.पी. कबीर रेड्डी से गंभीर स्वर में कहा।

"मतलब!"

"मतलब यह है कि लड़के का लिंग (प्राइवेट पार्ट) कटा हुआ है और गले से अभी भी खून निकल रहा है, किसी जानवर ने नोचा हो इस तरीके से प्रतीत हो रहा है और पूरे शरीर पर बुरे तरीके से वार किया गया है।"

"यह एक बहुत रहस्यमयी घटना घटी।"

"हाँ सही कहा।"

"पर शायद ही किसी जानवर का ही लेखा-जोखा है।"

"हाँ सही बात है, वरना इतनी बेरहमी से कौन मार सकता है भला?"

कुछ घंटों की मशक्कत के बाद घटनास्थल की तफ्तीश खत्म हुई और फॉरेंसिक डिपार्टमेंट ने अपना काम चालू कर दिया, ए.सी.पी. कबीर रेड्डी घटनास्थल से लौटकर कोतवाली में प्रविष्ट हुआ और अपनी जेब से सिगरेट निकालकर लंबे-लंबे कश मारते हुए जावेद से पूछा—"पोस्टमार्टम रिपोर्ट कब तक आएगी?"

"सर सुबह तकरीबन 9:00 बजे।"

"क्यों? रात में क्या प्रॉब्लम है? आजकल यह भी पुलिसवाले जैसे बहाने बना रहे हैं क्या?"

"नहीं सर, इसका भी एक कारण है।"

"क्या?"

"क्योंकि रात में ट्यूबलाइट की कृत्रिम रोशनी से चोट का रंग लाल के बजाय बैंगनी दिखाई देता है।"

"अच्छा! ऐसी बात है।"

जिन लोगों की नाइट शिफ्ट थी वे लोग कोतवाली में रुक गए और मॉर्निंग शिफ्ट वाले अपने घर चले गए।

अगले दिन।

ए.सी.पी. कबीर रेड्डी तैयार होकर कोतवाली में प्रविष्ट हुआ। लोगों ने जल्दी-जल्दी अपना हुलिया सही किया और ए.सी.पी. को सेल्यूट किया।

और आते ही कबीर रेड्डी ने आदेश दिया—"गाड़ी निकालो। जावेद, रंजना आप दोनों मेरे साथ आएँगे, बाकी सब यहाँ अपना काम करें, बाकी पड़ी फाइलों पर ध्यान दें।"

कुछ क्षण बाद वहाँ से तीनों पोस्टमार्टम के लिए निकल गए, कबीर को लगा यह केस आज ही बंद हो जाएगा, पर यह केस कोई हलवा नहीं था, कोई मैगी नहीं थी, जो 2 मिनट में फिनिश हो जाए, अभी आगे एक भयानक मंजर देखना बाकी था, शायद इन्होंने अभी तक सोचा नहीं होगा, एक ऐसा खुलासा होनेवाला था, एक ऐसा दर्द, एक ऐसा तूफान दस्तक देनेवाला था, जिसकी शायद उन्होंने कल्पना तक नहीं की होगी।

चौबे साहब ने गाड़ी पोस्टमार्टम ऑफिस के समीप खड़ी की।

तीनों पोस्टमार्टम ऑफिस में प्रविष्ट हुए।

"गुड मॉर्निंग सर।"—ए.सी.पी. कबीर रेड्डी ने कहा—"माफी चाहूँगा, आपने 9:00 बजे का समय दिया था, पर हम सब 8:50 पर ही प्रकट हो गए।"

"कोई बात नहीं, वैसे भी सर हमने आपको फोन किया, पर आपका फोन लगा नहीं, आपसे बहुत जरूरी बात करनी है।"—पोस्टमार्टम करनेवाले डॉक्टर ने गंभीर भाव में कहा।

"क्या सर ?"—पोस्टमार्टम करनेवाले डॉक्टर को हैरान देखकर ए.सी. पी. कबीर रेड्डी ने आश्चर्य से पूछा।

"मैंने अपनी 25 साल की नौकरी में ऐसा पोस्टमार्टम कभी नहीं किया, न ही ऐसी लाश देखी, इस पोस्टमार्टम में मेरी रूह काँप सी गई। उस लाश को

कुछ क्षण तक देखकर दंग सा रह गया।"

"क्या ऐसा हुआ सर!"—अबकी बार रंजना जावेद, कबीर रेड्डी तीनों ने एक साथ पूछा।

"ये किसी जानवर का काम नहीं, बल्कि इनसान ने किया है, यह एक मर्डर है, जो सोची समझी चाल से मारा गया है।"

"व्हाट! यह आप क्या कह रहे हैं?"'किसी जानवर ने मारा है यह समाचार क्या बेबुनियाद है? कोई इनसान भला इस तरीके से कैसे जान ले सकता है?"—ए.सी.पी. कबीर रेड्डी ने आश्चर्य से कहा।

"इतनी बेरहमी से इनसान कैसे मार सकता है? लाश ऐसी थी कि देखकर रूह काँप जाए, इस तरीके से मर्डर कैसे कोई कर सकता है?"—अबकी बार हैरानी से बोलने की बारी जावेद की थी।

यह दास्तान सुनकर रंजना, जावेद और कबीर को कुछ मिनट के लिए 440 वोल्ट का झटका सा लगा।

"मैं सोच रहा हूँ, ऐसा कौन सा किलर कर सकता है?"—पोस्टमार्टम करनेवाले डॉक्टर धीरज से गंभीर स्वर में कहा।

"यह सोचना हमारा काम है सर! डोंट वरी! वैसे रिपोर्ट क्या कहती है?— ए.सी.पी. कबीर रेड्डी ने जवाब देते हुए पूछा।

"रिपोर्ट! सबसे पहले , यह जब जिंदा अवस्था में था, तब उसके प्राइवेट पार्ट को यानी 'लिंग' को काटा गया, इसे तेज आरी से काटा गया, फिर उसी आरी से पूरे शरीर में जगह-जगह आरी के वार के निशान हैं, इस तरीके से उसे मारकर जख्मी किया, उसकी मृत्यु के पश्चात् नुकीले दाँतों से गले पर काटने का निशान है, और दिल के हिस्सों पर ब्रोमाइन डालकर पूरा आर-पार कर दिया है।"

"आरी से वार!"

"जो भी इनसान है, उसे आरी बिल्कुल चलानी नहीं आती है, उसने

पहली बार अपने जीवन में आरी का इस्तेमाल किया है।"

"ऐसा क्यों सर?"

"पहली बात, उसने बाएँ हाथ से इस घटना को अंजाम दिया है और दूसरी बात आरी सही से न चलाने की वजह से इधर-उधर घाव के निशान पड़ गए हैं।"

"ब्रोमाइन!"—ए.सी.पी. कबीर रेड्डी ने आश्चर्यजनक अवस्था में पूछा।

"एटॉमिक नंबर 72, यह केमिकल इतना खतरनाक है कि किसी के शरीर पर पड़ जाए तो आर-पार कर दे।"

"फिर भी सर, ऐसा भी तो हो सकता है कि एक्सीडेंट से यह मरा हो, शायद बचने के लिए लाश यहाँ पर लाकर फेंक दी हो किसी ने।"

"देखो!" पोस्टमार्टम करनेवाले डॉक्टर ने बड़े धीरज से कहा—"मैंने अपने जीवन में बहुत केस देखे पर यह केस बहुत अलग है, बहुत सारे पोस्टमार्टम मैंने किए हैं, पर यह हद से ज्यादा अलग है। पहली बार मुझे कोई पोस्टमार्टम करने में घबराहट का सामना करना पड़ा और मेरे दिमाग में बस यही चल रहा था कि ऐसे दयनीय तरीके से आखिर कौन मार सकता है? और यह कोई एक्सीडेंट नहीं है, काफी सोच-समझकर किया हुआ कत्ल है।"

"पोस्टमार्टम से कोई ऐसी जानकारी प्राप्त हुई या कोई सुराग मिला, जिससे हम इस कातिल तक पहुँच सके।"—ए.सी.पी. कबीर रेड्डी ने इत्मीनान भरे स्वर में पूछा।

"सुराग!" डॉ. सरल तरीके से बोले—"ऐसा कोई भी सुराग नहीं मिला, यह मर्डर बहुत ही सोच-समझकर किया गया है, बारिश की वजह से फिंगरप्रिंट भी मिट गए हैं, इस हत्या के पीछे इस किलर का क्या मकसद है? कबीर रेड्डी सर यह आपको ही ढूँढ़ना है, जितनी मुझसे हो सकी, मैंने उतनी भरपूर कोशिश की।"

"थैंक यू सो मच सर! क्या हम लाश ले जा सकते हैं?"

"ऑफकोर्स! वैसे बेस्ट ऑफ लक! ए.सी.पी. कबीर रेड्डी फॉर न्यू केस।"

"थैंक यू सर!"

पोस्टमार्टम रिपोर्ट लेकर तीनों बाहर निकले।

"बाप रे! मैंने तो ऐसा सपने में भी नहीं सोया था शायद आज मुझे नींद ही न आए।"—रंजना सकपकाकर बोली।

"सर!" जावेद ने ए.सी.पी. कबीर रेड्डी से सवाल किया—"सर! आखिर इस तरीके का कत्ल कोई क्यों कर सकता है? नॉर्मल तरीके से भी मार सकता था किलर, कोई पागल इनसान ही ऐसा कर सकता है।"

ए.सी.पी. कबीर रेड्डी ने जवाब देते हुए कहा—"नहीं जावेद! ऐसा कोई पागल इनसान नहीं कर सकता। ब्रोमाइन केमिकल के बारे में उसे अच्छी तरीके से मालूम है, बेवकूफ होता तो ब्रोमाइन से खुद ही जल जाता और इस घटना को अंजाम वह कभी नहीं दे पाता।"

"शायद! कोई खानदानी दुश्मनी रही होगी।"

जावेद की बातों को गंभीरता लेते हुए ए.सी.पी. कबीर रेड्डी ने कहा—"हो सकता है! शायद तुम्हारे खयाल से ठीक है।"

कुछ समय बाद पोस्टमार्टम ऑफिस से कोतवाली के लिए रवाना हुआ, कोतवाली में प्रविष्ट होते ही, कमिश्नर साहब पहले से ही वहाँ मौजूद थे।

(कमिश्नर ऑफिस)

"हमें जानकारी हासिल हुई कि यह कत्लेआम किसी किलर का है?"—टेबल पर पेपर वेट घुमाते हुए कमिश्नर साहब ने पूछा।

"पोस्टमार्टम से यही जाहिर होता है, सुराग गधे के सींग की तरह गायब है, किलर ने कोई सुराग नहीं छोड़ा, जिससे हम उसकी तह तक पहुँच सके।"—ए.सी.पी. कबीर रेड्डी ने जवाब दिया।

"देखो!" धैर्यपूर्ण स्वर में कमिश्नर साहब ने कहा—"किलर को जल्द-से-जल्द पकड़ना होगा, उससे पहले यह मीडिया बात का बतंगड़

बनाए, रफा-दफा कर दो इस केस को, क्योंकि लाश देखकर सभी लोग दंग रह गए हैं।"

"जरूर सर! मैं पूरी कोशिश करूँगा।"—ए.सी.पी. कबीर रेड्डी ने निर्णयात्मक स्वर में कहा।

"मैं चाहता हूँ, इस केस का पुष्टिकरण तुम अपनी टीम के साथ अपने हिसाब से करो। मुझे यह केस जल्द-से-जल्द रफा-दफा चाहिए, वैसे भी मैंने हैदराबाद के तुम्हारे किस्से सुने हैं। तुम यह केस आसानी से हैंडल कर सकते हो।"—प्रशंसक स्वर में कमिश्नर साहब ने कहा।

"धन्यवाद सर।"—यह कहते हुए कबीर दोबारा अपने केबिन में आकर तन कर कुरसी पर बैठ गया। पेपर वेट घुमाते हुए, उसने रंजना और जावेद तथा नए नियुक्त सब-इस्पेक्टर किशन को, अपने केबिन में बुलाया।

तीनों केबिन में आकर बारी-बारी से खड़े हो गए और ए.सी.पी. कबीर रेड्डी ने कहा—"यह केस कोई मामूली केस नहीं है, इस केस की तह तक जाना ही पड़ेगा, कथित हत्यारा कौन हो सकता है ? इसकी हमें जल्द खबर करनी पड़ेगी।"

"जरूर सर।"—तीनों ने जवाब दिया।

कबीर अपने स्थान से उठा और अपार व्यस्तता का प्रदर्शन करते हुए आदेश दिया—"जावेद और किशन, तुम मुझे मरे हुए लड़के की सारी रिपोर्ट निकालकर दो, वह क्या खाता था, क्या पीता था, किससे मिलना-जुलना था, उसके फोन लेकर, उसके दोस्त कौन थे, सारी चीजें बारीकी से नोट करो।"

"ओके सर।"—दोनों ने जवाब दिया।

"घटनास्थल के आसपास के सारे सी.सी.टी.वी. बारीकी से चेक करने हैं।"—ए.सी.पी. कबीर रेड्डी ने रंजना से कहा।

"जी सर।"

कुछ क्षण पश्चात् वे वहाँ से ए.सी.पी. के द्वारा दिए गए काम को अंजाम देने के लिए निकल पड़े।

कुछ समय बाद जावेद और किशन दोनों काफी हद तक खबर कर चुके थे। पूरी जानकारी की तह तक खबर करने के बाद कोतवाली में प्रविष्ट हुए।

"क्या हुआ ?" कबीर ने पूछा—"क्या जानकारी हासिल हुई ?"

"सर उस लड़के का नाम राहुल है। राहुल पार्वती कॉलेज से मैकेनिकल इंजीनियर की पढ़ाई कर रहा था। जब ट्यूशन से घर आ रहा था, सोमवार की शाम 3:00 से 5:00 के बीच में गायब हुआ, घर में उसके एक बड़ी बहन है, जो कॉल सेंटर में काम करती है। माँ घर का कामकाज सँभालती है और पिता एक एक्सीडेंट में 4 साल पहले ही मर चुका है, इनका परिवार बहुत ही साधारण है, किसी से कोई दुश्मनी नहीं उनकी सोसाइटी में पूछताछ करने के पश्चात् मालूम पड़ा कि ये लोग बहुत ही सज्जन हैं, इनके परिवार में से आज तक किसी के नाम से क्रिमिनल रिकॉर्ड नहीं है।"

कुछ क्षण तक ए.सी.पी. कबीर रेड्डी के चेहरे पर कोई भाव नहीं आया। फिर सहज स्वर में पूछा—"किसी से पर्सनल दुश्मनी ?"

"बिल्कुल नहीं सर!"

कबीर रेड्डी मन-ही-मन में सोच रहा था कि आखिर कहाँ से शुरुआत करूँ। कुछ क्षण बाद वे कॉन्स्टेबल रंजना और सब इंस्पेक्टर जावेद के साथ गाड़ी लेकर राहुल के घर की तरफ निकले।

वहाँ पहुँचते ही।

"हमें इस बात का बहुत खेद है कि आपका लड़का नहीं रहा।"—ए. सी.पी. कबीर रेड्डी ने सहानुभूति जताते हुए कहा।

"हमारे बेटे ने ऐसा क्या किया था साहिब ? जो इतनी बुरी तरीके से मौत मिली, वही तो एक मेरे बुढ़ापे का सहारा बननेवाला था, अब कौन करेगा मेरी देखभाल ?"—राहुल की माँ ने रोते-रोते कहा।

"माताजी अब कानून पर भरोसा रखिए। जिस किसी ने भी आपके बेटे के साथ इस तरीके का दुस्साहस किया है, उसके साथ कानून उसी तरीके से पेश आएगा।"

राहुल की लाश देखने के बाद माँ जोर-जोर से रोने लगी, उसकी हालत खराब होने की वजह से ए.सी.पी. कबीर रेड्डी ने राहुल की बहन से पूछा—"बुरा न माने तो मुझे आपसे कुछ पूछताछ करनी है, शायद आपकी माँ की हालत इस वक्त बुरी है, शायद वह जवाब न दे पाए।"

"ठीक है सर।"—अपने आँसू पोंछते हुए राहुल की बहन मान गई।

प्रश्नसूचक नेत्रों से देखते हुए ए.सी.पी. कबीर रेड्डी ने पूछा—"क्या कुछ दिनों से राहुल के हाव-भाव बदले नजर आ रहे थे या आपके परिवार से कोई पर्सनल दुश्मनी किसी के साथ?"

"बिल्कुल नहीं सर! हमारी फैमिली बहुत छोटी सी है और साधारण सी, हमारी किसी से निजी दुश्मनी नहीं है।"

"शायद पहले आपके पापा की पुरानी कोई दुश्मनी।"

"नहीं सर।"—राहुल की बहन ने जवाब दिया।

"देखिए!" कबीर रेड्डी ने गहरी साँस ली और फिर पूछा—"आप ध्यान से बारीकी से सोचिए, आपकी कोई भी छोटी सी बात हमारे लिए किलर तक पहुँचाने का रास्ता बना सकती है। प्लीज, निवेदन है आपसे, कोई परेशानी या फिर कोई बात जो उसने बताई हो, आप निडर होकर बताइए।"

"नहीं सर! सबकुछ वैसे का वैसा ही था।"

"ध्यान से सोचिए, तभी इस केस की इन्वेस्टिगेशन हो पाएगी।"—आशापूर्ण दृष्टि से से ए.सी.पी. रेड्डी उसकी ओर देखता हुआ बोला।

"हाँ सर, वह एक हफ्ते से थोड़ा बदला-बदला सा नजर आ रहा था।"

"मतलब!"—ए.सी.पी. कबीर रेड्डी हैरानी से बोला।

"मतलब थोड़ा मायूस और अकेले रहने लगा था, ऐसा लगता है कि थोड़ा गम में है, शायद इसके बारे में सलमान और गणेश को खबर हो।"

"ये कौन हैं?"—ए.सी.पी. कबीर रेड्डी ने बेसब्री से पूछा।

"ये दोनों उसके कॉलेज फ्रेंड हैं, वह अकसर उनके साथ ही रहता था।"

कबीर कुछ क्षण तक मन-ही-मन में सोचता रहा और प्रत्यक्ष रूप से निर्णय लेते हुए उसने राहुल की बहन से कहा—"आप माँ का खयाल रखिए, बाकी हम सब देख लेंगे, आपकी इतनी जानकारी हमारे लिए बहुत है।"

ए.सी.पी. कबीर रेड्डी ने जावेद और किशन को अपनी तरफ आने के लिए संकेत किया और दोनों की आँखों में झाँकते हुए कहा—"सलमान और गणेश कौन हैं?"

"ये दोनों उसके कॉलेज फ्रेंड हैं, सॉरी सर! हम बताना भूल गए।"—धैर्य के स्थान पर किशन के चेहरे पर डर का भाव प्रकट हुआ।

"यह एक बड़ा केस है और उसकी इन्वेस्टिगेशन करना हमारा कर्तव्य है, इस तरह से काम करोगे तो कैसे चलेगा?"—ए.सी.पी. कबीर रेड्डी झल्लाते हुए बोले।

"हम माफी चाहते हैं सर! अब आगे से ऐसा नहीं होगा।"—दोनों विनती करते हुए बोले।

"किसी की जान गई है, कोई और केस होता तो लापरवाही चलती, किसी ने अपना बेटा खोया है।"—ए.सी.पी. कबीर रेड्डी ने दुबारा रुक्ष स्वर में कहा।

जावेद और किशन अपनी मुंडी नीचे करके ए.सी.पी. सर की बात सुनने लगे।

"सलमान और गणेश उसके कॉलेज के दोस्त हैं, उन्हें उठाकर थाने लेकर आओ, आज और इसी वक्त।"—कठोर आवाज में ए.सी.पी. कबीर रेड्डी ने आदेश दिया।

"ओके सर···! डोंट वरी···!"

सलमान और गणेश को पुलिस स्टेशन लाने के लिए किशन और जावेद निकल पड़े।

"सर का ऐसा रूप पहली बार देखा।"

"ए.सी.पी. कबीर रेड्डी ऐसी-वैसी चीज नहीं है।"

"मतलब!"

"मतलब कि हैदराबाद में इनकी फर्स्ट जॉइनिंग हुई थी और वहाँ पर इतना रौब था कि पूरा क्राइम ही साफ हो गया, यही नहीं विधायक के बेटे ने एक लड़की का रेप किया तो उसे कोर्ट ले जाने की बजाय रास्ते में एनकाउंटर कर दिया।"

"बाप रे!"—आश्चर्य से किशन ने कहा।

"इसके लिए ही तो इनका ट्रांसफर गोवा में हुआ, हलके में मत लेना इनको। यह बोलने से ज्यादा बंदूक निकालते हैं।"

"यह सब तुम्हें कैसे पता?"

"ए.सी.पी. सर के बारे में आर्टिकल में पढ़ा था, इनका परिवार 26/11 आतंकी हमले का शिकार हो गया।"

"ओ माय गॉड···आई कांट बिलीव···!"

"कबीर रेड्डी सर के जीवन में बड़ी ही दिलचस्पी है।"

"हाँ सही कहा, फिलहाल अभी सलमान और गणेश पर नजर रखनी है।"

बड़ी मशक्कत से आखिरकार राहुल के कॉलेज फ्रेंड किशन और जावेद को मिले, उन्हें अपनी गाड़ी में बैठा पुलिस स्टेशन लेकर आए तो फिर ए.सी.पी. कबीर रेड्डी के सामने पेश किया।

पहले तो पुलिस के सामने बैठकर उन दोनों की सिट्टी-पिट्टी गुम हो गई थी।

कबीर रेड्डी ने थोड़े विषैले स्वर में पूछा—"तुम दोनों राहुल के बेस्ट फ्रेंड हो?"

"हाँ सर!"—दोनों ने जवाब दिया।

"यह बेस्ट फ्रेंड क्या होता है?"

"जो एकदम अच्छे से फ्रेंडशिप कर ले, उसे बेस्ट फ्रेंड कहते हैं।"—

थोड़ा हिचकिचाते हुए सलमान ने कहा।

"मैंने तो सुना है कि आपस में हर बात भी शेयर होती है।"

"हाँ सर वह भी बेस्ट फ्रेंड के लिस्ट में आता है।"—सलमान ने कहा।

तभी ए.सी.पी. की बात काटते हुए गणेश ने अचानक जवाब दिया—"सर मर्डर हमने नहीं किया, भगवान् कसम!"

जावेद ने सलमान की तरफ इशारा करते हुए कहा—"तू क्यों चुप है? तू भी अल्लाह कसम बोल दे।"

"अल्लाह कसम सर!"—माथे पर पसीना पोंछते हुए सलमान ने कहा।

इन दोनों की ऐसी डरी हुई हालत देखकर ए.सी.पी. कबीर रेड्डी ने उन्हें पानी देने का आदेश दिया।

चौबे साहब ने पानी की बोतल लाकर उन दोनों के सामने टेबल पर रख दी और वे दोनों एक साँस में गटर-गटर करके पानी पीने लगे, ऐसा लगता था जैसे लाखों वर्षों से प्यासे हो।

कुछ क्षण पश्चात् पसीने की लहर थोड़ी देर में थमी।

"देखो!" शांतिपूर्ण स्वर में कबीर रेड्डी ने पूछा—"तुमने ही मर्डर किया है, यह हम नहीं कह रहे हैं। तुम दोनों डरना बंद करो और चुपचाप मेरे सवालों के जवाब दो, अगर ऐसा नहीं किया तो लाश की तरह तुम्हारी भी हालत कर दूँगा।"

"सर हम उसके सिर्फ बेस्ट फ्रेंड हैं, पर ऐसी कोई चीज नहीं जानते।"—सलमान ने जवाब दिया।

"तेरा पूरा नाम क्या है?"

"सलमान शेख।"

"मुसलमान होकर झूठ बोलता है, झूठ बोलना कितना बड़ा गुनाह है यह खबर होगी ही, लगता है तू एक सच्चा मुसलमान नहीं है।"—कबीर रेड्डी ने गणेश की तरफ इशारा करते हुए कहा—"तेरा नाम तो पहले से ही भगवान् है,

तेरा तो झूठ बोलने का सवाल ही नहीं पैदा होता।"

गणेश ने धीमे स्वर में बताना शुरू किया—"राहुल बहुत ही अच्छा लड़का था, हमारी फ्रेंडशिप कॉलेज की कैंटीन से शुरू हुई, और सबकुछ सर बढ़िया चल रहा था, ऐसा कुछ हुआ ही नहीं कि हम कुछ बताएँ, रोज की तरह कॉलेज आना-जाना, कैंटीन में, क्लास में, ट्यूशन में बस यही सब फिर अचानक घटना, कुछ पल्ले नहीं पड़ी सर!"

"फिर भी कुछ ऐसा एहसास हुआ कि वह थोड़ा बदला सा नजर आया या कुछ नया?"—कबीर रेड्डी ने धैर्य से पूछा।

"नहीं सर।"—गणेश ने जवाब दिया।

"कोई ऐसी बात जो तुम दोनों से शेयर की हो, कोई राज की बात, या किसी से लड़ाई-झगड़ा हुआ हो।"—कबीर रेड्डी आशापूर्ण दृष्टि से दोनों की आँखों में झाँकने लगा।

"हाँ सर, एक चीज नई हुई है हमारे साथ।"—सलमान अचानक बोला।

यह सुनते ही मौजूद सभी लोग नेत्र सिकुड़ाकर गहरी दिलचस्पी से सलमान की तरफ देखने लगे।

"क्या?"

"3 महीने पहले हमारी लड़ाई एक लड़के से हुई, मतलब हमारी नहीं राहुल की।"

"अबे! वह अंकित है, वह थोड़ी ऐसा करेगा।"—गणेश ने सलमान को जवाब दिया।

"सर ने कहा, छोटी-बड़ी बात बताओ तो मैं बता रहा हूँ।"—सलमान ने गणेश को जवाब दिया।

"शट अप!" कबीर रेड्डी ने कठोर आवाज में डंडे की तरफ इशारा करते हुए कहा—"जिससे जो पूछा जाए वही जवाब दे, वरना यह डंडा सीधा मुँह में घुसेड़ दूँगा।"

ऐसा व्यवहार देखकर दोनों सुट्ट हो गए, कुछ क्षण तक उनके चेहरे पर कोई भाव नहीं आया।

"किन कारणों की वजह से लड़ाई हुई थी?"—कबीर रेड्डी ने सहज भाव में पूछा।

"राहुल किसी लड़की से प्यार करता था, उसी लड़की से अंकित भी प्यार करता था तो उसी लड़की की वजह से दोनों कैंटीन में लड़ पड़े, कॉलेज में यह पहली हमारी झक-झक हुई फिर उसके बाद हमारी किसी से लड़ाई नहीं हुई।"

फिर कुछ क्षण पश्चात् कबीर रेड्डी ने जावेद को आदेश दिया कि इन दोनों को घर छोड़ आओ।

और उन दोनों के जाते वक्त कबीर रेड्डी ने रुक्ष स्वर में कहा—"जब भी बुलाऊँ, चुपचाप स्टेशन आ जाना।"

"ओके सर···ओके सर···।"—दोनों हिचकिचाते हुए चले गए।

कुछ घंटों बाद अंकित को उसे रिमांड पर लिया गया। स्टेशन पूछताछ के लिए लेकर आए।

अंकित कोतवाली आया तो हक्का-बक्का सा रह गया, बार-बार पूछने लगा—"मैंने क्या किया है।"

चाय की चुस्की लेते हुए कबीर रेड्डी ने कहा—"मैं बेगुनाह हूँ, मुझे कुछ नहीं खबर, रोना-धोना यह मत करना। जो पूछा जाए शांति से उस प्रश्न का उत्तर दें और फिर यहाँ से कट लें, ठीक है।"

कबीर रेड्डी के इस अंदाज को अंकित समझ गया फिर जवाब देते हुए सिर्फ 'हम्म' शब्द निकले।

"हमें जानकारी प्राप्त हुई है कि कॉलेज में सिर्फ तू ही एक ऐसा बंदा है, जिससे राहुल की लड़ाई हुई है।"

"सर! जैसे नॉर्मल लड़ाई होती है उसी प्रकार से हमारी हुई, इसका यह मतलब नहीं यह मर्डर मैंने किया।"

"सारे शक तो तेरी तरफ इशारा कर रहे हैं।"

"मेरा यकीन कीजिए, मैं ऐसा क्यों करूँगा, मैं एक ब्राह्मण हूँ, इतनी बेरहमी से आखिर मैं कैसे मार सकता हूँ?" अपनी सफाई देते हुए अंकित ने कहा।

यह बात सुनते ही कबीर रेड्डी ने विषैले स्वर में कहा—"इनसान की बुराई का संबंध जात-पाँत से नहीं होता, बुरा इनसान बुरा ही होता है और दूसरी बात, यह कानून है। तेरे बाप का घर नहीं, जो भी मुजरिम होता है, उसे बराबर दंडित किया जाता है, फिर मुसलमान हो, इसाई हो या हिंदू हो, या फिर किसी का बाप कलेक्टर ही क्यों न हो?"

"एम सॉरी सर! मेरा वह मतलब नहीं था, माफ कीजिए।"

"ओके डोंट माइंड—जो पूछा जाए उसी का जवाब दो।"

"पूछिए सर।"

"किन कारणों की वजह से लड़ाई हुई थी राहुल से?"

"राहुल रेखा से प्यार करता था, उसकी गर्लफ्रेंड थी। राहुल ने उससे बेवजह ब्रेकअप कर लिया, फिर मैंने उससे कहा कि रिलेशनशिप में जाने का क्या फायदा? जब ब्रेकअप ही करना था, औकात होनी चाहिए प्यार निभाने की, यह बात सुनते ही वह भड़क गया, फिर हमारी लड़ाई हुई।"

"रेखा से ब्रेकअप क्यों किया, इसके बारे में कुछ खबर है तुम्हें?"

"उनकी रिलेशनशिप 2 साल तक चली फिर राहुल धीरे-धीरे प्रिया को पसंद करने लगा, इसके लिए उसने रेखा को छोड़ दिया। बहुत दिन तक रेखा बहुत रोई, मुझे वह कैंटीन में सारी बातें बताती थी। राहुल ने मेरे साथ धोखा किया, मैंने उससे बेहद प्यार किया, इसके बदले राहुल ने यह सिला दिया।"

"ऐसी बात है।"—कबीर रेड्डी गहरी सोच में चाय की सिप मारते हुए बोले।

"इन कारणों की वजह से हमारी लड़ाई हुई।"

"तुम रेखा के बारे में बता सकते हो, आई मीन...रेखा कहाँ रहती है?"

"उससे बात करने का कोई फायदा नहीं।"—अंकित ने जवाब दिया।

"क्यों?"—कबीर रेड्डी ने आश्चर्य से पूछा।

"रेखा कॉलेज की तरफ से 15 दिनों के लिए इंटरशिप पर गई है, रेखा अभी 4 दिन बाद आएगी। उसे तो यह तक खबर नहीं की राहुल का मर्डर हुआ है।"

"ठीक है, तुम अब जा सकते हो, पर जब भी कहा जाए चले आना।"

"क्यों सर?"

"क्योंकि बेटा आटे के साथ घुन भी पिसता है।"

"समझा नहीं सर।"

"यह सब छोड़ो, जब भी बुलाया जाए चुपचाप चले आना, अभी जा सकते हो।"—कबीर रेड्डी ने इत्मीनान भरे शब्दों में कहा।

अंकित अपने मन में बड़बड़ाते हुआ बोला—'भगवान् न करे दुबारा आना पड़े।'

□

6

"रेखा 15 दिन के लिए बाहर है, ऐसा वह नहीं कर सकती, जहाँ तक मेरा मानना है, यह भी बेगुनाह है और इसके दोनों दोस्त भी ऐसा नहीं कर सकते, आखिर किलर कौन है? हम कैसे पहुँच पाएँगे?"—रंजना ने सबसे सवाल किया।

"सही कहा, किलर कोई और है।"—जावेद बोला।

"अरे भाई! न कोई दुश्मनी थी, न कोई सुराग मिल रहा है, ऐसा कौन कर सकता है? वैसे कौन कर सकता है? अंकित को पकड़कर जेल में घुसेड़कर रफा-दफा करो।"

वहाँ मौजूद सभी लोग हँसने लगे, हवलदार चौबे की बातें सुनकर। हवलदार चौबे उम्र में काफी बड़े थे। इसीलिए सब उनकी इज्जत करते थे।

"आप सिद्ध कर सकते हैं अंकित कातिल है?"—मौजूदा सभी लोगों के विपरीत भाव से कबीर रेड्डी ने हवलदार चौबे से पूछा।

"नहीं सर…"—हवलदार चौबे के होंठ भिचकिचाए।

"चौबे साहेब अब आप रिटायर होने के कगार पर हैं, सभी को सही तरीके सिखाने चाहिए, 100 मुजरिम छूट जाए, पर कोई एक बेगुनाह को सजा नहीं मिलनी चाहिए। आपकी उम्र का लिहाज करता हूँ, पर आपकी सोच बहुत घटिया हैं।

"माफी चाहता हूँ सर।"—हवलदार चौबे शर्मसार हुए वहाँ से निकल पड़े।

चौबे साहब को फटकार सुनते ही सभी लोगों ने चुप्पी साध ली।

सभी लोग अपने काम पर लग गए हैं, धीरे-धीरे 2 दिन हो गए, पर केस की तह तक अभी कोई नहीं पहुँच पाया। ए.सी.पी. कबीर रेड्डी दिन रात यह सोचता था कि ऐसा कौन कर सकता है ? आखिर इतनी सफाई से हत्या करने वाला किलर टाइटेनिक जहाज की तरह गायब है, कबीर कुछ दिन से सिगरेट ज्यादा पीने लगा। शायद केस के बारे में सोचते-सोचते वह सिद्ध नहीं कर पा रहा था कि आखिर इसके लिए क्या करूँ ?

3 दिन बाद उस मंजर ने दोबारा दस्तक दी। ऐसा दोबारा होगा किसी ने कल्पना नहीं की थी।

(मंगलवार सुबह 10:00)

झिम···झिम···झिम···बारिश के बीच

ट्रिंग···ट्रिंग···हवलदार चौबे ने फोन उठाया, उनके कहने से पहले फोन पर किसी के हड़बड़ाने की आवाज आई।

"कचरा महल के पास एक भयानक लाश मिली है।" यह कहते हुए, फोन करनेवाले ने फोन काट दिया।

फोन पर ऐसी आवाज सुनने के बाद चौबे की आँखें बड़ी हो गईं और वह भागा-भागा कबीर रेड्डी के पास गया।

"कचरा महल के ढेर के पास एक भयानक लाश मिली है।"

"व्हाट ? किसने कहा तुमसे ?"—हैरानी जाहिर करते हुए ए.सी.पी. कबीर रेड्डी ने पूछा।

"किसी ने फोन करके जानकारी दी।"

"तुम फटाफट गाड़ी निकालो।"

पूरी टीम घटनास्थल की तफ्तीश के लिए निकल पड़ी। 20 गज दूर गाड़ी खड़े करके लाश देखने के बाद कबीर रेड्डी ने मन में सोचा, 'वही मक्खियों की भनभनाहट, खून में लथपथ, वही गले पर निशान बिल्कुल राहुल की लाश के जैसे इसकी भी वही हालत है।'

"सर पिछली लाश की तरह इसकी भी हालत ठीक उसी प्रकार की है।"—जावेद ने कहा।

"ऐसा नहीं हो सकता।"

"ऐसा नहीं हो सकता, यह बहुत अजीब केस नहीं लगता आपको?"—रंजना ने सवाल किया।

ए.सी.पी. कबीर रेड्डी चिंतित स्वर में बोला—"क्या हो गया है शहर को? किसकी नजर लग गई है? वही झिम-झिम-झिम बारिशों के बीच, उसी प्रकार लाश। सही कह रही हो रंजना। तुम लाश को तुरंत पोस्टमार्टम के लिए लेकर जाओ।"

"रंजना और जावेद तुम दोनों जैसे ही पोस्टमार्टम की रिपोर्ट आए, मुझे तुरंत आगाह करो।"

"यस सर।"

"जावेद तुम यहाँ की स्थिति को हैंडल करो, यहाँ कोई आजू-बाजू घुसने नहीं पाए। यहाँ तक कि मीडिया भी नहीं, इस बात की पुष्टि अभी किसी को नहीं करनी है।"

ए.सी.पी. कबीर रेड्डी ने सफेद दस्ताने पहनकर खुद चारों तरफ दृष्टि दौड़ाई और देख-रेख की, पर कुछ हासिल नहीं हुआ। हालाँकि कुछ समय बाद फॉरेंसिक डिपार्टमेंट ने आकर पूरी जाँच-पड़ताल की।

तभी कमिश्नर साहब का फोन आया।

"क्या हुआ कबीर? किस प्रकार का केस है?"

"सर! दोबारा उसी प्रकार से लाश प्राप्त हुई है, जख्मों के निशान बिल्कुल राहुल के जख्मों की तरह है, ऐसा लगता है उसी लाश की किसी ने जेरोक्स कॉपी निकाली हो।"

"ठीक है, अपने हिसाब से काररवाई चालू रखो।"—कमिश्नर साहब ने कहा।

दोबारा वही मंजर देखने के बाद लोगों के रोंगटे खड़े हो गए, वही

निशान, खून से लथपथ बॉडी, ऐसा लगता था जैसे राहुल की जेरोक्स कॉपी हो। मर्डर करनेवाले ने ठीक उसी प्रकार से जख्म दिए थे।

धीरे-धीरे यह बात पूरे शहर में फैल गई, अब मीडिया ने पुलिस पर उँगलियाँ उठानी शुरू कर दीं। कुछ समझ नहीं आ रहा था क्या हुआ? ए.सी.पी. कबीर रेड्डी पोस्टमार्टम की रिपोर्ट के इंतजार में थे।

शाम 6:00 बजे पोस्टमार्टम रिपोर्ट लेने के लिए ए.सी.पी. कबीर रेड्डी की पूरी टीम पोस्टमार्टम ऑफिस पहुँची।

"रिपोर्ट क्या कहती है सर?"—गंभीरता भरे स्वर में कबीर रेड्डी ने पूछा।

"पोस्टमार्टम रिपोर्ट मैंने जेरॉक्स कॉपी की हुई है।"

"मतलब! कुछ समझ नहीं आया!"—कबीर ने बेचैनी से पूछा।

"पूरी वही रिपोर्ट है कबीर सर!"

"मुझे लगा ही था कि कुछ इस तरह ही होगा।"—जावेद ने कहा।

"सर! इस लाश के साथ क्या नया हुआ है?"—कॉन्स्टेबल रंजना ने पोस्टमार्टम करनेवाले डॉक्टर से सवाल किया।

"इस लाश के साथ कुछ नया नहीं हुआ है, वही आरी से जख्मी किया गया, 'प्राइवेट पार्ट' कटा हुआ है। उसी प्रकार ब्रोमाइन केमिकल से दिल के हिस्से को आर-पार किया गया। और ठीक उसी प्रकार से अबकी बार कोई सबूत हाथ नहीं लगा।"—पोस्टमार्टम करनेवाले डॉक्टर ने जवाब दिया।

"इससे साफ जाहिर होता है कि इन दोनों का मर्डर किसी एक इनसान द्वारा किया गया है।"—ए.सी.पी. कबीर रेड्डी ने कहा।

"यू आर राइट! यह मर्डर करनेवाला एक ही व्यक्ति है।"

"यह खूनी पढ़ा-लिखा है, तभी इतनी सफाई से खून कर रहा है, इसीलिए कोई सबूत नहीं छोड़ रहा।"

"सर! हमें जूतों के निशान मिले पर चार कदम बाद वे भी बारिश की

वजह से गायब हो गए।"—जावेद ने कहा।

"राहुल के पुष्टिकरण में हमें कुछ हासिल नहीं हुआ, शायद इस लाश से हमें कोई सबूत इकट्ठे हो जाएँ।"—थोड़े उदास स्वर में ए.सी.पी. कबीर रेड्डी ने कहा।

"अब सर भगवान् के भरोसे हैं। क्योंकि हमने 400 मीटर की रेंज में पूरी तरीके से जाँच पड़ताल की, किलर ने कोई सबूत नहीं छोड़ा और वैसे भी उस बदबूदार इलाके में कोई आता-जाता नहीं।"—किशन ने कहा।

"किलर शातिर है कि जब बारिश होती है, उसी वक्त यह घटना को अंजाम देता है, अकसर बारिशों में लोग घर के भीतर रहते हैं और आना-जाना भी कम होता है उस बदबूदार इलाके में।"

"हाँ सही कहा।"—ए.सी.पी. कबीर रेड्डी ने सहमतिसूचक ढंग से सिर हिलाया।

"मेरे खयाल से यह हत्या करनेवाला एक साइको टाइप का है, मेरा मतलब 'सीरियल किलर'।"—पोस्टमार्टम करनेवाले डॉक्टर ने बात सँभालते हुए कहा।

मौजूदा सभी लोग भौंचक्का रह गए 'सीरियल किलर' का नाम सुन कर।

"गोवा शहर में सीरियल किलर!"

"मानव इतिहास में सीरियल किलिंग की घटना काफी पुरानी है, वैसे गोवा हो या अमेरिका, सीरियल किलर तो सीरियल किलर ही होता है।"—पोस्टमार्टम करनेवाले डॉक्टर ने जवाब दिया।

"मुझे यकीन नहीं हो रहा है।"—ए.सी.पी. कबीर रेड्डी ने कहा।

"सीरियल किलर का एक खास मकसद होता है।"

"कैसा मकसद ?"

"सीरियल किलिंग के पीछे कई राज छुपे होते हैं, वह मारता है बेगुनाहों को, पर उनकी नजर में वह बहुत बड़ा गुनहगार होता है। अब वह किस मकसद से मार रहा है यह आपको ढूँढ़ना है, सीरियल किलर एक साइको

टाइप के होते हैं, वह किसी के साथ कुछ भी कर सकते हैं, उनमें हैवानियत नस-नस में भरी होती है।"

"इसे किस प्रकार से पकड़ा जा सकता है?"

"सीरियल किलर बहुत शातिर होते हैं। बहुत सारे ऐसे सीरियल किलर हुए हैं, जिन्हें आज तक पकड़ा नहीं गया।"

"क्या?"—मौजूदा सभी लोगों के चेहरों पर आश्चर्य झलक उठा।

पोस्टमार्टम करनेवाले डॉक्टर ने इत्मीनान से बताया—"अगर आपकी अच्छी किस्मत रहे तो शायद पकड़ सके। मैंने पढ़ा है, यह बात 1985 की है, मुंबई में एक सीरियल किलर ने आतंक मचा रखा था। एक के बाद एक हत्या होती रही, पुलिस सीरियल किलर तक पहुँचने में नाकाम रही और यह हत्या 30 किलो के पत्थर से सिर कुचलकर करता था और इस सीरियल किलर को 'स्टोनमैन' नाम दिया गया। स्टोनमैन सारी हत्याएँ रात के अँधेरे में, फुटपाथ पर पड़े शख्स को पत्थर से कुचलकर और खुद गायब हो जाता, जैसे यह बारिश में करता है, मुंबई के इलाके से यह घटना शुरू हुई थी। उसकी दहशत से लोगों ने बाहर निकलना बंद कर दिया और वह सिर्फ फुटपाथ पर अकेले सोनेवाले की हत्या करता, यही हत्या दोबारा कोलकाता में भी हुई, फिर भी उस स्टोनमैन को पकड़ नहीं पाए।"

"यानी ऐसा भी हो सकता है किलर हमारे हाथ न लगे।"

"इस रिपोर्ट से भी कुछ हाथ नहीं लगा, अगर किस्मत अच्छी रही तो किलर कोई-न-कोई सबूत जरूर छोड़ेगा।"

"ऐसे ही एक सीरियल किलर इंग्लैंड में था, नशे में धुत वेश्याओं को अपना शिकार बनाता, उसे भी आज तक कोई पकड़ नहीं पाया। उस खूँखार किलर ने पूरा आक्रोश फैला रखा था। उसने एक के बाद एक हत्या की, जिसे भी मारता, उसके शरीर पर एक अंग गायब मिलता, वहाँ की सरकार उसने एक लैटर भी लिखकर भेजा कि किस प्रकार वह हत्या करता है और धंधा करनेवाली औरतों के इलाकों में वह घटना को अंजाम देता है, यही नहीं उसने

किसी महिला की आधी किडनी काटकर वहाँ की सरकार को भेजी और एक पत्र के साथ, उस पत्र में बकायदा लिखा हुआ था कि मैं आधी किडनी भेज रहा हूँ और आधी किडनी फ्राई करके खा चुका।

"यह इनसान है या जानवर ?"—ए.सी.पी. कबीर रेड्डी मुँह बिगाड़ते हुए बोला।

"सीरियल किलर इनसान के रूप में जानवर होते हैं, यह मैं दावे के साथ कह सकता हूँ।"

"इंडिया में यह पहला सीरियल किलर है।"

"नो…नो…बहुत सारे सीरियल किलर इंडिया में भी हुए हैं, जैसे जोशी अभ्यंकर और देवेंद्र शर्मा, एक सक्सेसफुल डॉक्टर जिन्होंने 2002 और 2004 के बीच यू.पी. और गुजरात की कार ड्राइवरों की हत्या की, किडनी रैकेट, फर्जी गैस एजेंसी, और चोरी के कार डीलिंग, ये सब अपने धंधे को बढ़ावा देने के लिए, लगभग 100 हत्याएँ कीं। उन्होंने खुद कन्फेस किया है। मोहन कुमार ने 20 लड़कियों को मारा, ऐसे बहुत सारे सीरियल हुए, जैसे ऑटो चालक शंकर, यह कोई नई बात नहीं है, पर इसे जितना जल्दी हो सके उतना जल्दी पकड़ना जरूरी है, इससे पहले कि कोई अपनी दहशत फैलाए।"

"लिंग (प्राइवेट पार्ट) क्यों काट देता है ? मुझे कुछ समझ नहीं आ रहा है और घटनास्थल पर कटा हुआ लिंग (प्राइवेट पार्ट) भी नहीं मिलता।"

"इस घटना को जिस स्थान पर अंजाम देता है, यह जवाब वहीं मिलेगा।"

"थैंक यू सो मच सर, हमें चलना चाहिए।"

पोस्टमार्टम करनेवाले डॉक्टर की इस बात से पूरी टीम के चेहरे पर मासूमियत छा गई। ऐसी कहानी सुनकर ए.सी.पी. कबीर रेड्डी, जावेद, किशन और रंजना पूरी तरह से दंग रह गए। कुछ समझ नहीं आ रहा था वे लोग क्या करें, अब एक ही चारा था कि दूसरी लाश में कुछ ऐसा मिले, जिससे वे किलर तक पहुँच सके।

"कमिश्नर साहब के केबिन में, सर ने आपको बुलाया है, आप तुरंत

जाइए।"—सब इंस्पेक्टर जावेद ने कबीर रेड्डी से कहा।

कबीर अपना हुलिया सही करते हुए कमिश्नर साहब के केबिन में घुसा।

"तुम्हारा काम हद से ज्यादा ढीला पड़ता जा रहा है। यहाँ मीडिया, ऊपर से फोन, इतना छोटा सा केस इतना बड़ा बनता जा रहा है, कैसे?"—कमिश्नर साहब ने ठिठककर पूछा।

"सर हम जल्द उस सीरियल किलर तक पहुँच जाएँगे।"—ए.सी.पी. कबीर रेड्डी ने जवाब दिया।

"मीडिया इसे कोतवाली की नाकाम कोशिश बता रही है और एक दो मीडिया वाले बाहर बैठे हैं कि किस तरीके से एक ही जैसी लाश मिली, कुछ समझ नहीं आ रहा है, थोड़ा तेज करो, कबीर रेड्डी।"—गंभीरता भरे स्वर में कमिश्नर साहब ने आदेश दिया।

"पूरी निष्ठा के साथ हम इस केस पर काम कर रहे हैं, सर! परिणाम जल्द आएगा।"

तभी कमिश्नर साहब आज अचानक पहुँचे—"तुमने क्या कहा सीरियल किलर?"

"हाँ सर!" कबीर रेड्डी ने गंभीरता भरे स्वर में बताना शुरू किया—"दोनों की लाश की पोस्टमार्टम रिपोर्ट बिल्कुल एक जैसी ही हैं, हुबहू वही लिंग कटा हुआ, गले का निशान, ब्रोमाइन केमिकल्स से सीने के भाग आर-पार, यह दोनों लाशें सीरियल किलिंग की तरफ संकेत करती हैं।"

"ओ माय गॉड...तुम इसपर जल्द-से-जल्द काररवाई करना शुरू करो।"

ए.सी.पी. कबीर रेड्डी गहरी सोच में अपने केबिन में बैठा हुआ था, तभी जावेद ने आकर कबीर के सामने टेबल पर फाइल रखी।

"जिसकी हत्या हुई वह एक स्वस्थ युवक 24 वर्ष का था, जिसका नाम शुभम मिश्रा था।"

"रहता कहाँ है?"

"सूर्यप्रकाश अपार्टमेंट में, एफ. ब्लॉक में रहता है सर।"

"उसकी फैमिली के बारे में कोई जानकारी।"

"शुभम मिश्रा के पिता रिवाइटल कंपनी में काम करते हैं और उसका एक छोटा भाई है, जो आठवीं कक्षा में पढ़ता है और उसकी हाउसवाइफ माँ।"

"शुभम मिश्रा क्या करता था? स्टडी या जॉब?"

"शुभम मिश्रा ने एक डिजिटल वेबसाइट का डोमिन लेकर स्टार्टअप किया था—व्हाट्सएप, 3 दिन पहले उसके घरवालों ने शुभम के गायब होने की एफ.आई.आर. दर्ज करवाई थी, राहुल के केस की वजह से हम लोग ध्यान नहीं दे पाए।"

"क्या?" कबीर रेड्डी गुस्से में बोला—"हमारे अलावा यहाँ सब सो रहे थे, हम अभी एक काम नहीं कर पाए हैं और किलर अगला शिकार ढूँढ़ रहा है, वह भी हमारे आँखों के सामने से।"

"तो सर अब हमें क्या करना चाहिए?"—सब इंस्पेक्टर जावेद ने दबे स्वर में पूछा।

"शुभम के घरवालों को कोतवाली बुलाओ।"—कबीर रेड्डी ने आदेश दिया।

"उनकी फैमिली वालों की हालत हद से ज्यादा खराब है सर! यहाँ बुलाना ठीक नहीं।"

"हालत खराब हो या अच्छी, यह केस नरमी से हैंडल नहीं होनेवाला और जावेद इस बात से तुम अच्छी तरह से वाकिफ हो, किलर कितना खतरनाक है, सीरियल किलर एक भी सबूत नहीं छोड़ रहा है कि हम कुछ उस पर काररवाई आगे करें।"—ए.सी.पी. कबीर रेड्डी ने परेशान होकर कहा।

"ठीक है सर, मैं उन्हें कोतवाली बुलाता हूँ।"

"गुड! काम एकदम फुर्ती से करो। बॉडी उन्हें भिजवा दी या बाकी है?"

"बॉडी उनके घर कब की पहुँच गई है।"

"अंतिम संस्कार करने के बाद ही उन्हें कोतवाली बुलाना।"

"ठीक है सर।"—यह कहते हुए जावेद अपने काम पर चला गया।

सिगरेट की डिब्बी में से एक सिगरेट निकालकर कबीर रेड्डी बड़े-बड़े कस लेकर सोचने लगा। कबीर रेड्डी अब हद से ज्यादा परेशान दिखने लगा, इस केस को लेकर और इधर…।

सीरियल किलिंग के बारे में मीडिया वालों को खबर पड़ते ही वे गोवा पुलिस की जमकर धज्जियाँ उड़ाने लगे, पुलिस की नाकाम कोशिश पर सवाल उठने लगे और यहाँ तक कि शुभम मिश्रा के लापता होने की रिपोर्ट की भी उन्हें जानकारी प्राप्त हो गई थी। इन कारणों से उन्हें और भी अच्छे तरीके से सुरमा प्राप्त हो गया था।

अंतिम संस्कार पूर्ण होने के बाद जावेद ने शुभम के परिवार 'कोतवाली' में जाँच-पड़ताल के लिए बुलाया।

एक जवान, होनहार लड़का खोया हुआ परिवार, गमों के बादल टूटे हुए उनके चेहरे पर साफ दिखाई दे रहे थे। उन्हें चाय पूछने पर उन्होंने मना कर दिया।

बिखलते हुए माँ ने कहा-"किसने किया होगा मेरे बेटे के साथ ऐसा? उसकी हालत कैसी हो गई थी? वह तो मक्खी भी नहीं मारता था फिर मेरे शुभम को किस चीज की सजा मिली? मेरा बेटा बहुत सीधा था, उसे खीर बहुत पसंद थी।"—यह कहते-कहते शुभम की माँ और भी जोर से रोने लगी।

माँ की हालत बुरी होने के कारण उन्हें केबिन के बाहर बैठा दिया और शुभम के पिता और भाई से पूछताछ चली।

"आपकी किसी से दुश्मनी या किसी से अनबन?"—ए.सी.पी. कबीर रेड्डी ने पहला सवाल पूछा।

आँसू पोंछते हुए शुभम के पिता बोले—"हमारी किसी से भी दुश्मनी नहीं है सर! और मेरे बेटे ने क्या किया जो सीरियल किलर ने उसे मार दिया?"

"धीरज रखिए सर।"—कबीर रेड्डी ने धैर्य से कहा।

"मैं तो हर दिन ऑफिस रहता हूँ, वह सिर्फ शाम को ही मुझे दिखाई पड़ता।"

"अच्छा!" गहरी सोच में कुछ निर्णय लेते हुए ए.सी.पी. कबीर रेड्डी ने शुभम के छोटे भाई से पूछा—"तुम बताओ बेटा, तुम तो घर पर ही रहते हो। तुम्हें ऐसा लगा कि तुम्हारे भाई कभी परेशान, कुछ अलग दिखे हों, कुछ भी डिफरेंट।"

"पहली बात! न ही वह अपना फोन देता! न ही कभी रूम में आने देता।"

"ऐसी बात है।"

"पर जहाँ तक मुझे याद है, 2 हफ्ते पहले उसका रूम बिखरा हुआ मालूम था और उसने चाचा का दिया हुआ जन्मदिन का कप भी फोड़ दिया था, थोड़ा बहुत परेशान दिख रहा था, जब मैं उससे पूछने गया तो डाँटकर रूम से मुझे भगा दिया और उसके बाद दरवाजा जोर से बंद कर लिया।"—शुभम के भाई ने इन्हें धैर्य से पूरी बात बताई।

कुछ घंटों तक जाँच-पड़ताल खत्म होने के बाद उन्हें सही-सलामत घर पहुँचा दिया गया।

फिर जावेद और किशन उनके घर की तलाशी लेने के लिए पहुँचे, शायद कुछ सुराग मिल जाए पर जाँच-पड़ताल से कुछ हासिल नहीं हुआ, पर उसके रूम से एक महिला की तसवीर मिली, जो काफी सुंदर, जवानी की दहलीज पर, केसर जैसे गाल, एक हरी भरी लड़की की तसवीर प्राप्त हुई।

जाँच-पड़ताल के पश्चात् कोतवाली में!

"जाँच-पड़ताल में कुछ प्राप्त हुआ?"—ए.सी.पी. कबीर रेड्डी ने सवाल पूछा।

"सिर्फ इस लड़की की तसवीर मिली है और उसका फोन।" जावेद ने उस लड़की की तसवीर कबीर रेड्डी के सामने टेबल पर सरकाई।

"यह लड़की कौन है?"—ए.सी.पी. कबीर रेड्डी ने पूछा।

"इसका नाम दामिनी है, सर इसे कोतवाली बुला लूँ।"

"नहीं!" ए.सी.पी. कबीर रेड्डी ने कहा—"इससे पहले कॉल रिकॉर्ड मुझे सुनना है, 24 सितंबर को शुभम मिश्रा गायब हुआ था, 23 सितंबर की कॉल रिकॉर्ड चेक करना है।"

कॉल रिकॉर्ड सुनने के लिए पूरी व्यवस्था हुई। 23 से 24 सितंबर के दरमियान केवल तीन कॉल आए हुए थे, वह भी दो मिस कॉल और एक शुभम के दोस्त दीपक का कॉल था।

टेप चालू हुआ, कॉल पर।

शुभम मिश्रा : हेलो दीपक कैसा है?

दीपक : बढ़िया हूँ भाई, तू बता, तुझे छोड़कर दामिनी शादी कर रही है।

शुभम मिश्रा : दामिनी क्या मुझे छोड़ेगी, मैंने उसे खुद छोड़ा है यार और अगले हफ्ते उसकी शादी है।

दीपक : क्या यार, अच्छी तो थी फिर क्यों छोड़ा?

शुभम मिश्रा : आज के समय में रिलेशनशिप चलता ही कितना है भाई! और गर्लफ्रेंड तो गर्लफ्रेंड होती है, वाइफ थोड़ी होती है।

दीपक : उसकी शादी में तू जाएगा?

शुभम मिश्रा : किसी लड़की की तरफ नजर भी जाती थी तो दिमाग खराब कर देती थी, इतना प्यार कौन करता है यार? उसने मेरे इंस्टाग्राम के मैसेज चेक किए, उसमें किसी लड़की से मैंने चैट किया हुआ था, उसके लिए मुझसे झक-झक कर रही थी, तो मैंने ब्रेकअप कर लिया...मैं नहीं जा रहा उसकी शादी में।

दीपक : जाना चाहिए तुझे।

शुभम मिश्रा : नहीं यार, वेबसाइट का काम चालू है।

दीपक : वह छोड़ पार्टी करने आजा मेरे घर।

शुभम मिश्रा : किस खुशी में भाई!

दीपक : तेरी दामिनी की शादी की खुशी में भाई!

शुभम मिश्रा : फिर तो आना पड़ेगा दोस्त।

रिकॉर्ड का पूरा चिट्ठा कबीर रेड्डी ने बड़ी ही शालीनता से सुना।

"सर दामिनी की शादी है, और यह मर्डर कोई सीरियल किलर कर रहा है। हम अगर दामिनी से पूछताछ करने जाएँगे तो उनकी फैमिली पर शायद बुरा प्रभाव पड़े।"—जावेद ने कहा।

"सही कहा, दामिनी को बुलाने का कोई फायदा नहीं। हमें ही कुछ और करना होगा, पर हम करें भी तो क्या करें? कुछ समझ नहीं आ रहा था।"

"सही कहा सर!"

"ठीक है फिर भी जितना हो सके उतनी जानकारी तैयार करो।"

"ठीक है सर।"

धीरे-धीरे केस अर्थहीन होने के भाव पकड़ रहा था, अभी पहला केस खत्म नहीं हुआ कि दूसरा केस एक बुरे मंजर की तरह सामने आ प्रकट हुआ, इससे पूरा डिपार्टमेंट परेशानी से गुजर रहा था, क्योंकि इस केस की कोई भी कलई खुल नहीं रही थी।

लगभग 4 दिनों के बाद भी कुछ हासिल नहीं हुआ है। इसकी वजह से कबीर रेड्डी बहुत ही परेशान सा हो रहा था, कमिश्नर का पूरा भरोसा ए.सी. पी. कबीर रेड्डी के ऊपर टिका हुआ था, जब तक कबीर को कोई सुराग नहीं मिलता, वह खुद पर कैसे भरोसा रखे? हैदराबाद का मंजर याद करता कि उसने कैसे सबकी छुट्टी की थी, पर इस केस में कबीर रेड्डी कुछ नहीं कर पा रहा, और अपने आपको हजार सवाल से टकरा रहा था।

कुछ दिन पश्चात् इस केस के इन्वेस्टिगेशन के लिए कबीर रेड्डी ने खतरनाक निर्णय लिया। उसने लोकल पुलिस की मदद लेकर 12 लोगों की टीम बनाई और इस इन्वेस्टिगेशन के बारे में सिर्फ कबीर रेड्डी और जावेद, किशन, रंजना को खबर थी। 12 लोग शहर के हर कोने पर नजर रखेंगे, इनकी वेशभूषा बदली गई। 12 लोगों को अलग-अलग कैरेक्टर दिया गया। कोई

फुटपाथ पर रहनेवाला बना, तो कोई बाल काटनेवाला नाई बना, कोई पानी पुरी लारी वाला, तो कोई ठेले पर सब्जी बेचनेवाला बना तो कोई रिक्शा वाला बना, कोई फेरी करनेवाला बना। इस तरीके से पूरे शहर में अपनी वेशभूषा बदल के पुलिस के आदमी तैनात थे।

जितना हो सके कबीर रेड्डी उतनी कोशिश कर रहा था। वह इस फिराक में था कि कोई एक ऐसा सबूत मिले जिससे वह तह तक पहुँच सके। वह इस बात की टेंशन कर रहा था कि कहीं किलर स्टोनमैन की तरह गायब न रहे, कहीं सीरियल किलर हमारे हाथ न लगे, इसी बात के डर से उसने टीम बनाई, ताकि वह जल्द-से-जल्द सीरियल किलर को पकड़ सके।

कबीर पूरे तरीके से इस केस पर लग चुका था। उसने हर एक सीरियल किलर की कहानी को पढ़ डाला। उसने लगभग 3 हफ्तों में 20 से अधिक सीरियल किलरों की कहानी के आर्टिकल पढ़ डाले। सीरियल किलिंग के बारे में साइंटिफिक रीजन भी पढ़ा।

कोतवाली के अंदर कुछ हवलदार बातचीत कर रहे हैं।

"वैसे तुझे क्या लगता है, ए.सी.पी. कबीर रेड्डी के बस की बात है?"—एक सिपाही ने विमल का पैकेट हिलाते हुए पूछा।

"कबीर रेड्डी भी एक साइको ही है, किसी से डरता नहीं। हैदराबाद के किस्से कहानी इसके बहुत मशहूर हैं।"

"ऐसा है!"

"अभी नौकरी को केवल 1 वर्ष ही हुआ होगा, लेकिन एक एनकाउंटर भी कर चुका है, वह तो इसका ट्रांसफर हो गया, वरना हैदराबाद से क्राइम पूरे साफ ही कर दिए होते।"

"ट्रांसफर क्यों हुआ?"—हवलदार ने विमल का मसाला दूसरे के हाथ में देते हुए पूछा।

"नाक में दम करेगा तो ट्रांसफर ही होगा न, डिपार्टमेंट इसके निर्णय से

परेशान रहता था, यहाँ तो कमिश्नर की सुनता भी है, वहाँ तो कमिश्नर खुद इसकी सुनता था।"

"नया खून है, धीरे-धीरे उतर जाएगा, वैसे भी यह सीरियल किलर इसका बाप है।"

"नया खून नहीं, 26/11 आतंकी हमलों में अपने माँ-बाप और बहन को खोया है।"

"आगे पीछे कोई नहीं है तो शेर ही बनेगा न, हमारी तरह जिम्मेदारी नहीं है, ससुर को!"

"सही कहा पांडे जी!"

"अब भगवान् ही जाने इस केस का क्या होगा।"

ए.सी.पी. कबीर रेड्डी की बेचैनियाँ धीरे-धीरे बढ़ती जा रही थीं। 12 लोग शहर में फैले हुए थे लेकिन अभी तक किसी ने कोई जानकारी नहीं भेजी, कोई रास्ता नहीं मिल रहा था, इस बात से कबीर रेड्डी रेडी बहुत चिंतित था।

1 अक्तूबर!

"यह मीडिया वाले एक ही टॉपिक पर न्यूज चलाएँगे क्या? सीरियल किलर नहीं पकड़ सके, पुलिस की नाकाम कोशिश, आम जनता कैसे सुरक्षित रहेगी? इनका बाप आकर के सुरक्षित करता है सालों को।"—ए.सी.पी. कबीर रेड्डी झुँझलाकर बोले।

"छोड़िए सर, इनकी बातों का क्या? सब टी.आर.पी. का चक्कर है।"—जावेद ने जवाब दिया।

"पहले जैसी मीडिया नहीं रही।"

"सही कहा सर! पहले न्यूज वाले सच के साथ रहते थे, पर अब जहाँ फायदा वहीं न्यूज।"

"कुछ खबर पड़ी सीरियल किलर के बारे में?"

"अभी तक तो कुछ हाथ नहीं लगा है, कुछ समझ नहीं आ रहा है क्या

करें, 12 लोग लगे हैं पड़ताल में, उनके भी हाथ कुछ नहीं लगा।"

"सीरियल किलर को तो मैं पकड़कर ही रहूँगा।"

"एक ही शर्त पर हम पकड़ सकते हैं?"

"कैसी शर्त?"

"अगर सीरियल किलर तीसरी हत्या करता है, बाय चांस अगर वह सबूत छोड़कर जाता है तो हमारा काम हो जाएगा।"

"तुम्हारी बात सही है, पर दोबारा हत्या न हो यही भगवान् से गुजारिश है, पूरे शहर में हल्ला मचा है, सभी लोग आगाह हो गए हैं, शायद डर के मारे ऐसा काम करने की जुर्रत न करें।"

"सर! आपको लगता है कि वह डरेगा, जो इतनी बेरहमी से कत्ल कर रहा हो, मुझे यकीन है वह जरूर अगला कदम उठाएगा।"

"देखते हैं क्या होता है? हमें कुछ-न-कुछ जल्द ही करना पड़ेगा।"

"फिलहाल इस सप्ताह कुछ नहीं किया तो पक्का ऊपर से फोन आएगा।"

"पर करें भी तो क्या करें?"—ए.सी.पी. कबीर रेड्डी उदास भाव में बोला।

"आपने एक चीज नोटिस की!"

"क्या?" कबीर रेड्डी ने थोड़ा हैरानी से पूछा।

"सीरियल किलर जिन्हें मार रहा है, वे मीडियम परिवार और एक अच्छे परिवार से थे।"

"यह तो बात सही है, पर फिर भी मुझे ऐसा लगता है, इन्होंने ऐसा जरूर कुछ किया है, जिससे वह इन्हें मौत के घाट उतार रहा है।"—विश्वासपूर्ण निगाहों से जावेद को देखते हुए ए.सी.पी. कबीर रेड्डी ने कहा।

"जिन रास्तों से शुभम गायब हुआ, उन रास्तों में सी.सी.टी.वी. है ही नहीं, राहुल व शुभम दोनों के फोन चेक करने के बाद इन दोनों में कोई लिंक

नहीं है, इन दोनों का आपस में किसी भी प्रकार से मेल नहीं है।"

"किलर गधे के सींग की तरह गायब है, वैसे राहुल और शुभम मिश्रा के मर्डर केस के दरमियान 6 दिनों का फासला था और शुभम मिश्रा का मर्डर हुए आज पूरे 6 दिन हो गए, कहीं ऐसा न हो कि आज किसी की हत्या हो।"

"अगर आज हत्या नहीं हुई तो इसके बाद शायद न भी हो।"

"कोई सीरियल किलर इतनी जल्दी मकसद नहीं बदलता।"—कबीर रेड्डी ने जवाब दिया।

"मतलब सर!"

"क्या तुमने रमन राघव का नाम सुना है?"

"हाँ सुना है, पर इसके बारे में जानता नहीं हूँ।"

"इसने 40 से ज्यादा लोगों की हत्या की थी और इस बेरहम इनसान ने अपनी बहन तक के साथ रेप किया, फुटपाथ पर सोनेवाले को राघव अपना शिकार बनाता था।"

"यह तो हद से ज्यादा खतरनाक है सर! यह पकड़ा गया या नहीं!"

"तमाम प्रयासों के बाद रमाकांत कुलकर्णी की टीम 1968 में लाखों के इनामी बदमाश को पकड़ने में कामयाब रही।"

"उसे सजा क्या मिली!"

"उसे उम्र कैद की सजा मिली, पर वह सजा काटते समय ही मर गया।"— ए.सी.पी. कबीर रेड्डी ने कहा।

"क्यों?"—जावेद ने आश्चर्य से पूछा।

"किडनी की बीमारी से उसकी मौत हो गई।"

"चलो बढ़िया है, मर तो गया साला।"

"यही नहीं! रमाकांत कुलकर्णी सर जिन्होंने इस टीम की कमान ली थी, राघव को पकड़ने के लिए, उन्होंने इस पर दो किताबें लिखी हैं।"

"कौन सी!"

"फुटप्रिंट्स ऑन द सैंड्स ऑफ क्राइम और क्रिमिनल एंड कॉप्स।"

"देखते हैं! हम भी रमाकांत कुलकर्णी सर जैसे कामयाब होंगे या स्टोनमैन जैसे किलर गायब हो जाएगा।"

"इसे तो मैं पकड़ के ही रहूँगा, जावेद डोंट वरी!"

"बेशक सर! वैसे भी आपके हैदराबाद के किस्से सुने हैं, किलर आपके हत्थे चढ़ गया, तो सलाखों के पीछे ही होगा।"

"इस कातिल को मैं सलाखों के पीछे नहीं करूँगा।"—कबीर रेड्डी कातिल मुसकान के साथ बोला।

"समझ गया सर! आप एनकाउंटर की बातें कर रहे हैं।"

सैल्यूट मारकर जावेद अपने हाथों में चार-पाँच फाइल लिये हुए ए.सी.पी. कबीर रेड्डी के केबिन से जा ही रहा था तभी अचानक कबीर रेड्डी ने कहा —"सुनो!" जावेद ए.सी.पी. सर की तरफ घूमा—"जी सर!"

"आज नाकाबंदी बढ़ा दो, ज्यादा-से-ज्यादा चेकिंग करो पूरे शहर में, गाड़ियाँ बस सब चेक करो और मुझे सब की डिटेल्स भेजो।"

"यस सर।"

ए.सी.पी. कबीर रेड्डी को चिंता सताए रहती थी, कहीं जावेद की बात सच न हो जाए, इन परेशानियों की वजह से कबीर ने पूरे शहर में जाँच पड़ताल और नाकाबंदी बढ़ा दी, कई कारणों की वजह से डिपार्टमेंट को डर सा हो गया था। सीरियल किलिंग ने पूरे शहर में अपना आक्रोश पैदा किया हुआ था, और इस केस की पूरी जिम्मेदारी कबीर रेड्डी के हाथों में थी।

दिन वक्त के साथ बीत गया, पर कुछ दिनों से कोई वारदात की खबर इलाके से नहीं आई। इस बात से पूरा डिपार्टमेंट खुश था और शायद नाखुश भी, शहर में फैले 12 लोग जो खुफिया की तरह देख-रेख कर रहे थे, उन्हें भी कोई फायदा नहीं हुआ। कबीर अब हद से ज्यादा चिंतित रहने लगा, चिंता की लकीरें उसके ललाट पर साफ झलक रही थीं।

और एक दिन!

□

7

“2 मर्डर के खूनी अभी लापता हैं, उन्हें अभी तक पकड़ा नहीं गया, तुम इतने ढीले कैसे काम कर सकते हो कबीर रेड्डी?”—कठोर आवाज में कमिश्नर ने कहा।

“सर! आप यकीन कीजिए, जल्द ही वह हमारे हाथ लगेगा।”

“आखिर कब!”

“सीरियल किलर, कोई सबूत नहीं छोड़ रहा है कि हम उस तक पहुँच सकें, और इस काम के लिए 4 टीमें लगी हुई हैं और 12 लोग हैं, इस मिशन पर।”—ए.सी.पी. कबीर रेड्डी समझाते हुए बोला।

“वे 12 लोग बेवजह परेशान हो रहे हैं, उन्हें जल्द बुला लो।”

“ठीक है सर! पर मुझे नहीं लगता है अब कोई वारदात होगी या कोई हत्या, क्योंकि इतने दिन बीत गए, अभी तक कोई ऐसी खबर नहीं आई, और मुझे यकीन है कि अब आएगी भी नहीं।”

“फिर भी हमें सजग होकर रहना पड़ेगा।”

“जरूर सर।”

“देखो! नवंबर के अंतिम हफ्ते चुनाव होनेवाले हैं, हमारे पास बिल्कुल समय नहीं होगा, किसी अन्य केस पर सही से ध्यान दें, नवंबर के अंतिम हफ्ते से पहले ये केस किसी भी तरीके से रफा-दफा करो, यह तुम्हारी जिम्मेदारी है।”—कमिश्नर साहब ने आदेश दिए।

“यह सीरियल किलर, एक बहुत ही जीनियस इनसान होगा सर, बिना

कोई सबूत छोड़े कितनी सफाई से हत्या करता है विश्वास नहीं कर सकते।"

"कोशिश तुम्हारी यह रहने चाहिए कि 15 दिन के अंदर उसे पकड़ कर लाओ और खुदा-न-खासता कहीं दुबारा यह किलिंग का मामला हुआ तो डिपार्टमेंट को बहुत कुछ सुनना पड़ेगा, यह जीनियस हो या साइको, पकड़ के लाओ इसे।"

"हम अपनी मेहनत और भी बढ़ा देंगे सर, डोंट वरी!"

"चुनाव का माहौल जल्द आएगा, इन गवार पॉलिटिशियन के आगे-पीछे घूमने का समय आ रहा है, इसीलिए कहता हूँ कि जल्द-से-जल्द रफा-दफा करो।"

इस केस को लेकर कबीर रेड्डी की जिम्मेदारियाँ बढ़ती ही जा रही थीं, हद से ज्यादा प्रेशर में रहने लगा, चिंता की लकीरें कबीर के माथे पर बिना बुलाए मेहमान की तरह दस्तक दे रही थीं। कबीर ने फौरन 12 लोगों की टीम को वापस बुलाया, पर उनके भी हाथ कुछ नहीं लगा।

इस केस में उसकी दिलचस्पी हद से ज्यादा थी, पर रास्ता मिलने का नाम नहीं ले रहा था, इस केस ने पूरे डिपार्टमेंट को जकड़कर रखा हुआ था, उधर रंजना और जावेद ने इस केस को लेकर जितनी जानकारियाँ इकट्ठी वे सारी जानकारी बेबुनियाद थीं, इनका कोई मतलब नहीं था।

इस केस के बारे में सोचते-सोचते कबीर के माथे की लकीर पसीने में डूब गईं, कोतवाली में बैठा कबीर, फाइलों पर रखा पेपरवेट अपनी उँगलियों से घुमा रहा था और आँखें कहीं और देख रही थीं, उसी वक्त हवलदार चौबे चाय लेकर कबीर रेड्डी के केबिन में घुसा और हवलदार चौबे ने देखा, बाहर इतनी तेज बारिश हो रही है और फैन भी चालू है, मौसम भी खुश मिजाज ठंड जैसा है, तो फिर ए.सी.पी. सर पसीने में क्यों लथपथ हैं?

चौबे ने तीन-चार बार आवाज लगाई—"सर...सर...सर..."

कबीर रेड्डी अचानक हड़बड़ाया हुआ बोला—"क्या है चौबेजी? कहा न अभी काम चालू है, हम देख रहे हैं इस केस को।"

"कैसा काम सर, आप तो बैठे हैं?"—हवलदार चौबे ने कंफ्यूज होकर पूछा।

कबीर कुछ क्षण तक चुप रहा, फिर शांत स्वर में बोला—"चाय रखिए!"

हवलदार चौबे ने चाय का कप कबीर रेड्डी के टेबल पर उनके आगे सरकाया और बोला—"फैन चालू है, बाहर बारिश भी हो रही है और आप पसीने से लथपथ क्यों?"

"कुछ नहीं चौबे साहेब! बस ऐसे ही।"—ए.सी.पी. कबीर रेड्डी अपने माथे पर पसीना पोंछते हुए बोला।

"सर आप केस को लेकर कुछ ज्यादा ही इंवॉल्व हो रहे हैं, इतना टेंशन लेने की जरूरत नहीं है, भगवान् पर भरोसा रखिए, वह जरूर पकड़ा जाएगा।"—हवलदार चौबे बात सँभालते हुए बोला।

"चौबे साहब, भगवान् कभी कहाँ किसी का अच्छा चाहते हैं। जो करना है मुझे करना है।"—कबीर रेड्डी स्वभाव के विपरीत चाय की चुस्की लेते हुए बोला।

"इतना परेशान होना भी ठीक नहीं सर! आपकी तबीयत बिगड़ भी सकती है।"

"परेशान तो मैं कई सालों से हूँ, जितनी परेशानियाँ मेरे पास हैं, तकलीफ मेरे पास है, मैं ही जानता हूँ।"—ए.सी.पी. कबीर 26/11 का मंजर याद करते हुए बोला।

"मैं समझ सकता हूँ सर! अपनों को खोना, इनसान को खोखला बना देता है, रही बात केस की सर! तो केस की विजय आपके पक्ष में होगी, मुझे बिल्कुल यकीन है। और दूसरी बात, मैं आपसे काम में छोटा हूँ उम्र में नहीं, और एक तरीके से आप मेरे बेटे जैसे हैं। मैं भगवान् से प्रार्थना करता हूँ, आप जल्द-से-जल्द सफल हो, इस केस को लेकर।"

25 अक्तूबर की शाम 5:30 बजे कोतवाली में कुछ ऐसा हुआ जिसकी शायद किसी ने कल्पना भी नहीं की थी। रुख इस तरह बदला कि 5:30 बजे

करीब वही कैनाल के पास उसी हालत में एक और लाश मिली, अब यह न्यूज सनसनी की तरह शहर में तो फैली हुई थी, पर पूरे देश में तूफान से तेज हवा की तरह फैल गई, जहाँ कुछ हफ्तों से डिपार्टमेंट राहत की साँस ले रहा था, पर अचानक इस खबर को पाकर उनका ब्लड प्रेशर हाई हो गया, हर बार की तरह दोबारा वही हुआ, लगता था कि जैसे वही वक्त दोबारा वापस आ गया हो। लाश पर भिनभिनाई हुई मक्खियों की आवाज कानों में गूँज रही थी, वही खून से लथपथ लाश, 'प्राइवेट पार्ट' कटा हुआ, लोहे के वार से पूरा शरीर घायल और ब्रोमाइन से आर-पार किया गया दिल का हिस्सा।

फिर उसी तरीके से इन्वेस्टिगेशन करने के लिए पुलिस ने लाश के करीब जाकर पूरी देख-रेख की, जाँच-पड़ताल की, बारिश होने की वजह से यहाँ तक के चप्पलों के निशान तक नहीं मिले, वहाँ पर आना-जाना फिलहाल बरसात के कारणों की वजह से कई हफ्तों से बंद था, फॉरेंसिक डिपार्टमेंट वालों ने भी अपना काम किया, पर उन्हें कोई ऐसा सुराग नहीं मिला, जिससे इस केस को आगे बढ़ा सके, जिससे ए.सी.पी. कबीर रेड्डी की मदद हो जाए।

दोबारा केस उसी मोड़ पर आ गया, न कोई सबूत, न कोई सुराग। पूरे डिपार्टमेंट में खलबली सी मच गई, अब करें भी तो क्या करें? कबीर रेड्डी भी अब स्वभाव के विपरीत बनता जा रहा था। कमिश्नर साहब समझ चुके यह केस कोई छोटा-मोटा नहीं है, बल्कि दिल दहला देनेवाला केस है।

इस लाश के प्राप्त होने के बाद मीडिया के द्वारा यह अपील करवाई गई कि किस शहर में सीरियल किलर दिनदहाड़े दौड़ रहा है, कृपया युवक सावधान रहें। जगह-जगह पर्चे छपवा दिए गए, दीवारों पर पेंटिंग्स बनाई गईं, जोर शोर से प्रचार किया गया।

जिस युवक की लाश अबकी बार मिली, वह किसी बिल्डर का लड़का था, जो कनाडा में पढ़ाई करता था, यहाँ कुछ दिन छुट्टियाँ मनाने के लिए गोवा शहर आया था।

बड़े घर का लड़का होने की वजह से डिपार्टमेंट को कई खरी-खोटी सुननी पड़ी। पुलिस उसी तरीके से काम कर रही थी, जैसे वह शुभम और

राहुल के समय कर रही थी। इस बार के मर्डर के बाद गोवा शहर में दहशत का माहौल आग की तरह धधक उठा ,जगह–जगह अपनी सोसाइटी में सिक्योरिटी बढ़ा दी गई, यहाँ तक कि लाश की वेशभूषा देखने के बाद कितने लोग शहर में सिक्योरिटी की नौकरी भी छोड़ रहे थे, पूरे शहर में लोग जरूरत के हिसाब से ही रात में घर से बाहर निकलते हैं। मीडिया द्वारा पुलिस की नाकामयाब कोशिश पर व्यंग्य किया गया।

पुलिस की नाकामी साफ झलक रही थी पर पुलिस की टीम भी कोई कसर नहीं छोड़ रही थी, डिपार्टमेंट हर तरीके से इन्वेस्टिगेशन कर रहा था। पुराने नए सारे रिकॉर्ड चेक किए, पर इससे कोई भी ताल्लुकात वाली खबर नहीं प्राप्त हुई।

गोवा शहर के बड़े–बड़े क्रिमिनल जो अपनी सजा खत्म कर चुके थे, उनसे भी मुलाकात की, पर इस केस से कोई ताल्लुकात नहीं मिला, कोई भी एक प्रतिशत भी इससे ताल्लुकात नहीं रखता। पुलिस की दुर्दशा ऐसी हो गई थी कि क्रिमिनल की सहायता लेनी पड़ रही थी, सबूत के तौर पर कुछ न होने की वजह से पूरा डिपार्टमेंट परेशान था, जो भी सबूत हासिल होते वह सारे बेबुनियाद साबित होते जा रहे थे, ऐसा कुछ भी हासिल नहीं हुआ, जिससे कबीर रेड्डी को इस केस की तह तक जाने का मौका प्राप्त हो।

गोवा शहर के लोग दहशत की वजह से घर में पूजा–पाठ की शुरुआत कर रहे थे, लोगों को ऐसा लगने लगा कि यह कोई भूत–प्रेत का साया है, यह बात पूरे शहर में हवा की तरह फैल गई। लोगों ने घर पर पूजा–पाठ चालू करवाया, कुछ लोगों ने डर की वजह से हवन भी चालू रखा, शहर में सीरियल किलर का आक्रोश एक भयानक रूप धारण कर चुका था। हर बार की तरह इस बार भी पुलिस नाकामयाब नजर आ रही थी। इसी तरीके से सिलसिला धीरे–धीरे बढ़ते हुए जा रहा था।

27 अक्तूबर की सुबह।

जैसे ही ए.सी.पी. कबीर रेड्डी कोतवाल में प्रविष्ट हुआ, उसने देखा कि कोतवाली के सामने बहुत ज्यादा भीड़ है। मन–ही–मन में सवाल करते हुए

अंदर घुसा कि आखिर मामला क्या है?

"किशन!" कबीर रेड्डी ने हैरानी से पूछा—"यह कैसी भीड़ है?"

किशन ने ए.सी.पी. कबीर रेड्डी के समीप आकर कहा—"अभी-अभी 6 युवक गायब होने की रिपोर्ट आई है, इनमें एक विधायक का लड़का भी शामिल है और यहाँ के 2 बड़े बिल्डर के लड़के भी हैं।"

"तुम क्या बोल रहे हो!"

"यह सच है सर! हमने सबकी रिपोर्ट लिख दी।"

"केवल दो लोगों की रिपोर्ट लिखना रह गई है, कमिश्नर साहब का फोन आया था, वे यहाँ पर आनेवाले हैं।"

ए.सी.पी. कबीर रेड्डी ने रंजना को इशारा करके अपने केबिन में बुलाया।

कबीर रेड्डी तेजी से बढ़ता हुआ अपने केबिन में बैठा, रंजना ने वहाँ तुरंत पहुँचकर सैल्यूट किया।

"इन सारे मामलों का राज क्या है रंजना?"

"सर, कुछ समझ नहीं आ रहा है, यह क्या हो रहा है? वैसे ये लोग डर के मारे सहमे हुए हैं, कहीं इन्हें सीरियल किलर शिकार न बना दे।"

"सबकी रिपोर्ट मेरी टेबल पर लाओ।"

"इससे पहले विधायक जी आपसे मिलना चाहते हैं।"

"ठीक है, उन्हें केबिन में भेजो।"

केबिन के अंदर बड़ी तेजी से विधायक साहब ने एंट्री मारी और आते ही बिना पूछे कुरसी पर बैठ गए।

"ए.सी.पी. कबीर रेड्डी आप ही हैं?"—विधायक ने रुक्ष स्वर में पूछा।

"जी! मैं ही हूँ।"—कबीर रेड्डी ने उत्तर दिया।

"इस केस को आप कितनी लापरवाही से सँभाल रहे हैं, दोबारा 8 लोगों की किडनैपिंग हुई।"

"मैं और मेरी टीम पूरी कोशिश कर रही है, आप निश्चिंत रहिए।" ए.सी.पी. कबीर रेड्डी ने उत्तर दिया।

"मेरा लड़का गायब हुआ है, मजाक नहीं है, कैसे निश्चिंत रहूँ, क्या पता वह लौटकर भी आएगा या नहीं?"—विधायक ने पूछा।

"फिकर मत कीजिए, हम पूरी जान लगाकर कोशिश करेंगे।"—कबीर रेड्डी ने भरोसा दिलाते हुए कहा।

"कैसे कोई विश्वास करें, अभी तो सीरियल किलर पकड़ा नहीं गया, मैं कमिश्नर से बात करता हूँ।"—विधायक साहब ठिठककर बोले।

"अभी कमिश्नर सर आएँगे, आप उनसे बात कर लीजिएगा और वैसे भी यह सीरियल किलर कोई सड़कछाप नहीं है, वह ऐसी चिड़िया है कि उसे पकड़ने की बात तो दूर, हमें दिखाई तक नहीं दे रही है, पर आप निश्चिंत रहिए, 6 मामलों में कोई-न-कोई सुराग जरूर छोड़ दिया होगा, जिसकी वजह से हम उसकी तह तक जा सकते हैं।"

"देखिए! ए.सी.पी. साहब अगर पुलिस ने अपना काम सही से नहीं किया तो मैं अपने हिसाब से काम करूँगा।"

"क्या मतलब है आपका?"

"मतलब यही है कि मैं सीरियल किलर को नहीं छोड़ूँगा।"

"आपके बेटे से अंतिम मुलाकात कब हुई थी?"—कबीर रेड्डी ने पूछा।

"पिछले शनिवार को।"

"शनिवार को क्यों? रोजाना मुलाकात नहीं होती?"

"वह हर वक्त अपने रूम पर ही पड़ा रहता, हर हफ्ते बस पैसे लेने के लिए घर पर चले आता, बाकी मुझे कोई खास खबर नहीं क्या करता है? कहाँ घूमता है?"

"वैसे यह काम सीरियल किलर ने ही किया है, आप इतने यकीन से

कैसे कह सकते हैं? आप शहर के जाने-माने विधायक हैं, शायद आपकी किसी से निजी दुश्मनी।"

"फिलहाल तो इस शहर में किडनैपिंग कम और सीरियल किलिंग ज्यादा हो रही है।"

"फिर भी आप के निजी दुश्मनी तो काफी होंगे।"

"निजी दुश्मनी होगी तो मैं खुद निपट लूँगा, फिलहाल अगर सीरियल किलर से आपको निपटना है।"

"शायद आप सच कह रहे हैं।"

कुछ क्षण पश्चात् वहाँ पर कमिश्नर साहब की एंट्री हुई। इस बार भी दोबारा ए.सी.पी. कबीर रेड्डी को उनके द्वारा खरी-खोटी सुननी पड़ी।

"आपकी टीम सो रही है या जग रही है? कुछ समझ नहीं आ रहा है, अगर इन 6 लोगों को उस सीरियल किलर ने अपने जाल में फँसाया है तो शहर में एक सैलाब आ जाएगा।"

"सर! मैं पूरी कोशिश कर रहा हूँ, पर कुछ हाथ नहीं लग रहा है, पर इन 6 केस में वह कोई-न-कोई सुराग जरूर छोड़कर गया होगा।"

"मुझे भी ऊपर जवाब देने पड़ते हैं कबीर साहब और रही बात राहुल एवं शुभम की ये एक छोटे परिवार के थे, पर इन 6 लड़कों में से तीन बहुत बड़े रईस घर के लड़के हैं, हमें जल्द-से-जल्द कुछ करना पड़ेगा।"

"हाँ सर।"—ए.सी.पी. कबीर रेड्डी इससे आगे कुछ कहता, उसके मुँह में जैसे शब्द ही जम गए हों।

"पूरी ताकत झोंक दो कबीर यह केस अब छोटा नहीं रहा।"

"जी सर, हम पूरी कोशिश करेंगे।"—सहमतिसूचक ढंग से सिर हिलाते हुए कबीर रेड्डी ने कहा।

"मैं आशा करता हूँ कि जल्द ही तुम्हारी तरफ से कोई अच्छा मैसेज आए।"

छह युवक गायब होने की तहकीकात चल रही थी, इस इन्वेस्टिगेशन में डिपार्टमेंट ने खाना–पीना सब छोड़ दिया, जगह–जगह नाकाबंदी, देखरेख और कुछ दिन बाद।

"क्या हुआ ? कुछ पता चला।"

"हमने एक ही चीज खबर की, पर वे लोग जिस एरिया से गायब हुए हैं उस एरिया में सी.सी.टी.वी. है ही नहीं, और न ही इन 6 युवकों का कोई क्राइम रिकॉर्ड है।"—जावेद ने कहा।

"देखो मैंने कई सारी कहानियाँ सीरियल किलिंग के ऊपर पढ़ी हैं, पर इनमें से एक बात निकलकर बाहर आती है कि सीरियल किलर बेगुनाह लोगों का शिकार करता है, पर उसे उसमें कुछ जरूर दिखाई देता है, उसके साथ ऐसा गलत हुआ रहता है कि वह इस घटना को अंजाम देता है, जिसे कह सकते हैं कि किसी वजह से उसका मानसिक संतुलन हिला हुआ है और दूसरी बात सीरियल किलर किसी का कत्ल करते हैं तो जैसे फुटपाथ पर लोगों को मारना, सिर्फ वेश्याओं को मारना, ऐसा जरूर कारण होगा इन सब में, कोई एक ऐसा लिंक होगा, जो इससे जुड़ा होगा।"

"सर ऐसा भी तो हो सकता है यह सीरियल किलर पैसे के लिए कर रहा हो।"

"अगर यह सीरियल किलर पैसे के लिए करता तो राहुल और शुभम की जान नहीं लेता।"

"क्यों सर ?"

"क्योंकि ये दोनों मध्यम परिवार से हैं, अगर उसे पैसे ही चाहिए होते तो शरीर में सिर्फ लिंग (प्राइवेट पार्ट) नहीं निकालता बल्कि किडनी निकालता।"

"जरूरी है यह सीरियल किलर अकेला होगा।"

"मेरे खयाल से यह अकेले ही इस घटना को अंजाम दे रहा है, क्योंकि अगर इनका ग्रुप होता तो शरीर पर होनेवाले जख्मों के निशान सही तरीके से होते, सीरियल किलर जीनियस तो है, पर किसी को मारने का तजुर्बा नहीं है।"

"शहर वालों का कहना है कि भूत-प्रेतों का साया है।"—बात काटते हुए किशन ने बीच में बोला।

"पुलिस वाले होकर इन सब बातों पर विश्वास करते हैं?"

"हमने उनके रूम की तलाशी ली, बारीकी से हमने एक-एक चीज की खबर की, पर सारे के सारे लड़कीबाज ही निकले।"

"वह तो हर एक इनसान आज के समय में करता है, वैसे भी यह गोवा शहर है यहाँ प्यार एक महीना, और ब्रेकअप 2 महीने में फिक्स हो जाता है, यह कोई बड़ी बात नहीं है।"—जावेद की बातों का किशन ने जवाब दिया।

"हाँ सही कहा।"

"अब आगे क्या करना है सर! भगवान् न करें अगर इन 6 युवाओं की लाश मिले फिर तो हमारे लिए हद से ज्यादा मुश्किलें खड़ी हो जाएँगी।"

"पर क्या यह जरूरी है कि यह किडनैपिंग सीरियल किलर ने ही की हो।"

"सीरियल किलर के अलावा इस काम को अंजाम फिलहाल कोई नहीं दे सकता।"

"यह भी 99 प्रतिशत सही है।"

"ठीक है अपने-अपने काम पर अच्छे से ध्यान दो।"

बहुत दिनों की जाँच-पड़ताल चलने के पश्चात् भी ए.सी.पी. कबीर रेड्डी की टीम को कुछ हाथ नहीं लगा। इन 10 लड़कों में से कोई सुराग ऐसा नहीं मिला, जिससे पूरा डिपार्टमेंट इस काम के लिए नींव तक जा सके।

सभी लड़के एक अच्छे परिवार से नाता रखते थे, न कोई नशा, न कोई बुरी लत, न कोई क्राइम रिपोर्ट, हर चीज उनकी बहुत ही साफ थी, फिर भी कबीर को ऐसा लगता था कि हम कुछ मिस कर रहे हैं। वह जानना चाहता था कि हमारे सामने क्या छूट रहा है, कुछ तो ऐसा है जो हमारे सामने है, पर मिस्टर इंडिया की तरह गायब है। कबीर रेड्डी की टीम ने 6 युवकों के दोस्तों

से, उनके रिश्तेदारों से हर चीज का विवरण निकालकर जाँच-पड़ताल की, पर उनके हाथ कुछ नहीं लगा।

इस खेल में कबीर रेड्डी जीत पाएगा या नहीं, यह पूरा केस इस सबूत पर डिपेंड था, अभी तक पुलिस को फिलहाल कुछ हाथ नहीं लगा, पर उन्हें यकीन था कि हम जल्द-से-जल्द किलर तक पहुँच जाएँगे।

कुछ दिनों के पश्चात्, नाकामयाब कोशिश को देखते हुए, कमिश्नर साहब ने कबीर रेड्डी से कहा कि अगर यह केस आपके बस की बात नहीं है, तो इस केस को हैंडल करने के लिए अब सी.बी.आई. को हम दे सकते हैं, धीरे-धीरे अब डिपार्टमेंट को भी ऐसा लगने लगा था कि हम इस इन्वेस्टिगेशन से कुछ सिद्ध नहीं कर पाएँगे कि किलर कौन है ?

सीरियल किलर की खबर प्रचंड रूप से पूरे देश-विदेश में फैल रही थी। इसी दौरान मामाजी कबीर से मिलने गोवा आ पहुँचे। उन्हें आभास हो गया था कि कबीर इस दौरान केस को लेकर बहुत परेशान होगा। कबीर रेड्डी अपने सरकारी कमरे में था तभी···।

"सर आपसे कोई मिलने आया है।"

"उसे अंदर भेज दो।"

कबीर ने हवलदार को संकेत देते हुए कहा, "वैसे कौन हैं ? जो मुझसे मिलना चाहता है।"

"शायद आपके मामा हैं।"

"उन्हें फौरन अंदर भेजो।"—यह कहते हुए कबीर रेड्डी की आँखों में खुशी साफ झलक रही थी।

मामाजी हलकी मुसकान के साथ अंदर आए। उन्हें देखकर कबीर तुरंत अपने विपरीत स्वभाव में चला गया और गले लगाकर कहा—"सरप्राइज देना कोई आपसे सीखे मामा !"

"कैसा लगा मेरा सरप्राइज ?"

"हद से ज्यादा मजेदार।"—मामा की तरफ कुरसी सरकाते हुए कबीर रेड्डी ने कहा, "वैसे आप यहाँ पर अचानक बिना फोन किए।"

"इसे ही तो सरप्राइज कहते हैं।"—मामा ने हँसते हुए जवाब दिया।

कुछ देर बाद!

"एक चीज तो मैं भूल ही गया! यह लो गाजर का हलवा तुम्हारी मामी ने स्पेशल तुम्हारे लिए तैयार किया है।"—मामाजी ने हलवे का डब्बा कबीर रेड्डी की तरफ सरकाते हुए कहा।

"ओह माय गॉड! गाजर का हलवा! मैं पूरे 2 साल बाद गाजर का हलवा खा रहा हूँ।"—गुलाब जामुन जैसे मीठे स्वर में कबीर रेड्डी ने कहा।

दो चम्मच खाने के बाद कबीर ने घूरते हुए मामाजी से चिढ़कर कहा—"गाजर का हलवा आपने बनाया है या मामी ने?"

"क्यों?" मामाजी हिचकिचाते हुए बोले—"मामी ने बनाया है!"

आपके हाथों का और मामी के हाथों का फर्क मुझे अच्छे से पता है मामा जी! उल्लू मत बनाओ मुझे।"

मामा दिखावे वाली मुसकान के साथ हँसने लगे—"आखिर पकड़ ही लिया तुमने।"

"झूठी मुसकान के साथ मामा हँसो मत! मैं ए.सी.पी. हूँ, इतनी जल्दी बेवकूफ नहीं बन सकता।"

"तुमसे एक विषय में बात करनी है।"—मामाजी थोड़े गंभीर स्वर में बोले।

"किस विषय में मामाजी!"—कबीर रेड्डी के शब्दों में गहरी सतर्कता का आभास था।

"इस सीरियल किलर के बारे में पहले खबर आई थी कि किसी जानवर के द्वारा मारा गया है फिर बाद में कैसे सीरियल किलर बन निकला।"

"जानवर वाली खबर बेबुनियाद है मामाजी! पोस्टमार्टम रिपोर्ट में सब साफ हो गया।"

"सीरियल किलर का केस, तुम ही हैंडल कर रहे हो, कहाँ तक काम पहुँचा?"

"मामाजी कुछ नहीं हुआ! ये सीरियल किलर कोई सबूत ही नहीं छोड़ रहा है अपने खिलाफ, उसने मेरा जीना हराम कर दिया है।"—कबीर रेड्डी ने उदास पूर्ण स्वर में कहा।

"मतलब कुछ खबर नहीं हुई उसके खिलाफ!"

"नहीं मामाजी! कुछ खबर नहीं हुई, माँ-बाप, रिया के खोने के बाद अगर मेरे जीवन में कोई बुरा दौर आया है, तो यह चल रहा है मामाजी!"—कबीर रेड्डी ने अपने गमों को बयाँ करते हुए कहा।

"मैंने पढ़ा अखबार में उस सीरियल किलर के बारे में, बड़ी बेरहमी से लोगों को मार रहा है।"

मामा के द्वारा छेड़ी गईं इन बातों से कबीर रेड्डी के चेहरे पर दुःख और विषाद के बादल घिर आए थे।

"वैसे मामा, यह जो सीरियल किलर है, इसका कोई मकसद है। उस मकसद तक पहुँचना है मुझे बस।"

"ऐसा भी तो हो सकता है, इसका कोई मकसद न हो!"

"क्या मतलब मामाजी!"

"मतलब पागल हो! जिसका मन करे उसका मर्डर कर रहा हो।"

"पागल नहीं है मामाजी, हद से ज्यादा होशियार है।"

"कैसे? सिद्ध करो?"—मामाजी ने पूछा।

"क्योंकि किलर अगर पागल होता या बेवकूफ होता तो हमेशा बारिश में लाश फेंकने नहीं आता, बारिश में इन कारणों की वजह से आता है, ताकि फिंगरप्रिंट्स मिट जाए और दूसरी बात ब्रोमाइन केमिकल का यूज करना, यह सारी चीजें संकेत करती हैं कि वह कोई माइंडेड किलर है।"—गहरी साँसों को छोड़ते हुए कबीर रेड्डी ने बात पूरी की।

"फिर इस सीरियल किलर तक तुम कैसे पहुँचोगे?"

"बस वो किसी तरीके से, कोई एक गलती कर दे, बस इसी आस में बैठा हूँ।"

"जब सीरियल किलर इतना खतरनाक है तो शायद ही कोई गलती करे और मैं भगवान् से कामना करता हूँ कि जल्द-से-जल्द पकड़ा जाए।"—मामाजी सहानुभूति पूर्ण शब्दों में बोले।

कुछ समय के बाद दोबारा मामाजी मुंबई निकल गए, मामाजी के जाने के बाद कबीर दोबारा अपने उसी स्वभाव में लौट आया और सोचने लगा कि कहीं मैं हार न जाऊँ, कहीं मैं सीरियल किलर को पकड़ नहीं पाया तो, सीरियल किलर को पकड़ने की चेष्टा में उसका दिल ऐसे धधक रहा था कि जैसे बदन में चूल्हे जल रहे हो। कबीर रेड्डी हद से ज्यादा परेशान होने लगा। कुछ समझ नहीं आ रहा था। जब भी सोने जाता उसे ऐसा एहसास होता कि जैसे वह पत्थरों के बिछौने पर लेटा हो, इस केस की परेशानियों की वजह से वह खुद को दोष देने लगा।

इस इन्वेस्टिगेशन में, लंबे-लंबे कसों के बस सिगरेट के धुएँ निकल रहे थे और केस हद से ज्यादा दूर दिखाई देने लगा, कुछ न होने की वजह से कबीर ने अपने मन-ही-मन में एक खतरनाक निर्णय लिया कि अगर कुछ नहीं हुआ तो, मैं यह केस कमिश्नर साहब से कहकर सी.बी.आई. के हवाले कर दूँगा।

रात के करीब 12:00 बज रहे थे। कबीर छत पर जल्दी-जल्दी टहल रहा था और अपने मन में इस केस के बारे में गंभीरता से सोच रहा था। कबीर रेड्डी अपनी दाढ़ी पर हाथ फिराते हुए सोच रहा था कि सीरियल किलर का कोई-न-कोई मकसद जरूर होता है, वह जल्दी से चार्ट लेकर आया, और केस की फाइलों को पढ़कर एक स्केच तैयार किया, और वह तलाश करने लगा इन 6 युवकों में कौन सी एक चीज है जो कॉमन है? क्या है?…क्या है?…क्या है?…धीरे-धीरे माथे की लकीरें सिकुड़ती जा रही थीं, वह लगभग

बनाए गए चार्ट को 10 मिनट तक घूरता रहा कि इन 6 युवकों में सिमिलरिटी क्या है? वह पेन को इधर से उधर चार्ट के ऊपर घुमा रहा था, तभी उसकी पेन डिस ब्रेक की तरह एक जगह रुकी, यह देखकर वह बहुत भौंचक्का रह गया···ओ माय गॉड! यह राज और मकसद है, क्यों इतनी दूर रहा मैं इस चीज से? भगवान् का शुक्र है, उसने तभी सिगरेट फेंकी और थोड़ी राहत की साँस ली।

कबीर रेड्डी को इस केस को लेकर वह चीज प्राप्त हो गई थी, जिसकी कबीर रेड्डी को तलाश थी, हर एक युवक में एक चीज जो समान (कॉमन) निकलकर आई, लड़कों का ताजा-ताजा ही ब्रेकअप हुआ है, क्या सीरियल किलर इन्हीं कारणों की वजह से कत्लेआम कर रहा है? वैसे ए.सी.पी. कबीर रेड्डी ने लगभग यह सिद्ध कर दिया कि जिन लोगों के नए-नए ब्रेकअप हुए हैं, उन्हें यह सीरियल किलर अपना शिकार बना रहा है।

कबीर रेड्डी ने दोबारा अपनी निगाहें चार्ट पर घुमाईं और उसे ब्रेकअप के अलावा कुछ और प्राप्त नहीं हुआ। इस केस का 10 प्रतिशत कबीर को मिल चुका था। क्या यह 10 प्रतिशत 100 प्रतिशत बनाएगा, या हर बार की तरह यह 10 प्रतिशत भी बेबुनियाद हो जाएँगे, फिलहाल अभी इस केस में घर की सिर्फ एक ईंट ही मिली, इसकी नींव मिलनी अभी भी बाकी थी।

कबीर रेड्डी अपनी टीम के साथ।

"जो लड़के गायब हुए हैं, उनकी कोई खबर मिली?"

"सर हमें कुछ प्राप्त नहीं हुआ, न ही किसी की लाश प्राप्त हुई।"—रंजना ने जवाब दिया।

"मुझे क्यों लगता है कि यह सीरियल किलर का काम नहीं है"—किशन बोला।

"कैसे कह सकते हो किशन?"—ए.सी.पी. कबीर रेड्डी ने पूछा।

"क्योंकि सर आज पूरे 8 दिन हो गए अभी तक वह किसी-न-किसी को शिकार बना चुका होता।"

"संभव है सर!"—इस बात से जावेद और रंजना दोनों सहमत हुए।

रात में बनाए चार्ट के हिसाब से कबीर रेड्डी को मालूम था कि यह काम सीरियल किलर का ही है।

"यह आठों युवक सीरियल किलर की गिरफ्त में हैं।"—कबीर ने चैलेंज भरे स्वर में कहा।

"आप इतने यकीन के साथ कैसे कह सकते हैं सर?"

"तुम्हें इस केस से मिलती-जुलती एक चीज दिखानी है, जो इस केस को मजबूत बनाती है।"

"क्या सर?"—तीनों के स्वर में गहरी सतर्कता का आभास था।

कबीर रेड्डी ने कल रात बनाया चार्ट निकाला और तीनों के सामने उसको पूरा बिछाकर दिखाया कि यह इस केस के ब्रेकअप का मुख्य मुद्दा है।

कुछ मिनट तक ए.सी.पी. कबीर रेड्डी के द्वारा बनाए गए चार्ट को देखकर तीनों दंग रह गए।

"मतलब कि जिन लोगों का अभी ब्रेकअप हुआ है उसे अपना शिकार बना रहा है।"

"राइट!"

"3 साल पहले मेरा ब्रेकअप हुआ है, इसका मतलब मुझे भी सीरियल किलर मार देगा।"—किशन ठिठककर बोला।

यह सुनकर रंजना और जावेद अंदर-ही-अंदर हँसने लगे।

"जिन लोगों का ताजा-ताजा ब्रेकअप हुआ है, उसे वह अपना शिकार बना रहा है।"—ए.सी.पी. कबीर रेड्डी ने कहा।

"सर ऐसे तो आज के समय में रोजाना किसी-न-किसी का ब्रेकअप हो रहा है या कोई धोखा दे रहा है, तो इस तरीके से तो आधा शहर साफ हो जाएगा।"—जावेद ने कहा।

"हम खत्म नहीं होने देंगे, वह किसी-न-किसी तरीके से जरूर हाथ में आएगा।"—ए.सी.पी. कबीर रेड्डी ने विश्वासपूर्ण स्वर में कहा।

"शहर में और भी ऐसे युवक हैं, जिन्होंने अपने पार्टनर को धोखा दिया है, इन 8 युवकों को अपना शिकार क्यों बनाया?"—रंजना ने पूछा।

"क्योंकि इनकी किस्मत खराब थी जो इस किलर के हत्थे चढ़ गए।"—कबीर रेड्डी ने साधारण तरीके से जवाब दिया।

"फिर अब आगे क्या करना है सर?"

"राहुल और शुभम के साथ कुल 6 युवकों का जिन महिलाओं से ब्रेकअप हुआ है, उन्हें कोतवाली लेकर आओ।"—कबीर रेड्डी ने आदेशपूर्ण स्वर में कहा।

"इन लड़कियों से हमें क्या हासिल होगा?"

"ब्रेकअप की वजह क्या थी? उनसे बेहतर कोई नहीं जानता।"

"आपको यकीन है, ये लड़कियाँ सच कहेंगी।"

"मुझे यकीन है, लड़कियाँ सच ही कहेंगी।"

"वैसे भी उन्हें झूठ बोलकर कोई फायदा नहीं मिलनेवाला।"

"पर ब्रेकअप की वजह हमें क्यों जाननी है?"

"ब्रेकअप ही शायद हमें मंजिल का रास्ता दिखा दे।"

"फिलहाल हमारे पास कोई रास्ता नहीं है, हमें इस पर जाँच-पड़ताल करनी चाहिए।"

"सर! शायद इन लड़कियों में कोई सीरियल किलर हो।"

"कोई महिला इतनी बेरहमी से कत्ल नहीं कर सकती।"

"इस बात में दम है।"

"वैसे सर, कमिश्नर साहब कह रहे थे कि यह केस सी.बी.आई. को सौंपेंगे।"— थोड़ा और असहज भाव में किशन ने कहा।

"हाँ सर! मैंने भी सुना था।"—रंजना बोली।

"उनका कहना था कि हमारी टीम सही से काम नहीं कर रही है, इन कारणों से यह सी.बी.आई. के हाथ में जाए, वही बेहतर होगा।"

"पर जब तक हमारे हाथ में है, हमें पूरी निष्ठा के साथ काम करना चाहिए, तुम लोग चाय पीना और समोसा खाना थोड़ा बंद कर दो।"—ए. सी.पी. कबीर रेड्डी ने गुस्से में जवाब दिया।

"जी सर! जैसा कहिए आप।"

"वैसे सर, एक बात समझ नहीं आई। यह किलर ऐसे जान लेकर खुद कैसे जिंदा रहता है?"

"मतलब!"

"लाश देखकर 1 हफ्ते तक मैंने सही से खाना तक नहीं खाया, वह इतनी बेरहमी से मारकर कैसे रहता होगा?"

"सभी लोग दुनिया में समान नहीं हैं, सबकी अलग सोच है, सबका अलग नजरिया है, कई लोगों को लगता है कि ऐसा करना सही है तो सही है।"—कबीर रेड्डी ने जवाब दिया।

"सही कहा सर!"

"ठीक है, तुम सबको शाम तक मेरे सामने उन 8 युवकों की गर्लफ्रेंड को कोतवाल में लाना है।"

"फिकर मत करिए सर, हम सब अभी निकल रहे हैं।"

और वहाँ से जावेद, किशन और रंजना उन 8 युवकों की गर्लफ्रेंड को लेने के लिए निकल पड़े, ताकि कोतवाली लाकर उनसे ए.सी.पी. सर पूछताछ कर सकें।

क्या इन 8 युवकों की गर्लफ्रेंड की पूछताछ से कबीर को कुछ प्राप्त होगा या हर बार की तरह यह भी बेबुनियाद होगा। या फिर अंतिम कगार पर यह केस सी.बी.आई. हैंडल करेगी, यह सारी चीजें सस्पेंस बनी हुई थीं।

यह केस हद से ज्यादा अजीब था, कोतवाली में जब यह खबर मालूम पड़ी कि इन 8 युवकों की गर्लफ्रेंड आनेवाली हैं, यह सुनकर सब खिल्ली उड़ाने लगे और आपस में बात करने लगे कि इससे कुछ होनेवाला नहीं है।

यह कि जब तक इस केस में सी.बी.आई. दिलचस्पी नहीं दिखाएगी, तब तक इस केस में कोई समुन्नति नहीं होगी।

पर शायद लोगों को यह खबर नहीं थी कि इस केस के लिए कबीर रेड्डी ही काफी था।

कोतवाली के बाहर।

"आज तो कोतवाली में हरियाली छा जाएगी।"

"सही कहा, एक साथ इतनी लड़कियाँ।"

"यह सब छोड़ो और सुनो! इस केस में जब तक सी.बी.आई. दिलचस्पी नहीं दिखाएगी, तब तक मेहता साहब कुछ नहीं होनेवाला।"

"सही कहा, मुझे लगा इस सीरियल किलर को कबीर रेड्डी आराम से पकड़ लेगा, पर यह भी साला! नाकामयाब ही हो गया।"

"मुझे बिल्कुल यकीन था, यह काम अपने ए.सी.पी. साहब कर लेंगे।"—तीसरा सिपाही बोला।

"यकीन से कुछ नहीं होता है, किलर सबका बाप है।"

"भगवान् से गुजारिश है यह केस सी.बी.आई. के हाथ चला जाए और हम सब राहत की साँस लें।"

"सही कहा यार, दिमाग खराब हो गया है, इस सीरियल किलर के चक्कर में।"

"सीरियल किलर के चक्कर में हमने तो शहर की गली-गली देख ली।"

"कौन सी गली रंगीन है, यह भी बता देना मेहता साहेब!"

इसी बात से तीनों हँसने लगे।

"एक बात हमारे दिमाग में नहीं घुस रही है।"

"क्या नहीं घुस रहा है तिवारीजी!"

"यह साला! सीरियल किलर क्या होता है?"

"जो मर्डर एक ही इनसान करे, असामान्य मनोविज्ञान संतुष्टि की सेवा

में, 3 से ज्यादा कत्ल करता है, उनके बीच समय की महत्त्वपूर्ण अवधि भी शामिल होती है।"

"ऐसी बात है!"

"हाँ!"

"पर यह सब इस तरीके से क्यों मारते हैं? अलग-अलग तरीके से क्यों नहीं?"

"इसका जवाब चाहिए तो ऐसे ही कबीर रेड्डी के पास चले जाइए।"— विमल घिसते हुए सिपाही ने ठहाका मारा।

"अरे नहीं भाई! वैसे भी इस केस को लेकर सर बहुत परेशान हैं, और मैंने कोई सवाल किया तो मेरे ही ऊपर चढ़ बैठेंगे।"

"तिवारी जी! यह सीरियल किलर जो होता है, यह पागल टाइप का होता है, इसी वजह से इस तरह से वारदात करता है।"

"दुनिया में अजीब-अजीब लोग पड़े हैं।"

"सही कहा!"

"जो किलर एक भी सबूत नहीं छोड़ रहा है, तो गर्लफ्रेंड से पूछताछ कर क्या फायदा मिलनेवाला है?"

"यह भी बेबुनियाद होगा।"

"सही कहा तिवारी जी!"

"वैसे यह सब करके कलेक्टर साहब को दिखाना चाहते हैं कि हमारी टीम काम कर रही है।"

"हा¨हा¨हा¨हा¨¨"

"धीरे हँसिए मेहता साहेब! ए.सी.पी. के केबिन तक आवाज चली जाएगी।"

"चलो इसी बहाने आँख में ठंडक हो जाएगी।"

"मतलब!"

"अरे भाई, 8 लड़कियाँ आनेवाली हैं, तो आँख में तो ठंडक होगी ही न।"

"ठंडक की बात करते हो, ठंड के मारे जम भी जाएगी।"

"न जाने इस केस का हला-भला कब होगा?"

"हाँ, सही कहा, अब देखते हैं।"

कुछ ही घंटों बाद सारी लड़कियाँ उपस्थित हो गईं,अचानक कोतवाली में आकर भौचक्की रह गईं, आखिर मैंने ऐसा क्या कर दिया? उनके माथे पर पसीने की लहर साफ झलक रही थी।

सबको कबीर के केबिन में बारी-बारी से बैठाया गया। और पूछताछ होनी शुरू हुई।

"आप निश्चिंत रहिए, आपको न ही गिरफ्तार किया गया है, न ही धमकाया जाएगा। आप सभी से केवल एक ही सवाल पूछा जाएगा।"—ए. सी.पी. कबीर रेड्डी के मुँह से निकला।

"कैसा सवाल सर?"—इनमें से एक लड़की ने परेशानी से पूछा।

"राहुल और शुभम तो मर चुके हैं, पर फिलहाल अभी जो 6 गायब हुए हैं, हम उनकी एक्स गर्लफ्रेंड से पूछताछ कर रहे हैं।"

"हमसे पूछताछ करके आपको क्या मिलेगा?"

"नहीं मिलता तो बेवजह आप लोगों को परेशान नहीं किया जाता, कृपया थोड़ा हमारे साथ कॉपरेट करें।"

"ठीक है सर! कोई बात नहीं।"

"तो पहला सवाल आपसे, राहुल को तुमने छोड़ा था या राहुल ने आपको छोड़ा था?"—पहला सवाल ए.सी.पी. कबीर रेड्डी ने राहुल की गर्लफ्रेंड से किया।

"सर उसने मुझे छोड़ा था, मैंने उसे नहीं छोड़ा था।"—राहुल की गर्लफ्रेंड ने जवाब दिया।

"किन कारणों की वजह से तुम्हें छोड़ा था?"—ए.सी.पी. कबीर रेड्डी ने दुबारा सवाल पूछा।

"सर हमारी रिलेशनशिप 2 साल से ज्यादा चल रही थी फिर वह मुझसे बोर होने लगा, उन कारणों की वजह से वह दूसरी लड़कियों से बात करने लगा, चैटिंग करने लगा, मैंने उसे रोका कि ऐसा मत कर, सिर्फ मुझसे प्यार कर, तो उसने मुझे छोड़ दिया।"

अगला सवाल कबीर रेड्डी ने शुभम की गर्लफ्रेंड से पूछा—"आप दोनों क्यों अलग हुए?"

"वह मर गया, यह मेरे लिए खुशी की बात है।"—यह कहते हुए शुभम की गर्लफ्रेंड मन-ही-मन में कुछ भुनभुनाने लगी।

वहाँ मौजूद जावेद, रंजना और कबीर रेड्डी एक-दूसरे का चेहरा देखकर हैरानी जाहिर करने लगे।

"क्यों हुआ ब्रेकअप? यह मुझे बताइए।"

"वो मुझे दरअसल प्यार करता था, मैं भी उससे बेहद प्यार करती थी और उसका व्हाट्सएप जब मैंने चेक किया तो किसी लड़की के साथ फिजिकल रिलेशन बनाने की बात कर रहा था, और कर भी चुका था। इस वजह से हमारा ब्रेकअप हुआ।"

कबीर रेड्डी ने अपनी उँगलियों से संकेत देते हुए तीसरी लड़की से पूछा— "तुम बताओ।"

"वह धीरे-धीरे मुझसे बोर हो रहा था, हमेशा भागने लगा मुझे देखकर, छुपने लगा और मैंने जब उससे पूछा कि क्यों मेरे साथ ऐसे कर रहा है? कहने लगा कि मेरा मन भर गया है, जबकि वह मेरे साथ सबकुछ कर चुका था, लाख कोशिश की वह मुझे छोड़कर चला जाए।"

चौथी लड़की से सवाल।

"सर वो कुछ दिनों से अपने व्हाट्सएप, अपनी इंस्टाग्राम के पासवर्ड मुझसे शेयर नहीं करता था, मुझे कुछ शक हुआ, मैंने किसी तरीके से पासवर्ड खोला और मैंने देखा कि कई लड़कियों के साथ व्हाट्सएप पर रंगरलियाँ मना रहा था, जबकि हमारी शादी भी तय हो गई थी। हमारी शादी के 2 साल पहले

से, मुझे लगा वह मुझे कभी छोड़कर नहीं जाएगा, इस चक्कर में मैं हमेशा खुश रहती, पर मेरी फ्रेंड ने बताया कि तेरा बॉयफ्रेंड किसी और के साथ घूमता रहता है, मैंने फिर भी विश्वास नहीं किया, पर जब कॉलेज जाते वक्त किसी लड़की के साथ मैंने उसे पार्क में देखा तो मुझे यकीन हो गया, यह मुझे धोखा दे रहा था, इन कारणों की वजह से हमारा ब्रेकअप हुआ।"

पाँचवीं लड़की से सवाल।

"मैंने उसे एक होटल में पैड गर्ल के साथ देखा था, जब मैंने पूछा तो वह हक्का-बक्का रह गया और सारी बात बताई, उसने उसके साथ क्या-क्या किया? यही कारण था कि सर हमारा ब्रेकअप हुआ, उसने मुझे हद से ज्यादा चीट किया, मैंने कभी सपने में भी नहीं सोचा था कि वह ऐसी हरकत करेगा।

छठी लड़की से सवाल।

"सब मेरा नाम उर्वशी है। मैं कॉल सेंटर में जॉब करती थी, वह भी कॉल सेंटर में जॉब करता था, धीरे-धीरे हमारी नजदीकियाँ बढ़ने लगीं, हमने शादी का प्लान बनाया, फिर बाद में मुझे पता चला कि वह किसी और लड़की से प्यार करता है और मेरे साथ टाइम पास कर रहा था। एक दिन वह किसी काम से बाहर गया था, उसका फोन कॉल सेंटर ऑफिस में ही छूट गया था, मैंने उसका फोन उठाकर अपने पर्स में रखा, तभी एक फोन आया। किसी लड़की की आवाज थी, मैंने उससे पूछा तो उसने जवाब दिया कि मैं उसकी गर्लफ्रेंड बोल रही हूँ, मैं उससे बात करने के लिए उसके पास गई, उसके फोन में मैंने उसके साथ तसवीर देखी, चिपककर ली गई तसवीरों ने सबकुछ बयान कर दिया, इन कारणों की वजह से मेरा ब्रेकअप हुआ।"

सातवीं लड़की का जवाब।

"सर मेरा नाम मुसकान है, मैं आई.टी. सब्जेक्ट की पढ़ाई करती हूँ। मेरी मुलाकात उससे कॉलेज में ही हुई थी, फिर धीरे-धीरे हमारी नजदीकियाँ बढ़ने लगीं, हमारा रिलेशनशिप तकरीबन 6 महीने चला फिर उसने मुझे छोड़ दिया, जब मैंने उससे कारण पूछा तो वह कहने लगा कि मैं किसी और से प्यार करता हूँ।"

आठवीं लड़की का जवाब।

"मेरा नाम रुबीना खातून है, मैं उससे बेहद प्यार करती थी। एक बार वह मुझे और मेरी फ्रेंड को फिल्म दिखाने के लिए लेकर गया। वह फिल्म के इंटरवल में नाश्ता लाने के लिए गया और अपना फोन अपनी सीट पर ही छोड़ दिया, मैंने उसका फोन चेक किया तो वह किसी लड़की के साथ, फिजिकल रिलेशनशिप कर चुका था और उससे बात भी करता था। इन कारणों की वजह से हमारा मिलना-जुलना बंद हुआ, हमारा ब्रेकअप हो गया।"

यह सब किस्सा सुनने के बाद कबीर रेड्डी ने धोखा पाईं 8 लड़कियों को सही सलामत उनके घर छुड़वा दिया।

कबीर रेड्डी का शक सही निकला। उसने जिन लड़कियों से पूछताछ की सबका ब्रेकअप हुआ था और यह ब्रेकअप का कारण केवल लड़के ही थे, जिन्होंने अपने पार्टनर के साथ धोखा किया। उन्हें यह सीरियल किलर अपना शिकार बना रहा है, यह कबीर रेड्डी ने सिद्ध किया।

इन्वेस्टिगेशन में ए.सी.पी. कबीर रेड्डी को वजह तो मिल चुकी थी, पर शायद सबूत अभी कबीर रेड्डी से कोसों दूर था।

"देखो!" कबीर रेड्डी ने गंभीरता से कहा—"सीरियल किलर उन्हीं लोगों को टारगेट कर रहा है, जिन लड़कों ने धोखा दिया हो, किसी महिला का अपमान किया हो।"

"सही कहा सर! आप बिल्कुल सही हैं।"—कॉन्स्टेबल किशन ने कहा।

"इस घटना से यह साबित होता है कि सीरियल किलर की लाइफ में कुछ ऐसा ही हुआ होगा, जिसकी वजह से वह धोखा देने वाले युवकों को गुनहगार समझकर कत्लेआम कर रहा है।"

"सर मुझे एक बात समझ नहीं आई!"—रंजना ने पूछा।

"क्या?"

"अगर लड़का ही धोखा दे रहा है तो फिर यह सीरियल किलर लड़कों को क्यों टारगेट बना रहा है, मेरा मतलब लड़कियाँ धोखा देतीं तो वह

लड़कियों को मारता तो समझ पड़ता पर ऐसा नहीं है कि यह सीरियल किलर कोई लेडीज है।"

"महिला डरपोक होती है, अगर इस घटना को कोई महिला अंजाम देती तो इतनी बेरहमी से नहीं मारती, वह नॉर्मल तरीके से मारेगी।"—रंजना की बातों का जावेद ने जवाब दिया।

"क्या पता! सीरियल किलर न पुरुष होगा, न महिला होगी वह शायद 'गे' हो।"—किशन ने जवाब दिया।

"तू हमेशा उलटा ही जवाब देता है।"—जावेद चिढ़कर बोला।

"यह भी हो सकता है कि सीरियल किलर गे हो, किसी से प्यार कर बैठा हो और उसे खबर पड़ी होगी कि यह 'गे' है, इस कारण से वह इसे छोड़कर चला गया हो, शायद ये हो सकता है।"—कबीर रेड्डी ने असाधारण भाव में कहा।

"ऐसे काम को अंजाम कोई मर्द ही दे सकता है सर, मुझे नहीं लगता वह 'गे' होगा।"

"तुम्हें क्या लगता है जावेद?"—कबीर रेड्डी ने पूछा।

"सर, हो सकता है उसकी बहन के साथ किसी ने ऐसा किया हो या उसकी इज्जत के साथ खिलवाड़ या धोखा, इस प्रकार उसकी बहन मर गई हो या सुसाइड कर लिया हो, शायद अपने इंतकाम का बदला ले रहा हो।"—जावेद ने सोच समझकर जवाब दिया।

"हाँ, यह भी संभव है।"—कबीर रेड्डी ने अपने जूते रगड़ते हुए कहा।

□

8

सोमवार के दिन झमाझम बारिश हो रही थी। कबीर रेड्डी की नजर बारिश पर गई। वह समझ गया कि कहीं कोई बुरी खबर न सुनने को मिले, उसने तुरंत आदेश दिया।

"पूरे शहर में चेकपोस्ट और इस बार जहाँ कचरे का काम, गंदगी वाली जगहों, जहाँ कचरे के ढेर दिखाई दे, वहाँ-वहाँ पुलिस खड़ी होनी चाहिए।"

"पर सर कमिश्नर सर!"

"मैं जो कहता हूँ वह करो, आज या कल में शायद मर्डर हो। हमें कहीं-न-कहीं नजर रखनी ही पड़ेगी और रही बात झमाझम बारिश हो रही है, वह इस घटना को अंजाम देने के लिए आ सकता है।"

"जरूर सर, मैं अभी पूरी टीम को भेजता हूँ।"

"सभी को तुम आगाह करो और तुम मेरे साथ निकलो।"

"ठीक है सर!"

"जब तक ये लोग नहीं मिलते, तब तक हमें पूरा शहर घूमना है। खाना-पीना नाश्ता सब बाहर होगा, पूरे शहर में हमें कीड़े-मकोड़ों की तरह रेंगना है, ताकि कोई भी सुराग हमारे हाथ से न छूट पाए।"

"जी सर, मैं अभी सभी को कह देता हूँ।"

"क्योंकि अबकी बार वह हाथ से निकल गया तो शायद इस केस से हम लोग हाथ धो देंगे, और लोगों के लिए भी मुसीबत खड़ी हो जाएगी। हमें बेगुनाहों को बचाना है, जो भी गाड़ी ऐसी वैसी लगे सबकी तलाशी लो, एक-

एक गाड़ी की तलाशी लो, जिनके पास लाइसेंस हो या न हो उनकी भी गाड़ी तलाश करो, वह चाहे पॉलीटिशियन हो या कोई एक्टर डायरेक्टर या कोई आम आदमी।"

कुछ वक्त के बाद सब अपने-अपने काम में लग गए। पूरा डिपार्टमेंट सड़कों पर उतर आया था। सीरियल किलर की वजह से उन्हें डर था कि कहीं छह युवकों को जो किडनैप हुए हैं, उनका भी हाल राहुल और शुभम की तरह न हो। पूरे शहर में कबीर रेड्डी और उसकी फोर्स टीम घूमने लगी।

सारे लोग एक-दूसरे से कनेक्ट थे, पूरी फोर्स गोवा शहर में पानी में भीगते हुए उस सीरियल किलर को तलाश कर रही थी।

इतिहास में गोवा पुलिस के साथ यह पहली दफा ऐसी वारदात हुई, जो गोवा पुलिस को सड़कों पर पानी में भीगते हुए उतरना पड़ा।

सोमवार का पूरा दिन पुलिस डिपार्टमेंट को निगरानी करते हुए निकल गया ऐसी किसी जगह से वारदात की कोई खबर नहीं आई, जिससे पुलिस को तफ्तीश के लिए जाना पड़े।

अगला दिन।

दोबारा उसी प्रकार से पूरी टीम सुबह 8:00 बजे से शहर में देख-रेख के लिए निकल पड़ी।

सोमवार की तरह आज का दिन भी बेबुनियाद होगा या पुलिस डिपार्टमेंट को इस केस के तहत कुछ हासिल होगा, यह देखना अभी बाकी था।

पूरे शहर को शक की नजर से देखते हुए पुलिस डिपार्टमेंट पूरे शहर में हर जगह जाँच पड़ताल कर रहा था। गाड़ीवाले कारवाले जिनका थोड़ा अजीब चेहरा लगता, सबकी जाँच-पड़ताल हुई।

लगभग 3:00 बज रहे थे। मौसम बिगड़ता जा रहा था, यह देखते हुए कबीर रेड्डी ने आदेश दिया कि उन्हें बिना रुके ही पूरे शहर में अपनी गाड़ी दौड़ानी है।

"लिसन एवरीवन"'अभी बारिश होने की संभावना है। बारिश की वजह

से कोई भी अपनी गाड़ी साइड में करके बारिश के रुकने का इंतजार नहीं करेगा, सीरियल किलर बारिश में ही निकलेगा, ताकि वह कोई सबूत या निशान न छोड़ सके, सबको सही से देखरेख करनी है, कोई भी वारदात हो मुझे तुरंत खबर करें।"—कबीर रेड्डी ने हेडफोन से सभी को कहा।

ए.सी.पी. कबीर रेड्डी का यह आदेश सुनते ही सभी ने अपनी गाड़ियाँ तेज कर लीं, सारे लोग सजग हो गए। कुछ घंटे बाद बादलों की बरसात की जगह धूप निकल गई। डिपार्टमेंट की साँस में साँस आई, चलो आज बारिश नहीं है! धूप देखकर डिपार्टमेंट ने राहत की साँस ली।

डिपार्टमेंट को खबर नहीं थी कि असली बारिश कब होनेवाली है।

तभी एक कॉल आई कबीर रेड्डी के फोन पर।

"सर...सर यहाँ पर 40-50 लोगों की भीड़ लगी है।"

"कोई बड़ा एक्सीडेंट हुआ है क्या?"—कबीर रेड्डी ने हैरानी से पूछा।

"नहीं सर हम थोड़ी दूर हैं।"

"तो झक मार रहे हो क्या? तुरंत देखो क्या है? और मुझे लोकेशन शेयर करो, मैं वहीं आता हूँ।"—कबीर रेड्डी ने कड़कड़ाती आवाज में कहा।

"माफ कीजिए सर, मैं लोकेशन भेजता हूँ।"

घटनास्थल पर तफ्तीश के लिए पहुँची टीम यह देखकर भौचक्की रह गई। दोबारा वही भिनभिनाती मक्खियाँ और खून से सनी लाश, उसी तरीके से लाश प्राप्त हुई जिस तरीके से राहुल और शुभम की सीरियल किलर के द्वारा हुई थी।

मौके पर पहुँची टीम ने वहाँ से भीड़ हटाई, अबकी बार मीडिया ने भी कोई कसर नहीं छोड़ी। फिलहाल, हर बार की तरह इस बार कुछ ऐसा हुआ जिससे पूरा शहर दहशत में आ गया, क्योंकि अबकी बार एक लाश नहीं बल्कि तीन लाश प्राप्त हुईं।

सीरियल किलर द्वारा किए गए इस मर्डर को देखकर हर कोई दंग रह गया। इतनी सुरक्षा के बावजूद भी सीरियल किलर किस प्रकार से इलाके में

लाश फेंककर गया कि किसी को खबर नहीं पड़ी।

"सर···सर···!" न्यूज रिपोर्टर ने कबीर रेड्डी से पूछा—"सर आपने इस केस की कमान सँभाल रखी है और आपकी तरफ से अभी तक इस शहर के लिए कोई अच्छी खबर नहीं मिली, आप इस पर क्या कहना चाहते हैं?"

कबीर रेड्डी को कुछ कहते हुए नहीं बना।

"सर आप अपनी नाकामयाब कोशिश छुपा रहे हैं, जनता के सामने क्यों नहीं कुछ बताते?"

"सर इस केस को सी.बी.आई. के हाथ में कब सौंपा जाएगा? कब इस शहर में शांति होगी? अब तो गोवा शहर में टूरिस्ट भी आने बंद हो गए हैं। आप इस पर क्या कहना चाहेंगे सर?"

"सीरियल किलर जल्द ही कानून के हाथ में होगा?"—यह कहते हुए कबीर रेड्डी वहाँ से हटने की कोशिश कर रहा था।

"सर यही जवाब हर बार सुनने को मिलता है।"

"नो मोर क्वेश्चन"···कबीर रेड्डी ने अपने सिपाहियों से मीडिया वालों को हटाने का इशारा किया।

बारिश न होने के बावजूद 1 किलोमीटर की रेंज में पुलिस को कुछ हाथ नहीं लगा, कोई ऐसा सबूत हाथ नहीं लगा, जिससे वह किलर की तह तक जा सके।

मौके पर पहुँची फॉरेंसिक डिपार्टमेंट की टीम ने भी अपना काम चालू कर रखा था। उस सड़क से गुजरे हर सी.सी.टी.वी., हर गाड़ी चेक हो रहे थे।

इस बार मिली लाश से पूरे देश में हंगामा सा मच गया, विदेशी टेलीविजन पर भी इसका प्रसारण हुआ। मानो कि जैसे गोवा शहर में आग सी लग गई हो, जगह-जगह पेंटिंग बनवाई गई, पर्चे छपवाए गए।

कुछ घंटों की मशक्कत के बाद तीनों लाश वहाँ से पोस्टमार्टम के लिए भेजी गईं, उदास मन से पूरी टीम कोतवाली में प्रविष्ट हुई।

जिस ए.सी.पी. कबीर रेड्डी ने 24 साल की उम्र में अपनी जिंदगी में

एक रेप करनेवाले व्यक्ति का एनकाउंटर किया था, जिसने हैदराबाद से क्राइम साफ किया, वह आज सीरियल किलर के सामने घुटने टेकने को मजबूर हो गया। इस केस को लेकर वह बिल्कुल थक गया था। उसे लगने लगा था कि यह काम सिर्फ और सिर्फ सी.बी.आई. ही कर सकती है, मेरे बस की बात नहीं है, इस केस में वह कुछ कर पाएगा, उसने हौसला छोड़ दिया।

कोतवाली में आते ही सबकी परेशानियाँ साफ झलक रही थीं। इतनी मशक्कत के बाद, इतनी सुरक्षा के बाद, इतनी जाँच-पड़ताल के बाद, ने शहर में इतनी देखरेख के बावजूद भी इस घटना को सीरियल किलर ने अंजाम दे दिया।

सीरियल किलर इतना शातिर निकला कि जहाँ पुलिस कुछ तैयारी करें उसे भी वह मात देकर निकल चुका, यह सीरियल किलर कबीर का भी बाप था।

उदास मन से बैठा कबीर रेड्डी सिगरेट के लंबे-लंबे कस फूँक रहा था।

"सर आपने कहा था कि बारिश होगी तभी मर्डर होगा, पर बारिश नहीं हुई फिर ऐसा कैसे हो गया?"—केबिन में मौजूद जावेद ने पूछा।

"तुमने शायद ध्यान नहीं दिया जावेद! जब मौसम बिगड़ा तभी उसे लगा होगा कि बारिश होगी पर मौसम ने उसे धोखा दिया।"

"फिर भी सर हमारे हाथ कुछ नहीं लगा। पोस्टमार्टम रिपोर्ट कुछ मिले तो बेहतर है।"

"फिर भी वह कोई-न-कोई गलती करके जरूर गया होगा।"—कबीर रेड्डी ने यकीन से कहा।

"सर आपको भरोसा है, वह कुछ छोड़कर गया होगा।"

"क्यों? तुमको नहीं है।"

"फॉरेंसिक डिपार्टमेंट से अभी तक कोई अच्छी खबर सामने नहीं आई।"

कबीर रेड्डी से कोई जवाब देते नहीं बना।

"अब जो भी हमें प्राप्त होगा, वह पोस्टमार्टम के जरिए ही प्राप्त होगा।"— जावेद ने कहा।

निराशा भरे स्वर में कबीर रेड्डी ने कहा—"प्राइवेट पार्ट आरी से कटा हुआ, गले पर दाँत के निशान हैं, पूरे शरीर पर आरी से वार किया गया है, ब्रोमाइन केमिकल से दिल आर-पार है, पोस्टमार्टम में सिर्फ यही जाहिर होगा, मुझे लगता पोस्टमार्टम से भी हमें कुछ हासिल नहीं होगा, यह भी हर बार की तरह बेबुनियाद निकलेगी।"

"पर सर हम करें भी तो क्या करें, हमने हर तरीके से हर तरफ से कोशिश की पर हमारे हाथ कुछ नहीं लग रहा, इस सीरियल किलर ने नाक में दम कर के रखा है।"

"अब यह केस हमें नहीं मिलेगा, यह केस सी.बी.आई. के हाथ में सीधे जाएगा और वैसे भी अब जाना चाहिए, मुझे लगता है।"

"क्यों सर? हम पूरी लगन के साथ तो कोशिश कर रहे हैं।"

"फिर भी हमारी कोशिश असफल हो जा रही है।"

"हमारी किस्मत ही खराब है सर।"

"जिस हिसाब से किलर मर्डर कर रहा है, उस हिसाब से हम लोग 10 प्रतिशत भी नहीं सोच पा रहे हैं, अगर सीरियल किलर कोई गलती न करें तो मैं दावे के साथ कह सकता हूँ कि उसे कोई नहीं पकड़ सकता।"

"हर किलर कभी-न-कभी गलती करता है, यह सीरियल किलर क्या खाकर पैदा हुआ था सर?"

"खाकर पैदा नहीं, हुआ यह कोई साइको जीनियस है।"

"फिलहाल अब कल तक पोस्टमार्टम रिपोर्ट लेने चलना है, देखते हैं क्या होता है सर?"

"हाँ देखते हैं! वैसे जाते वक्त चाय मेरे केबिन में भिजवा देना।"

"ओके सर!"

सुबह 9:00 बजे।

"अबकी बार एक साथ तीन लाश मिली हैं, कबीर रेड्डी! ऐसा लगता

है यह केस तुम्हारे बस का है ही नहीं, यह तुमसे नहीं हो पाएगा।"—कमिश्नर साहब ने कठोर आवाज में कहा।

"सर हमने हर तरीके से कोशिश की, जगह-जगह चेक पोस्ट किए, तलाशी की, जाँच-पड़ताल की, पूरा शहर छान मारा, हम 2 दिन से सर बैठे तक नहीं हैं, उसके बावजूद भी यह घटना किस तरीके से हमारे सामने आई, कुछ समझ नहीं आ रहा है।"—कबीर रेड्डी ने अपनी सफाई देते हुए कहा।

"मीडिया हमारे बारे में क्या कह रही है? तुम्हें इससे मतलब नहीं है क्या?"

"है सर! पर मीडिया वालों को कौन रोक सकता है?"

"यह केस खत्म करके रोक सकते हैं।"

कबीर कुछ वक्त तक कुछ नहीं बोला।

"शुभम और राहुल के बाद इन 6 लड़कों की किडनैपिंग, इसके बावजूद भी पुलिस डिपार्टमेंट को कुछ हाथ नहीं लगा।"—कमिश्नर साहब ने कहा।

"जिन लड़कों ने महिलाओं को धोखा दिया था उन्हीं का कत्ल यह सीरियल किलर कर रहा है।"

"वाह! आपकी टीम को अभी तक बस यही हाथ लगा, सुनो! लड़कियों को धोखा दे या न दे, सीरियल किलर मर्डर पर मर्डर कर रहा है, उसे पकड़ना है। चाहे वह किसी का भी मर्डर करें, वह कोई बेगुनाह हो या कोई गुनहगार हो।"

"समझ गया सर।"

"3 दिनों के अंदर मेरे सामने किलर की लाश पड़ी होनी चाहिए, तुम उसका एनकाउंटर करो या किसी भी तरीके से तुम्हें उसकी जान लेनी है, मैं ऊपर जवाब देते-देते थक गया हूँ, कुछ हफ्तों में प्रधानमंत्री चुनाव होनेवाले हैं, अब तुम उसका एनकाउंटर करो या उसका जो भी करना है, तुम्हें परमिशन लेने की कोई जरूरत नहीं, तुम्हें हर परमिशन मैं देता हूँ, पर इन 3 दिनों के अंदर अगर तुम इस इन्वेस्टिगेशन में कामयाब नहीं हो पाए तो यह केस मैं सीधे

सी.बी.आई. को हैंडल करने के लिए दे दूँगा।"

"मैं पूरी कोशिश करूँगा कि आपको शिकायत का मौका नहीं दूँ।"

और वहाँ से कबीर रेड्डी घटना की रिपोर्ट चेक करने के लिए अपने केबिन में चला गया और कुछ घंटों के बाद पोस्टमार्टम रिपोर्ट लेने के लिए पोस्टमार्टम ऑफिस रवाना होना था।

कमिश्नर साहब के द्वारा दिए गए 3 दिनों में उस सीरियल किलर को ढूँढ़ना था, जिस सीरियल किलर को महीनों तक नहीं ढूँढ़ पाए। उस सीरियल किलर को 3 दिनों में कबीर रेड्डी को ढूँढ़कर साबित करना था। क्या कबीर रेड्डी कलेक्टर साहब के दिए हुए समय के मुताबिक इस कार्य को पूर्ण कर पाएगा या असफल होगा, यह देखना बाकी था।

फिर भी कबीर रेड्डी के जीवन में किस्मत का मोड़ एक नई दिशा लेकर आनेवाला था, जिस दिशा का कबीर को महीनों से इंतजार था।

"फॉरेंसिक डिपार्टमेंट के द्वारा अभी तक कोई खुशखबरी नहीं आई, पूरी जानकारी बताने के लिए जावेद, कबीर रेड्डी के पास गया।

"सर हम दोबारा असफल हो गए।"—थोड़े उदास स्वर में जावेद ने कहा।

"मतलब!"—कबीर रेड्डी ने हैरानी से पूछा।

"घटनास्थल पर सबूत के तौर पर हमें कुछ हासिल नहीं हुआ।"

"3 दिनों में मुझे सीरियल किलर को पकड़ना है।"

"जिसे हम महीनों से नहीं पकड़ पाए, उसे आप 3 दिन में कैसे पकड़ेंगे सर।"

"कमिश्नर साहब ने हमें 3 दिनों की मोहलत दी है, वरना यह केस सीधे सी.बी.आई. के हाथ में जाएगा।"

"सर फिलहाल तो यह सी.बी.आई. के हाथ में ही जाएगा, क्योंकि 3 दिनों में पकड़ना मुश्किल ही नहीं नामुमकिन है, वाहनों के आने-जाने की

वजह से वहाँ पर किस गाड़ी से उस लाश को फेंका गया था, यह भी हमें मालूम नहीं हुआ।"

"मुझे लगता है यह केस सी.बी.आई. को हैंडल करना चाहिए।"

"यह क्या कह रहे हैं सर? आपसे बढ़िया कौन है जो यह केस हैंडल करेगा, वैसे भी जब सबूत ही नहीं मिल रहा है तो कोई इस केस में इन्वेस्टिगेशन करके कैसे उस सीरियल किलर तक पहुँच पाएगा?"

"ये बातें छोड़ो, पोस्टमार्टम रिपोर्ट कब तक आएगी?"

"अब तक तो आ गई होगी सर! मैं जाकर लेकर आता हूँ।"

"नहीं, गाड़ी निकालो, हम दोनों चलते हैं।"

"ठीक है सर।"

कबीर रेड्डी और जावेद पोस्टमार्टम रिपोर्ट लेने के लिए पोस्टमार्टम हाउस की तरफ निकल गए। कबीर रेड्डी अब हद से ज्यादा मायूस हो गया था, क्योंकि फॉरेंसिक डिपार्टमेंट की तरफ से किसी भी प्रकार का कोई सबूत हाथ नहीं लगा। कबीर जाते वक्त अपने मन में सोच रहा था कि मेरी किस्मत ही खराब है। मेरी किस्मत साथ नहीं देती। अपने मन में निराशा लिये हुए कबीर रेड्डी और जावेद पोस्टमार्टम रिपोर्ट लेने के लिए पोस्टमार्टम हाउस पहुँचे।

"पोस्टमार्टम रिपोर्ट दीजिए सर।"—कबीर रेड्डी ने उदास शब्दों में पोस्टमार्टम करनेवाले डॉक्टर से कहा।

"इतना निराश मत होइए कबीर रेड्डी, आपके लिए अच्छी खबर भी है।"—कबीर रेड्डी के निराश चेहरे को देखते हुए पोस्टमार्टम करनेवाले डॉक्टर ने कहा।

कुछ क्षण जावेद और कबीर एक-दूसरे को आपस में देखने लगे।

"क्या?"—कबीर रेड्डी ने नेत्रों को सिकुड़ाते हुए सतर्कता से पूछा।

"कोई कितना भी बड़ा मुजरिम क्यों न हो, कोई-न-कोई गलती आखिर कर ही बैठता है।"

"आप कहना क्या चाहते हैं सर?"

"अगर मैं यह बात बताऊँ तो आप विश्वास नहीं करेंगे।"

"क्यों सर? ऐसा क्या हुआ जिससे हम आपकी बातों पर विश्वास नहीं करेंगे।"

"यह सीरियल किलर कोई पुरुष नहीं बल्कि महिला है।"—पोस्टमार्टम करनेवाले डॉक्टर ने शालीनता से कहा।

"क्या?"—यह सुनते ही कबीर रेड्डी और जावेद का आश्चर्य से मुँह खुला का खुला रह गया।

"यह एक महिला का काम है।"

"यह आप कैसे सिद्ध कर सकते हैं?"

"क्योंकि जिस दिन लाश मिली उस दिन मौसम खराब था, उसे लगा बारिश में सारे सबूत मिट जाएँगे, पर ऐसा नहीं हुआ। बारिश न होने के कारण वह कुछ सबूत छोड़कर चली गई।

"कैसा सबूत?"—कबीर रेड्डी ने बेबसी से पूछा।

"उसके तीनों बॉडी में से दो लंबे-लंबे बाल मिले हैं, हमें कुछ फिंगरप्रिंट भी प्राप्त हुए हैं, जिससे यह जान पड़ता है यह एक महिला है, यही नहीं गले पर जो निशान है, जो वह अपने दाँतों से माँस निकालती है, वहाँ स्ट्रॉबेरी लिपस्टिक के निशान हैं।"

"आप क्या कह रहे हैं!"

"यह मैं नहीं यह पोस्टमार्टम रिपोर्ट में साफ हुआ है।"

"पर कोई लड़की इस घटना को अंजाम कैसे दे सकती है? यह काम कोई पुरुष ही कर सकता है।"

"इतिहास में बहुत सारी महिलाएँ सीरियल किलिंग कर चुकी हैं, और हेयर के हिसाब से यह पक्का है कि यह 24-25 की उम्र की है।"

"यह घटना कोई महिला कर सकती है, मुझे यकीन नहीं हो रहा है!"

"महिलाओं को आमतौर पर सरल स्वभाव का माना जाता है, इतिहास के पन्नों में आज भी कुछ ऐसी खतरनाक महिला सीरियल किलर हैं, जिनके बारे में हम सोच नहीं सकते, इतिहास में बहुत सारी ऐसी महिलाएँ हैं।"

"जैसे सर?"

"एलिन केरोल अमेरिका की थी, उसने 1989 से 1990 के बीच में 7 पुरुषों की हत्या की थी उसके मुताबिक उसने उन इनसानों को मारा, जिन्होंने उसका रेप करने की कोशिश की थी, उसने इस बात का दावा किया कि उसने आत्मरक्षा में ये हत्या की हैं।"

"उसे सजा के तौर पर क्या मिला?"

"सात पुरुषों की हत्या करनेवाली इस महिला को मौत की सजा सुनाई गई। 19 अक्तूबर, 2002 में उसे इंजेक्शन देकर मार दिया गया।"

"ऐसा भी होता है, मैंने सोचा नहीं था!"—कबीर रेड्डी ने आश्चर्य से कहा।

"आईलीन वुरनास नामक ओल्ड लेडी किलर ने 2000 से 2006 तक मेक्सिको की राजधानी में विभिन्न घरों में नौकरानी का काम करते हुए 11 बुजुर्गों की गला दबाकर हत्या की है, यही नहीं कबीर रेड्डी, ऐसी बहुत सारी महिलाएँ हैं, जिन्होंने ऐसी घटनाएँ की हैं, बेर्था गिफ्फोर्ड ने लगातार 17 हत्याएँ की थीं। यह महिला सीरियल किलर अपने स्वभाव से हमेशा मासूम की तरह व्यवहार करती थी। लोगों को ऐसा लगता था कि यह कितनी नरम दिल वाली औरत है। वह बीमार पड़ोसियों और रिश्तेदारों की हमेशा मदद करती रहती थी। पोस्टमार्टम रिपोर्ट सामने आई तो आँखें फटी-की-फटी रह गईं, जितने भी मर्डर हुए थे, सबको जहर देकर मारा गया था। उस महिला के खिलाफ कोर्ट में केस चला और उसके खिलाफ कोई सबूत नहीं प्राप्त हुआ, फिर भी वहाँ की सरकार ने मिसौरी स्टेट हॉस्पिटल में रखने का आदेश दिया।

"पर यह हमारी गोवा की सीरियल किलर इन सबकी भी बाप है।"

"हाँ तुमने बिल्कुल सही कहा, यह सीरियल किलर भी इतिहास के पन्नों

में दर्ज होनेवाली है, क्योंकि यह बेहद खतरनाक और खौफनाक है, जिस तरीके से वह कत्लेआम कर रही है, बहुत बड़ी साइको है। इसी तरीके से एक महिला सीरियल किलर थी, नाम था लियोनार्डा, यह औरत आदमी के माँस से नहानेवाला साबुन बनाती थी। पहले यह औरत शराब में जहरीली दवाई मिलाती थी और उन्हें काट कर उनके माँस से नहानेवाला साबुन बनाती थी, उस बनाए हुए साबुन से खुद वह और उसका पति नहाता था। इसने अपने बयान में कहा है कि जब मैं छोटी थी तो मेरी माँ ने बीयर के बदले मेरा रेप कराया था, इस प्रकार वह औरतों से इतनी नफरत करने लगी।

"यह केस किस मोड़ पर लाकर खड़ा करेगा मुझे यकीन नहीं हो रहा है, देश को जब यह खबर मिलेगी कि यह सीरियल किलर कोई पुरुष नहीं महिला है और हम महिला को गिरफ्तार नहीं कर पा रहे हैं तो हमारी बदनामी तो पक्की है।"

"यानी सर जो यह महिला सीरियल किलर गोवा शहर में कत्लेआम कर रही है, क्या वह इंडिया की पहली महिला सीरियल किलर है?"

"नहीं नहीं!" पोस्टमार्टम करनेवाले डॉक्टर ने जवाब दिया—"सायनाइड मल्लिका भारत की सबसे प्रथम सीरियल किलर महिला थी। रिपोर्ट के मुताबिक केंपाम्मा बेंगलुरु के पास स्थित कगालिपूरा गाँव की रहनेवाली थी। यह महिला खुद का चीफ फाइनेंस चलाती थी, कुछ समय बाद इसका व्यापार ठप हो गया और कुछ समय पश्चात् इसके पति ने घर से निकाल दिया, और 1999 में पहला कत्ल करके इसने अपराध की दुनिया में पहला कदम रखा। सायनाइड मल्लिका मंदिरों में आनेवाली महिलाओं को देखती थी और उन्हें अपना निशाना बनाती थी जो महिला कष्ट से गुजरती थी, उसे वह अपना शिकार बनाती थी। मीडिया रिपोर्ट के अनुसार वह परेशान महिलाओं से दोस्ती कर लेती थी और कहती थी कि वह उनकी समस्याओं का हल पूजा और अनुष्ठानों से कर सकती है, फिर उनसे लूटपाट करती थी और इस महिला ने कई हत्याएँ कीं, इसके बाद उसे उम्र कैद की सजा मिली। रेणुका शिंदे और सीमा भी जिन बच्चों को मारती थीं, देखने के बाद लोगों की

रूह काँप जाती थी। ये दोनों महिला सगी बहन थीं, इन दोनों सगी बहनों पर 42 बच्चों की हत्या करने का आरोप है। इनकी दहशत मुंबई, नासिक, पुणे, कोल्हापुर, जैसे शहरों में फैली हुई थी, हालाँकि इस केस के इन्वेस्टिगेशन करनेवाले ने 13 अपहरण और 6 मर्डर ही सिद्ध किए। कहा जाता है कि ये छोटे बच्चों का अपहरण करती थीं, उनसे चोरी करवाती थीं और भीख मँगवाती थीं और पकड़े जाने पर इनकी आड़ में वे बच निकलतीं, यही नहीं जब ये छोटे बच्चे बड़े हो जाते और उनके काम के नहीं होते तो उन्हें पटक-पटककर मार देती थीं। इनकी दहशत को देखते हुए सरकार ने इन्हें फाँसी की सजा देने का ऐलान किया, आजादी के बाद ये पहली महिला हैं, जिन्हें फाँसी की सजा सुनाई गई।"

"मुझे लगता है, इसके निजी जीवन में जरूर कोई ऐसी वारदात हुई होगी, जिससे यह धोखा देनेवाले मर्दों को मौत के घाट उतार रही है।"—कबीर रेड्डी ने गहरे शब्दों में कहा।

"हाँ यह बिल्कुल सही है, इन कारणों की वजह से वह अपना मानसिक संतुलन खो चुकी होगी, जिससे इस घटना को इस मुकाम पर पहुँचा रही है।"

"इन दो लंबे बालों के मिलने से हम, इसे तलाश नहीं कर पाएँगे। पूरे शहर में न जाने बहुत सारी लड़कियाँ हैं, किसके डी.एन.ए. से मैच होगा, इस शहर की हम सारी लड़कियों को तो चेक नहीं कर सकते।"—जावेद ने कहा।

"सही कहा जावेद!"

"पर आप लोगों को फिक्र करने की कोई जरूरत नहीं। आपके लिए एक अच्छी खबर है, मैंने शुरुआत में ही कहा था।"—पोस्टमार्टम करनेवाले डॉक्टर ने कहा।

"मतलब सर! मैं समझा नहीं।"

"जिस जगह पर ब्रोमाइन से दिल को आर पार किया गया है, उसी के 2 इंच लेफ्ट साइड में हमें एक लॉकेट मिला है।" पोस्टमार्टम करनेवाले डॉक्टर ने चमचमाता लॉकेट कबीर और जावेद के सामने दिखाया।

यह देखकर दोनों अपने नेत्रों को लॉकेट पर लगभग 2 मिनट तक गड़ाए रहे।

इस चमचमाते हुए लाल रंग के लॉकेट पर तितली के आकार का चित्र बना था, इसकी वेशभूषा सामान्य थी, काले धागे में पिरोया गया था।

गंभीरता से देखते हुए कबीर रेड्डी ने उस लॉकेट को अपने हाथ में उठाया और कुछ क्षण तक उसे निहारता रहा और उसके पिछले जब पलटा तो कबीर रेड्डी चौंक गया, उसके पिछले हिस्से पर एक कोड था 'PKJ 692' और कहा—"आखिरकार इस सीरियल किलर ने वह गलती कर ही दी, जिसकी हमें तलाश थी, वैसे आपका शुक्रिया सर, इस केस में आपने हमारी हद से ज्यादा मदद की।"

"यह तो हमारा फर्ज है।"

"धन्यवाद सर, अब हमें जाना चाहिए।"

"बेस्ट ऑफ लक कबीर रेड्डी। मैं भगवान् से कामना करूँगा, आप जल्द-से-जल्द इस लेडी सीरियल किलर को पकड़ें।"

रिपोर्ट और चमचमाते लॉकेट को लेकर कबीर वहाँ से निकल पड़ा।

□

9

"सर आपको याद है रंजना ने कहा था कि कहीं यह सीरियल किलर महिला तो नहीं।"

"सही कहा जावेद, वह सही थी, पर हम समझ नहीं पाए।"

"सर अब हमें क्या करना चाहिए?"—जावेद ने पूछा।

"तुम आज के आज यह खबर करो कि PKJ 692 नंबर लॉकेट किस फैक्ट्री से बनकर आता है, यह नंबर किस शॉप पर गया है, मुझे जल्द-से-जल्द अंदर की रिपोर्ट चाहिए।"

"मैं हेड क्वार्टर फोन लगाकर सबको सतर्क करता हूँ, इस केस ने अब मजबूती पकड़ ली है।"

जिस सबूत की कबीर रेड्डी को तलाश थी, वह उसे हासिल हो गया। वह चश्मदीद गवाह उसे मिल गया था, जिससे वह लेडी सीरियल किलर तक आराम से पहुँच सकता है। आखिरकार इस सीरियल किलर ने वह गलती कर ही दी, जो कबीर रेड्डी को चाहिए थी। कबीर ने अपनी टीम को एक काम सौंपा कि लॉकेट किस एरिया में मैन्युफैक्चरिंग होता है? किस एरिया में सेल हुई है? इस लॉकेट का क्या नाम है? यह किसके नाम पर लिया गया है? कबीर रेड्डी को पूरा यकीन हो गया था कि इस इन्वेस्टिगेशन में उसकी बहुत बड़ी जीत होगी।

अपने रिवाल्वर को साफ करने का वक्त आ गया था। ए.सी.पी. कबीर रेड्डी ने नए कारतूस मँगाए, कबीर को एनकाउंटर करने के लिए, कमिश्नर साहब के आदेश की जरूरत नहीं थी, कमिश्नर साहब एनकाउंटर करने की

परमिशन कबीर को कुछ दिन पहले ही दे चुके थे।

कई महीनों तक नींद उड़ाने के बाद आखिरकार वह वक्त आ ही गया, जिसकी चेष्टा कबीर कई महीनों से करता था PKJ 692, यह लॉकेट नंबर कातिल तक पहुँचने के लिए काफी था।

कुछ घंटों की मशक्कत के बाद यह लॉकेट नंबर किस एरिया में मैन्युफैक्चरिंग हुआ था, इसकी जानकारी जावेद के हाथ लग गई थी। उसने फौरन कबीर रेड्डी को बताया।

"सर इस लॉकेट की मैन्युफैक्चरिंग पोंडा क्षेत्र नॉर्थ गोवा की तरफ होती है, कोई कंपनी है, जिसमें आर्टिफिशियल माल PKJ नाम से मैन्युफैक्चरिंग होता है।"—जावेद ने फोन पर यह जानकारी दी।

"ठीक है! पोंडा जाने के लिए तैयारी करो और तुरंत कोतवाली आओ। हमें इस पते पर चलना है।"

"सर इसी वक्त!"

"इसी वक्त क्या? अब हमें जाने के लिए मुहूर्त निकलवाना पड़ेगा क्या? हमारी लापरवाही किसी और की लाश दिलवा सकती है, इस बात से आपको आशंका है?"—कबीर रेड्डी गुस्से में बोला।

"माफ कीजिए सर! मैं समझ गया।"

कबीर ने फोन रखकर कोतवाली में अपने केबिन से बाहर निकलकर आदेश दिया—"किशन, तुम दो सिपाही लेकर पोंडा नॉर्थ क्षेत्र की तरफ सारी आर्टिफिशियल कंपनी की लिस्ट तैयार करो, यह PKJ नाम से कौन सी कंपनी मैन्युफैक्चरिंग करती है?"

किशन वहाँ से इसकी जाँच करने के लिए निकल पड़ा और कबीर रेड्डी कुछ घंटों बाद रंजना और जावेद के साथ इस लॉकेट से जुड़े राज के लिए तफ्तीश करने निकल पड़ा।

कुछ घंटों की मशक्कत के बाद पूरी टीम पोंडा क्षेत्र की तरफ पहुँच चुकी थी, जब तक कबीर अपनी टीम लेकर पोंडा क्षेत्र की तरफ गया, तब

तक किशन उस कंपनी की खोज खबर कर चुका था, जहाँ पर PKJ नाम से आर्टिफिशियल मैन्युफैक्चरिंग होती है।

किशन के बताए गए पते पर पूरी टीम उस कंपनी के पास पहुँची।

और जाँच-पड़ताल शुरू की।

"साहिब जी! यह लॉकेट मार्केट में ज्यादा न चलने की वजह से लगभग 1 या 2 साल से बंद पड़ा है।"—उस कंपनी के मैनेजर ने जवाब दिया।

"मुझे जवाब लगभग में नहीं बिल्कुल सही चाहिए।"—कबीर ने अपने कठोर स्वभाव में कहा।

"फिलहाल हमें वक्त चाहिए इसके लिए, ताकि हम आपको बता सकें कि किस वक्त से इस लॉकेट की मैन्युफैक्चरिंग शुरू हुई थी।"

"हमारे पास वक्त नहीं है, आप जल्द-से-जल्द बताइए आपसे यही निवेदन है, वरना हमारे पास और भी रास्ते हैं।"

"समझ गया सर, मैं देखता हूँ।"—कबीर रेड्डी का यह स्वभाव देखकर मैनेजर हड़बड़ाकर बोला।

लगभग 20 मिनट के बाद मैनेजर ने जवाब दिया कि माल 2017 से 2018 के बीच में बनना शुरू हुआ था, पर यह तितली जो आकार है यह सितंबर से लेकर दिसंबर के बीच में बना था।

इस जानकारी के प्राप्त होने के बाद कबीर रेड्डी ने उसे सवाल पूछा—"अब यह माल क्यों नहीं मैन्युफैक्चरिंग होता?"

"दुकान वाले जो डिमांड करते हैं, उसी हिसाब से यहाँ पर बनना शुरू होता है सर, उन्होंने कहा कि तितली आकार की बिक्री कम होती है, इस हिसाब से हमने तितली आकार के लॉकेट बनाना बंद कर दिया।"

"यह तितली आकार का लॉकेट किन-किन दुकानों पर गया है, वह जानकारी हमें दीजिए।"

कुछ मिनट बाद उस मैनेजर ने जवाब दिया—"यह तितली आकार का लॉकेट लगभग 8 दुकान वालों के पास गया था।"

कबीर रेड्डी और उनकी टीम वालों ने इन 8 दुकानों की पूरी जानकारी उस मैनेजर के द्वारा ले ली। अब पूरी टीम इन 8 दुकानों पर अलग-अलग होकर इसकी पुष्टि करने के लिए निकल पड़ी।

"2 साल पहले इस लॉकेट की जानकारी, क्या उन दुकान वालों के पास होगी सर?"—रंजना ने ए.सी.पी. कबीर रेड्डी से पूछा।

"तुम लोगों ने घूस देकर पुलिस डिपार्टमेंट में ज्वाइन किया है क्या? अरे दो हजार अट्ठारह तक उनके पास इस लॉकेट का बिल होगा, इसके जरिए हमें खबर पड़ जाएगी।"—कबीर रेड्डी ने कड़कड़ाती हुई आवाज में कहा।

"माफ कीजिए सर।"

"सॉरी··· ! रंजना मुझे इस तरीके से व्यवहार नहीं करना चाहिए था।"

"कोई बात नहीं सर, वैसे हमें खबर है आप इस केस से कितना परेशान हो रहे हैं।"

"हाँ सही कहा, पर इस लॉकेट की जानकारी अगर प्राप्त हो गई तो जीत हमारे हाथ लग जाएगी।"

"सर आप निश्चिंत रहिए। इस लॉकेट की जानकारी हमें जरूर प्राप्त होगी और वैसे भी यह सिर्फ और सिर्फ 8 दुकानों पर ही गया है, और यह दुकान कोई छोटी मोटी नहीं बड़ी दुकानें हैं, उनके पास जरूर पुराने बिल पड़े होंगे।"

"तुम्हारी बातें सच हो रंजना।"

पूरी टीम अलग-अलग पोंडा के नॉर्थ क्षेत्र में कुल 8 दुकानों की तफ्तीश के लिए निकल चुकी थी। इन आठ आर्टिफिशियल दुकानों में से एक बहुत बड़ी शॉप थी, जो दूर लोकेशन पर स्थित होने की वजह से कबीर रेड्डी ने खुद वहाँ जाना मुनासिब समझा।

इस बार स्कॉर्पियो गाड़ी की कमान कबीर के हाथों में थी और कबीर तेजी से उस दुकान की लोकेशन की तरफ बढ़ रहा था। उसके दिल में एक एहसास पनप रहा था कि मंजिल ज्यादा दूर नहीं, अब मेरे करीब है। इस विश्वास की वजह से ही कबीर रेड्डी यहाँ तक पहुँचा।

कलेक्टर साहब द्वारा दिए गए 3 दिनों के अंदर सीरियल किलर को पकड़ना था, इन कारणों की वजह से कबीर 1 मिनट तक भी साँस नहीं लेता था, स्कॉर्पियो चलाते हुए कबीर का चेहरा भयभीत और गुस्से में प्रतीत हो रहा था। यह देखकर रंजना ने चुप रहना ही बेहतर समझा।

कुछ वक्त के बाद कबीर की गाड़ी उस लोकेशन में बताई दुकान के समीप खड़ी हुई।

कबीर रेड्डी ने अपना फॉर्मल ड्रेस सही करते हुए उस दुकान में प्रवेश किया।

प्रवेश करते ही···

"नमस्कार सर ! आपको किस प्रकार के लेडीज सामान या गिफ्ट चाहिए? यहाँ आपको हर तरीके के मिल जाएँगे।"

उस दुकान वाले ने कबीर का स्वागत करते हुए कहा, पर कबीर कुछ क्षण तक चुप था।

"सर जी! पत्नी के लिए तोहफा लेना है या गर्लफ्रेंड के लिए।"

फिर भी कबीर रेड्डी और जावेद ने कुछ नहीं कहा, देखते हुए उस दुकानदार ने दोबारा सवाल किया—"सर आप क्या लेने आए हैं?"

"वैसे तो हम तुम्हारी लेने आए हैं।"—कबीर रेड्डी ने रूखेपन में जवाब दिया।

"मतलब सरररर··· !"—दुकानदार ने हड़बड़ाते हुए कहा। कबीर रेड्डी ने अपना कार्ड दिखाते हुए कहा—"ए.सी.पी. कबीर रेड्डी गोवा पुलिस।"

यह देखकर दुकान वाला दंग रह गया और अपनी भौंहों को अजीब तरीकों से फिराने लगा।

"हमें तुमसे कुछ पूछताछ करनी है।"

यह सुनते ही दुकान में मौजूद कस्टमर बहाना बनाकर वहाँ से निकलने लगे।

"क्या नाम है तुम्हारा?"—कबीर रेड्डी ने सीधा सवाल पूछा।

"सर रमेश··रमेश वर्मा!" थोड़े दबे स्वर में दुकान वाले ने जवाब दिया।

"यह दुकान कब से चलाते हो?"

"सर 5 सालों से मैं अपनी आर्टिफिशियल दुकान चलाता हूँ।"

तितली के आकार के बने उस लॉकेट को कबीर रेड्डी ने उसके सामने रखकर कहा—"यह लॉकेट देख रहे हो, तुम्हारी दुकान से लगभग 2 साल पहले किसी ने खरीदा था।"

"पर सर जी 2 साल पहले मुझे कैसे याद होगा? पिछले हफ्ते कौन सा कस्टमर क्या लेकर गया मुझे याद नहीं रहता फिर यह कैसे याद रहेगा?"—दुकान वाले ने हिचकिचाते हुए जवाब दिया।

"मेरे पास तरीके हैं याद दिलवाने के।"

"कैसे सर?"—यह सवाल डरते हुए उस दुकानदार ने किया।

"मुझे 2018 के सितंबर से लेकर दिसंबर तक के सारे बिल चाहिए।"—कबीर रेड्डी ने आदेश देते हुए कहा।

"सर जी अभी कहाँ से लाऊँ मैं?"

"देखो रमेश वर्मा! रमेश वर्मा से स्वर्गवासी रमेश वर्मा बनाने में मुझे ज्यादा वक्त नहीं लगेगा, तो भलाई इसी में है, किसी तरीके से मुझे बिल चाहिए।"

"शायद सारे बिल दुकान के अंडर ग्राउंड रूम में पड़े होंगे, मैं अभी देखता हूँ।"

"ठीक है देखो।"

दुकान के अंडर ग्राउंड रूम में जाकर जावेद भी बिल बेसब्री से जाँच करने लगा। बहुत देर की मशक्कत के बाद जावेद को वह बिल हाथ लगा जिसमें यह लिखा हुआ था कि यह लॉकेट किसके नाम से है, जिसे कबीर रेड्डी बेसब्री से ढूँढ़ रहा था। वह जावेद के हाथ में मौजूद था।

जावेद अंडर ग्राउंड रूम से निकलकर बिल लेकर कबीर रेड्डी के पास आया और उस बिल को कबीर रेड्डी के हाथों में थमाया।

"ओ माय गॉड! यह बिल ज्योति के नाम पर है, और इस पर एक नंबर है 8926*****, इस नंबर पर तुरंत डायल करो जावेद।"

जावेद ने नंबर डायल किया।

"you are not dialing a valid number please check the number you have dial"—सर यह नंबर बंद हो चुका है।"

"यह क्या हो रहा है?"—यह कहते हुए अपने हाथ टेबल पर कबीर रेड्डी पटकने लगा।

"सर क्यों न हम इस नंबर को हेडक्वार्टर भेजकर यह जाँच करवाए कि यह नंबर किसके नाम पर लिया गया था? उसका आधार कार्ड स्कैन होगा और हमें एड्रेस मिल जाएगा।"—जावेद ने जवाब दिया।

"व्हाट ए ग्रेट आइडिया जावेद! वेल डन, ऐसा ही करो। इसे तुरंत हेड क्वार्टर भेजो।"—शाबाशी देते हुए कबीर रेड्डी ने कहा।

"ठीक है सर।"

"तुम फौरन यह नंबर पता करो, उन्हें कहना कि जो भी काम कर रहे हैं उसे छोड़कर वह जल्द हमें यह खबर दें।"—ए.सी.पी. कबीर रेड्डी ने आदेश देते हुए कहा।

अब पूरी टीम पेड़ की छाँव के नीचे एक ही स्थान पर रुकी हुई थी। उन्हें अब हेड क्वार्टर से फोन आने का इंतजार था।

"अगर यह नंबर उसके नाम से नहीं रहा तो हमारे हाथों नहीं लगेगी लेडी सीरियल किलर।"—रंजना ने सरलता से कहा।

"नहीं ऐसा नहीं हो सकता और शायद हो भी सकता है कुछ कहा नहीं जा सकता।"—किशन ने रंजना की बातों का जवाब दिया।

"100 प्रतिशत यह ज्योति के नाम पर ही होगा।"—कबीर रेड्डी ने यकीन से कहा।

"कैसे सर?···आप इतने यकीन के साथ कैसे कह सकते हैं?"

"क्योंकि यह सीरियल किलर अभी बनी है, इससे पहले यह एक नॉर्मल लाइफ व्यतीत कर रही थी तो लिहाजा यह सिम कार्ड उसके ही नाम से होगा।"— कबीर रेड्डी ने जवाब दिया।

"हम उसे गिरफ्तार करके उसे पूछताछ करेंगे कि उन तीन युवकों को कहाँ छुपाकर रखा है।"

"गायब हुए तीन युवक कभी भी मिल जाएँगे, पर हमें उसका एनकाउंटर करना है।"—कबीर रेड्डी ने कहा।

"सर हमें परमिशन लेने की जरूरत पड़ेगी, तभी हम एनकाउंटर कर सकते हैं।"

"किसी की परमिशन लेने की जरूरत नहीं, परमिशन पहले से ही मिल चुकी है।"

"इतनी जल्दी एनकाउंटर! वो भी किसी महिला का।"

"ऐसी बेरहम महिला को ऐसी सजा मिलनी ही चाहिए।"

तभी कबीर के फोन पर एक नोटिफिकेशन आया, उसने तुरंत नोटिफिकेशन को ओपन किया, उसमें लिखा हुआ था—यह नंबर ज्योति आचार्य के नाम से है और उसके घर का पता : ब्लॉक नंबर डी, राधे विला पार्क, मकान नंबर 106, नियर पोंडा स्टेशन के पास।

यह मैसेज पढ़ने के बाद कबीर रेड्डी ने तुरंत पोंडा पुलिस स्टेशन को इस घटना की जानकारी देते हुए वहाँ के इंस्पेक्टर से बात की और उन्हें भी इस एड्रेस पर आने के लिए कहा, ताकि उसे पकड़ना और भी आसान हो जाए। इस तरीके से पोंडा पुलिस स्टेशन के इंस्पेक्टर वहाँ आने के लिए तैयार हो गए।

राधे विला सोसाइटी की तरफ पूरी टीम निकल चुकी, वहाँ पर पहुँचने के बाद पोंडा क्षेत्र के कोतवाल भी अपनी टीम लेकर आ चुके थे। इस तरीके से पूरी टीम ने राधे विला सोसाइटी को घेर लिया। यह देखकर वहाँ के सारे निवासी हक्के-बक्के रह गए। उन्हें लगा कि सोसाइटी में कोई आतंकवादी

पनाह लेकर बैठा है। यह देखकर ऐसा लगा कि जैसे सोसाइटी में कोई है ही नहीं, शांतिपूर्ण रूप धारण कर लिया हो, 6 पुलिसवाले नीचे मौजूद थे, पोंडा के इंस्पेक्टर और जावेद कबीर रेड्डी के साथ मकान नंबर 106 के समीप पहुँचे, समय आने पर कबीर रेड्डी ने अपना रिवाल्वर अपने दाएँ हाथ में मजबूती से पकड़ लिया और दरवाजा जोर से दो-तीन बार खटखटाया।

एक 55 साल की बुजुर्ग महिला ने दरवाजा खोला, बुजुर्ग महिला को देखकर कबीर रेड्डी ने अपना रिवाल्वर पीछे रख लिया।

उलझनपूर्ण नेत्रों से देखते हुए बूढ़ी महिला ने सवाल किया—"जी बेटा! आप कौन?"

"ज्योति आपकी क्या लगती है?"

"मेरी बेटी है! पर पुलिस को उससे क्या काम है?"

"काम क्या है वह हम बाद में बताएँगे, पहले यह बताइए आपकी बेटी कहाँ है?"

"अपने रूम में टी.वी. देख रही है।"

जैसे ही ज्योति की माँ ने कहा कि ज्योति अपने रूम में टी.वी. देख रही है, कबीर रेड्डी की पूरी टीम घर में घुस गई। वहाँ एक छोटा बच्चा और ज्योति टी.वी. देख रहे थे, रंजना ने तुरंत ज्योति को दबोच लिया छोटा बच्चा वहाँ से निकलकर भाग गया। यह देखते हुए ज्योति की माँ कबीर रेड्डी के पैर पड़ने लगी और वह गिड़गिड़ाकर कहने लगी—"मेरी बेटी ने क्या किया है?…उसे इस तरीके से मत लेकर जाइए।" ज्योति की माँ चिल्लाने लगी।

ज्योति भी उसी भाव में डर के मारे जोर-जोर से रोने लगी…"सर मुझे छोड़ दो…मेरी क्या गलती है?…भगवान् के लिए मुझे छोड़ दो?…मेरी क्या गलती है… माँ…माँ…माँ…।"

"मेरी बेटी ने क्या किया है? उसे क्यों लेकर जा रहे हैं?"—ज्योति की माँ ने कबीर रेड्डी के पैर पकड़कर पूछा।

"आपकी बेटी ने 5 मर्डर किए हैं, यह पागल है, इसे पागलखाने की

आवश्यकता है। अभी भी तीन युवक उसकी गिरफ्त में हैं और आप कहती हैं कि मेरी बेटी बेगुनाह है, उसे छोड़ दो, क्या किया है?"—कबीर रेड्डी ने कड़कड़ाते हुए गुस्से में कहा।

"सर आपको गलतफहमी हुई है, मेरी बेटी तो बच्चों को घर में ही ट्यूशन पढ़ाती है, वह तो मुझसे एक पल भी दूर नहीं रह पाती, वह पागल नहीं है सर, आपको गलतफहमी हो गई है, आप ज्योति को फँसा रहे हैं। मेरी बेटी बहुत सीधी है, आप गलत कर रहे हैं सर!"—ज्योति की माँ ने रोते हुए कहा।

"आपकी बेटी गुनहगार है।"

"बेटा यह तुम गलत कर रहे हो, एक माँ का दिल ही जानता है कि उसकी बेटी क्या है? मेरी बेटी पागल नहीं है! न ही वह किसी की जान ले सकती है, अरे वह तो एक मक्खी भी नहीं मार सकती, फिर कैसे जान ले सकती है? साहब मैं आपसे हाथ जोड़ती हूँ, आप मेरी बेटी को छोड़ दो।"

वहाँ पर ठहरी पुलिस ने ज्योति की माँ की एक भी नहीं सुनी, ज्योति को पकड़कर पुलिस की जीप में बैठा दिया और पुलिस वहाँ से कोतवाली की तरफ निकल गई।

उसे दबोचकर कबीर रेड्डी की टीम खुश हो गई, पर कबीर को एक बात का दुःख था कि वह इस महिला का एनकाउंटर न कर सका, क्योंकि सोसाइटी में मौजूद सभी लोगों ने इस वारदात को देख लिया था, इन कारणों की वजह से कबीर रेड्डी इस घटना को अंजाम देने में असफल रहा।

पूरे रास्ते भर में ज्योति का रो-रोकर बुरा हाल था, उसके पहने हुए कंगन की जगह अब हथकड़ियाँ थीं। ज्योति ने काले रंग के जो कंगन पहने थे वे हथकड़ियों से रगड़कर टूट गए थे। उसे कुछ समझ नहीं आ रहा था, ये मेरे साथ क्या हो रहा है? ऐसे अचानक उसे इस हादसे से गुजरना पड़ेगा, उसने कभी सपने में भी नहीं सोचा था। पुलिस को लगता था यह कांड करनेवाली ज्योति ही थी, क्योंकि उनके पास सबूत था।

पर कहानी में अभी भी एक मोड़ बाकी था, जैसे अभी तक शायद कबीर

ने सोचा नहीं होगा, ज्योति को ले जाने के पश्चात् रोता देखकर जीप में मौजूदा पुलिस वाले ठहाका मार रहे थे।

"यह देखो! इतनी हत्या करने के बाद, कैसे बनावटी रो रही है? जैसे इसकी शादी हो रही है और यह विदा हो रही हो, इस तरीके से रो रही है।"

"अरे चौबे साहेब जरा सँभल के, सीरियल किलर है।"

"अरे घंटा सीरियल किलर! अब हमारा ये क्या उखाड़ पाएगी?"

"अरे ऊपर वाले का शुक्र अदा कर तू बच गई, वरना कबीर रेड्डी तेरा सीधा एनकाउंटर ही करते।"

"किस्मत वाली है मेहता साहब!"

"अरे पूछो मत! इसके चक्कर में बहुत पापड़ बेलने पड़े।"

"वैसे मानना पड़ेगा कबीर रेड्डी को, आखिर उसने इसे पकड़ ही लिया।"

"हाँ सही कहा, कलेक्टर साहब ने उसे 3 दिन का समय दिया था, पर 2 दिन में ही इस कार्य को पूर्ण कर दिया।"

इस तरीके से मौजूद सिपाही ज्योति का मजाक उड़ाने लगे पर ज्योति का रो-रोकर बुरा हाल था, रो-रोकर उसका इतना बुरा हाल था कि नेत्रों के गड्ढे काले पड़ गए थे और कुछ घंटों की मशक्कत के बाद पुलिस कोतवाली में प्रविष्ट हुई इस घटना की पूरी जानकारी अभी भी मीडिया से छुपाई गई।

ज्योति से अभी भी उन गायब हुए तीन युवकों के बारे में पूछना बाकी था। ज्योति ने उन तीन युवकों को कहाँ छुपा के रखा है।

इस पूरी घटना की जानकारी कमिश्नर साहब को मिली।

"वेरी वेल कबीर! आखिर तुमने कर ही दिखाया।"—खुशी के स्वर में कमिश्नर साहब ने बधाई दी।

"जी सर।"—कबीर रेड्डी ने कहा।

"मुझे पूरा भरोसा था कि तुम कर सकोगे, मैंने तुम्हें 3 दिन का वक्त दिया था। तुम 2 दिन में ही इस केस को मंजिल तक पहुँचाने में कामयाब रहे।"

"फिलहाल सर, बस एक ही काम है, सीरियल किलर ज्योति से पूछताछ करना।"

"हाँ उससे तुरंत पूछताछ करो और उससे पूछो उसने तीन युवकों को कहाँ छुपा कर रखा है।"

"अभी मैं कुछ घंटों में पूछताछ शुरू करूँगा सर।"

"अच्छा हुआ तुमने एनकाउंटर नहीं किया! वरना उसने तीन युवकों को कहाँ छुपाकर रखा है, हमें मालूम नहीं पड़ता।"

"नहीं सर! जिन युवकों को ज्योति ने गायब किया है, उन्हें हम ढूँढ़ लेते, पर सोसाइटी वालों ने ज्योति को लाते समय हमें देख लिया, उन कारणों की वजह एनकाउंटर करने में हम नाकामयाब रहे।"

"जो हुआ अच्छा ही हुआ, वैसे भी पूछताछ करो। क्या पता कोई और भी राज निकल आए?"

अपने स्थान से उठते हुए कबीर रेड्डी ने कहा—"सही कहा सर, क्या खबर और भी हत्याएँ की हों?"

"पर कबीर! ज्योति देखने में बड़ी ही नाजुक किस्म की महिला दिखती है।"

"नाजुक चीजें ही जिंदगी को नासूर बनाती हैं सर!"

"ठीक है कबीर, तुम अपने हिसाब से इस महिला सीरियल किलर से पूछताछ करो।"

सीरियल किलर महिला से पूछताछ करने के लिए पूरी व्यवस्था की गई जिसमें ज्योति से मर्डर मिस्ट्री के बारे में सवाल पूछे जाने थे, जिसमें तीन युवक, जो गधे सींग की तरह गायब थे, उन्हें यह सीरियल किलर ने कहाँ छुपाकर रखा है, किन कारणों की वजह से, वह सीरियल किलर बनी, क्या मकसद है? क्या करना चाहती है, गायब हुए तीन युवक सही सलामत हैं या नहीं, ये सारे सवाल अभी ज्योति से पूछे जाने थे।

पुलिस को हैरानी हुई कि ज्योति के घर से ऐसा कुछ नहीं मिला, जिससे

वह पूछ सके कि ये मर्डर ज्योति ने किए हैं, सोसाइटी में भी पूछताछ करने पर यह मालूम हुआ कि यह बहुत अच्छी लड़की है, और वह ज्यादातर घर पर ही रहती है, यही नहीं सोसाइटी में बच्चों को ट्यूशन पढ़ाने के अलावा कोई और काम नहीं करती, बच्चों द्वारा पूछने के पश्चात् यह भी बात उभरकर सामने आई कि ज्योति एक बहुत ही अच्छी टीचर है, हमें बहुत प्यार करती हैं, फिलहाल ज्योति को सीरियल किलर ठहराने का जरिया सिर्फ उस तितली के आकार के लॉकेट की वजह से ही प्राप्त हुआ।

ज्योति को चारदीवारी के अंदर हल्के अँधेरे में पूछताछ करने के लिए बैठाया गया। उसके हाथ हथकड़ियों से जकड़े हुए थे, टेबल पर अपने हाथ टिकाकर बैठी ज्योति के मुँह से दर्द की आवाज उभर नहीं थी। उस चारदीवारी में पूछताछ करने के लिए ए.सी.पी. कबीर रेड्डी, जावेद और लेडी कॉन्स्टेबल रंजना मौजूद थी।

गंभीरता का भाव लिये फॉर्मल ड्रेस में कबीर रेड्डी उस चारदीवारी में मौजूद ज्योति के सामने कुर्सी पर तनकर बैठा, कबीर के दाएँ और बाएँ तरफ जावेद और रंजना खड़े थे।

कबीर रेड्डी ने खोजपूर्ण दृष्टि ज्योति पर डाली और फिर गंभीरता से पूछा—"जितने भी लोगों की हत्या की है, इसके पीछे क्या राज है?"

"मैंने किसी की हत्या नहीं की है सर! आपको गलतफहमी हुई है।"—ज्योति ने अत्यंत दु:ख में जवाब दिया। यह जवाब सुनकर, रंजना ने ज्योति को खींच के तमाचा मारा। जोरदार तमाचा खाने के बाद ज्योति ने रोते हुए कहा—"सर आप मुझे बचा लो, मुझे कुछ नहीं खबर, मैंने क्या गुनाह किया है जो मैं यहाँ हूँ, मेरे साथ क्या हो रहा है? मुझे फँसाया जा रहा है सर।"

"चुप बिल्कुल चुप साली! सर के सामने होशियारी दिखाती है, कई महीनों से हमारा जीना हराम किया है, अब नाटक करती है।"—रंजना ने उसके बाल खींचते हुए, तेज आवाज में विषैले स्वर में कहा।

कबीर रेड्डी ने रंजना को ज्योति के बाल छोड़ने के संकेत दिए।

"देखो! तुम कोई भी बहाना करो, हम तुम्हें छोड़नेवाले नहीं हैं, लिहाजा सारी सच्चाई मेरे सामने उगलकर रख दो।"

"सर मेरा यकीन कीजिए! मैंने कुछ नहीं किया है, माफ कर दीजिए, मैं आपके पैर पड़ती हूँ।"—ज्योति ने दोबारा उसी भाव में रोते हुए कहा।

"देखो ज्योति! मुझे खबर है, यह मर्डर तुमने जान-बूझकर नहीं किए हैं, पुलिस ने तुम्हारी हर एक चीज की खबर कर ली है, अगर तुम साफ-साफ बताओगी तो हम तुम्हारी मदद कर सकेंगे, लिहाजा पुलिस अपने हिसाब से कार्य करेगी।"—कबीर रेड्डी ने इत्मीनान भरे स्वर में कहा।

"कोई मेरा यकीन क्यों नहीं कर रहा है?"

"सर मुझे लगता है यह ऐसे नहीं मानेगी, इसे थर्ड डिग्री देना ही पड़ेगा।"—रंजना ने कहा।

कबीर ने अपनी भौंहों को अजीब तरीके से फिराते हुए चैलेंज भरे शब्दों में कहा—"तुम नहीं बताओगी, तो यह मत समझना कि हम तुमसे पूछ नहीं सकते हैं, हमारे पास तुमसे पूछने के हजार तरीके हैं, तुमसे इतनी इज्जत से इसलिए पूछ रहा हूँ, क्योंकि तुम एक महिला हो, फिलहाल तुम मुझे मजबूर मत करो कि मैं महिला और पुरुष में अंतर भूल जाऊँ।"

"मम्मी की कसम सर! मैं तो बच्चों को ट्यूशन पढ़ाती हूँ और पूरे दिन घर पर ही रहती हूँ, घर से तभी निकलती हूँ जब मुझे मार्केट जाना होता है।"

"मार्केट करने या अपना अगला शिकार ढूँढ़ने।"—रंजना ने क्रुद्ध स्वर में कहा

"मैंने कुछ नहीं किया सर···मैंने कुछ नहीं किया···।"—ज्योति ने अपना हाथ टेबल पर पटककर रोते हुए, अपना सर टेबल पर रख दिया।

कबीर रेड्डी ने यह देखते हुए अपने मन में एक खतरनाक निर्णय लेते हुए पूछा—"मैं आखिरी बार तुमसे पूछ रहा हूँ, तुम्हारा ठिकाना कहाँ है? इन 3 युवकों को तुमने कहाँ गायब किया है? और यह मर्डर तुमने किस वजह से किए हैं?"

ज्योति की तरफ से कोई जवाब नहीं आया।

जावेद ने कबीर रेड्डी के कान में फुसफुसाते हुए कहा—"सर मुझे ऐसा क्यों लगता है कि यह लड़की बेगुनाह है, क्योंकि इसके घर के आसपास सबसे पूछने के पश्चात् मालूम पड़ा कि यह बहुत ही नाजुक किस्म की लड़की है, पढ़ाए हुए ट्यूशन से इसका घर चलता है, सही बात सर इसका शरीर देखने के पश्चात् भी मालूम पड़ता है कि यह काम यह अकेले नहीं कर सकती।"

"क्या मतलब है तुम्हारा!"

"पहली बात तो मुझे लगता है कि यह लड़की बेगुनाह है, और दूसरी बात अगर यह बेगुनाह नहीं है तो 'अकेला चना भाड़ नहीं फोड़ सकता'।"

"हो सकता है, इस बात की चर्चा हम पूछताछ के बाद करेंगे।"

"इस काम में तुम्हारे साथ और कौन-कौन हैं?"

ज्योति की तरफ से कोई जवाब नहीं आया।

"मैं आखिरी बार तुमसे पूछ रहा हूँ, पूरी बात सच-सच बता दो।"

"सर मुझे कुछ खबर नहीं!"—ज्योति ने हर बार की तरह वही जवाब दिया।

जैसे ही ज्योति ने दुबारा वही शब्द निकाले कबीर अपना हलक फाड़कर चीख उठा और झल्लाते हुए बोला—"क्या नहीं खबर? जो लाश मिली है तेरे ही नाम का उसमें तितली के आकार का लॉकेट मिला है।" ज्योति की तरफ कबीर ने तितली के आकार का लॉकेट रखा और दोबारा उसी भाव में कहा—"अब बता कोई बहाना, अब कोई बहाना तेरे पास है, क्या यह लॉकेट भी तेरा नहीं है?"

कबीर के इस बरताव से थाने की चारदीवारी गूँज उठी।

ज्योति का भयभीत रूप देखकर रंजना और जावेद दोनों खामोश हो गए, पर ज्योति की नजर तितली के आकार के लॉकेट पर बनी रही, वह इस तरीके से घूर रही थी मानो कितने वर्षों से न देखा हो, लगभग 5 मिनट तक ज्योति की निगाहें उस तितली के आकार के लॉकेट पर टिकी रही, इस तरीके

से ज्योति का आश्चर्य से भरा चेहरा देखकर वहाँ से मौजूद तीनों पुलिसवाले हैरान रह गए।

लॉकेट को मन भर देखने के पश्चात् ज्योति के मुँह से पहला स्वर निकला—"रिया!"

"रिया!··· ये कौन है?"—तीनों ने आश्चर्य से पूछा।

"यह लॉकेट मैंने लगभग 2 साल पहले अपनी दोस्त रिया को बर्थडे गिफ्ट किया था, मुझे पूरा यकीन है यह वही लॉकेट है।"—ज्योति ने हड़बड़ाते हुए कहा।

"मतलब यह लॉकेट रिया का है!"

"जी सर यह लॉकेट रिया का है।"

"कहीं, बचने के लिए रिया का नाम तो नहीं न ले रही है?"—रुखेपन से रंजना ने पूछा।

"नहीं सर! मैं बिल्कुल सच कह रही हूँ। यह लॉकेट मैंने रिया के जन्मदिन पर दिया था।"

"कौन है यह रिया? और कहाँ रहती है?"

"वह लगभग डेढ़ साल से हमलोगों से दूर है, न ही उसका फोन कभी आया, न वह मुझसे मिलती, न कभी मिलने की कोशिश की, ईद के चाँद की तरह कहीं गायब सी हो गई है सर! मैं उससे डेढ़ साल से नहीं मिली हूँ।"

"फिलहाल अभी रिया कहाँ है?"

"मुझे नहीं पता सर! कभी उसने मुझे बताया नहीं।"

"तुम उसे जन्मदिन पर तोहफा देती हो और वह कहाँ रहती है? यह भी खबर नहीं!"

"नहीं सर! उसने मुझे कभी बताया नहीं, रिया मुझे छोड़कर कब की चली गई।"

"सर, मुझे यकीन है कि यह बचने के लिए कोई बहाना बना रही है,

हमें इसकी बातों में नहीं आना चाहिए।"—रंजना ने शक की नजर डालते हुए ए.सी.पी. कबीर रेड्डी से कहा। अभी रंजना की बात पूरी नहीं हुई है कि तभी किशन भागता हुआ उस कमरे में आया और हाँफते हुए बोला—"सर हमें लगता है इस घटना को कोई और अंजाम दे रहा है, क्योंकि जिस दिन हमें 3 बॉडी एक साथ मिली उस दिन ज्योति घर पर ही थी। बच्चों के साथ ट्यूशन पढ़ा रही थी, आए हुए बच्चों ने यह बात खुद जाहिर की है और सोसाइटी के सी.सी.टी.वी. में यह सिर्फ घर से सुबह के समय दूध लेने के लिए ही बाहर निकली थी, बाकी पूरे दिन घर पर ही थी।"

किशन की बातें सुनकर तीनों चौंक पड़े। कबीर रेड्डी ने एक गहरी साँस ली और चिंता के मारे अपने हाथों को रगड़ने लगा।

और कुछ क्षण बाद।

कबीर रेड्डी ने श्रद्धाभाव से पूछा—"रिया कौन थी? रिया कौन है? कैसे जानती हो? वह कहाँ है? क्या कर रही है? तुम क्यों उससे बात नहीं करती? मुझे उसकी पूरी कहानी बताओ।"

"ठीक है सर!"—ज्योति ने जवाब दिया।

"देखो ज्योति! फिलहाल तुम बिल्कुल बेगुनाह हो, मैं वादा करता हूँ कि तुम्हें कुछ नहीं होगा, तुम किसी बात की चिंता मत करो, तुमने तो सीरियल क़िलर के बारे में खबरें पढ़ी ही होंगी, तुम्हारी बताई हुई एक-एक बात हमारे लिए इन्वेस्टिगेशन में बहुत कीमती है।"

"पर इसमें रिया की कहानी से क्या मतलब?…मुझे कुछ समझ नहीं आ रहा है।"—ज्योति ने अपने भाव बदलते हुए कहा।

"हम तुम्हें सब बताएँगे, फिलहाल तुम्हें रिया के बारे में जो भी खबर है, वह सब मुझे बताओ। तुम्हारा कहा हुआ एक-एक वाक्य हमारे लिए एक सबूत के बराबर है और गायब हुए 3 लड़कों की जिंदगी तुम्हारे हाथ में है। हमसे कोई भी बात मत छुपाना, एक-एक बात मुझे गहराई से बताओ।"—कबीर रेड्डी ने ज्योति से गुहार लगाते हुए कहा।

कबीर के पूछे गए सवाल के जवाब देने के लिए ज्योति मान गई। ज्योति के लिए तुरंत एक कप कॉफी लाई गई। अब पुलिस ज्योति को सम्मान देने लगी, क्योंकि पुलिस को यह खबर हो गई थी कि गुनहगार ज्योति नहीं है, गुनहगार कोई और है। ज्योति को पुलिस ने तकलीफ खामखाह दी। ज्योति के द्वारा बताई जाने वाली बात पुलिस को जानने की उत्सुकता थी, शायद लेडी सीरियल किलर ज्योति की दोस्त रिया न हो।

ज्योति ने कॉफी की अंतिम चुस्की ली और वह ऐसी बात बतानेवाली थी कि डिपार्टमेंट को फायदा होता ही होता, पर इस कहानी के जरिए कबीर के जीवन में एक अत्यंत दुःख बनकर एक कहानी प्रकट होनेवाली थी, जो कबीर ने अपने सपने में भी नहीं सोचा होगा।

□

10

ज्योति ने रिया की कहानी के पन्नों को खोलना शुरू किया।

आज से 3 वर्ष पहले की बात है, मैंने निर्मल यूनिवर्सिटी में प्रवेश लिया, मैंने प्रवेश लेने में देरी कर दी, फिर भी अंतिम क्षण भगवान् के भरोसे किसी तरीके से मुझे केमिकल विभाग (chemical department) में प्रवेश मिल गया। प्रवेश लेने में देरी होने का कारण पिताजी की खराब तबीयत थी। उन्हें उस वक्त टाइफाइड हुआ था, दिनभर दवाखाना के चक्करों से फुरसत ही नहीं मिली और जब पिताजी अच्छी तरह से ठीक हो गए तो मैंने राहत की साँस ली और भागते हुए मैं प्रवेश लेने के लिए पहुँची। घर से यूनिवर्सिटी बहुत ज्यादा दूर नहीं थी, पर अगर मैं रोज यूनिवर्सिटी से अप-डाउन करती तो शायद पूरा वक्त आने-जाने में ही निकल जाता है, यही सब सोचते हुए मैंने हॉस्टल में रहना बेहतर समझा। यूनिवर्सिटी सोमवार से शुक्रवार तक चालू रहती थी। माँ ने कहा हर शुक्रवार को लेक्चर खत्म होने के पश्चात् घर पर आ जाना, दोबारा सोमवार को अपनी यूनिवर्सिटी चले जाना। मैंने माँ की बात बेहतर समझी और कानून की तरह मान भी ली।

ऑनलाइन प्रवेश मिलने के पश्चात् मैंने अपना बोरिया-बिस्तर बाँधा और पहले दिन के लिए हॉस्टल निकल गई।

जब मैं यूनिवर्सिटी पहुँची तब मैं हक्की-बक्की रह गई, क्योंकि प्रवेश में देर होने की वजह से कोई भी हॉस्टल रूम उपलब्ध नहीं था। मैं निराश होकर वहीं बैठ गई, अब क्या होगा ? मुझे लगा कि मुझे कॉलेज के आस-पास किराए पर रूम लेकर रहना पड़ेगा। तभी एडमिनिस्ट्रेटिव ऑफिस के एक

सदस्य ने बताया कि 103 में रिया अकेले रहती है। फिर मैंने जल्दी-जल्दी 103 रूम नंबर में एडमिशन लेकर, अपना बोरिया-बिस्तर उठाया और उस रूम की तरफ निकल पड़ी। भगवान् का शुक्र था कि मुझे हॉस्टल में पनाह मिल गई।

मेरे धीमे-धीमे कदम 103 रूम नंबर के पास जाकर ठहर गए, मैंने दरवाजे के पास किताबों से भरा बैग रखा और कुछ कपड़े लाए हुए थे उन्हें दरवाजे के पास रखकर, अपना हुलिया सही करते हुए दरवाजा खटखटाया।

अंदर से आवाज आई—"कौन है ?"

"मैं ज्योति, योर रूम पार्टनर···एडमिनिस्टर ऑफिसर ने मुझे इस रूम में रहने के लिए कहा है।"—मैंने भी ऊँची आवाज में कहा, ताकि मेरी आवाज रिया तक पहुँच सके।

"क्या यार यही रूम मिला था?"···रिया ने बड़बड़ाते हुए दरवाजा खोला।

रिया ने जैसे ही दरवाजा खोला मैं बोल पड़ी—"रिया!"

"तुम्हें मेरा नाम कैसे पता!"

"ऑफिस के नीचे किसी कर्मचारी ने बताया कि 103 में रिया रहती है।"

"अच्छा! ऐसी बात है, अंदर आओ।"—रिया ने हलकी मुसकान के साथ मुझे अंदर बुलाया।

मैं जैसे ही अंदर घुसी, देखा तो दंग रह गई क्योंकि रिया ने किताबों के पहाड़ से बने हॉस्टल को लाइब्रेरी बना दिया था। वह दुबारा अपने लाल गद्दे पर जाकर बैठ गई और एकदम लीन होकर किताब पढ़ने लगी। उसे देखकर एक बात की खुशी हुई, मैं भी चश्मिश थी, वह भी चश्मिश थी, पर एक बात मुझे मालूम पड़ गई, रिया एक पढ़ाकू लड़की है।

मध्यम साइज कमरे में दो चारपाई थीं, एक तरफ रिया अपनी किताबों को गंभीरता से पढ़ रही थी, जब मैंने ध्यान से नजर डाली तो रिया की बुक अलग थी, वह कहानियों की ढेर सारी किताबें अपनी अलमारी और अपनी

चारपाई के आसपास रखे हुए थी, कॉलेज की किताबें कहीं नजर नहीं आ रही थीं, मैं भी सोच रही थी कि अभी तो कॉलेज में प्रवेश हुआ है तो फिर इतनी जल्दी रिया क्या पढ़ रही है? पर मेरा शक क्षण भर में दूर हो गया।

मैंने अपना सामान अलमारी में रखा, चारपाई सही की और काले रंग की छोटी सी अलमारी में मैंने अपने कपड़े जमाए और लाए हुई कुछ किताबें रखीं। कुछ घंटों बाद हॉस्टल द्वारा मिले बिस्तर को अपनी चारपाई पर बिछाकर घर से लाई हुई चद्दर से उसे सजा दिया और लेटकर राहत की साँस ली। फिर मैंने रिया से पूछा—"अगर तुम्हें परेशानी न हो तो एक सवाल पूछूँ?"

"पूछो?"—रिया ने मेरी तरफ मुड़कर कहा।

"क्या यह सारी कहानियों की किताबें आपकी हैं?"—मैंने जिज्ञासा से पूछा।

"हाँ, मेरी ही हैं! क्यों?"

"नहीं! बस मैंने ऐसे ही पूछा, इतनी सारी कहानी की किताब पहली बार देख रही हूँ, इसी वजह से।"

"मुझे किताबें पसंद हैं।" रिया जवाब देकर दोबारा उन किताबों में लीन हो गई। रिया के इस बरताव से मुझे लगा यह एक खड़ूस किस्म की लड़की है, जो मुझसे बात नहीं करना चाहती। इसी कारण मैंने उससे आगे कुछ नहीं पूछा, और चारपाई पर लेटे-लेटे थकान के मारे मैं कब चारपाई पर सो गई, खबर नहीं हुई।

अगली सुबह।

"ज्योति! यहाँ सोने आई हो क्या? जरा घड़ी तो देखो!" रिया की आवाज मेरे कानों में पड़ी और मैंने नींद में उठते हुए घड़ी की तरफ देखा तो आश्चर्य से मेरे मुँह से निकला—"अरे बाप रे! 8:30 बज गए हैं।"

"ये हॉस्टल है मैडम! यहाँ अच्छा खाना मिले या न मिले पर नींद तो सुकून वाली मिलती है।"—रिया ने ठहाका लगाते हुए कहा।

"हाँ सही कहा यार! बहुत सुकून वाली नींद आई, पर घर पर भी मैं

10:00 बजे तक सोती हूँ, शायद उसी का नतीजा है।"

"जाओ फ्रेश हो जाओ, मैं नाश्ता लेकर आती हूँ तुम्हारे लिए और अपने लिए भी।"—रिया ने अपने पर्स से पैसे निकालते हुए कहा।

"अरे नहीं रिया! तकलीफ लेने की जरूरत नहीं, मैं जाकर कर लूँगी।"—मैंने उससे सहज भाव में कहा।

"समय देखो कितना हो रहा है, हमें कॉलेज भी जाना है। तुम जल्दी से फ्रेश हो जाओ, मैं नाश्ता लेकर आती हूँ, जल्दी-जल्दी नाश्ता करके फटाफट कॉलेज के लिए निकल जाते हैं।"—यह कहते हुए रिया चिड़िया की तरह रूम से उड़ गई।

रिया का विपरीत स्वभाव देखकर मैं थोड़ा अलग सोच रही थी, मैंने उसे मन में खडूस समझा था, पर यह रूप देखकर मुझे बहुत खुशी हुई, न जाने क्या-क्या सोच लिया था रिया के बारे में। मैं जब तक फ्रेश हुई, तब तक रिया नाश्ता लेकर आ चुकी थी। रिया आकर चारपाई पर बैठकर मेरा इंतजार कर रही थी, यह देखते हुए मैंने उससे सवाल किया—"तुमने अभी तक नाश्ता नहीं किया।"

"तुम आराम से सोई हुई थी तो मैंने सोचा जब तुम उठोगी तो साथ में नाश्ता करते हैं।"

रिया के इस जवाब से मेरा दिल झूम उठा। हम दोनों नाश्ते के बाद साथ में कॉलेज के लिए निकल गए। सबसे पहले हमने घूमकर पूरा कैंपस देखा और एक बड़ी खुशी की बात थी कि हमारा डिपार्टमेंट भी एक था और हमारा क्लास भी एक था, मैं भी केमिकल डिपार्टमेंट से थी और रिया भी केमिकल डिपार्टमेंट से थी। मैंने सोचा चलो बढ़िया है, देर में प्रवेश हुआ है। मैं रिया के नोट से, मैं अपने नोट तैयार कर लूँगी। इस बात से रिया भी खुश थी।

हम दोनों ने उस दिन पूरे दिन भर साथ में वक्त बिताया, वह भी एकदम खुशी से। ऐसा लगता था कि हम बचपन के दोस्त हों। मैंने उससे पूछा कि कल जब मैं आई थी तो मेरे साथ ऐसा व्यवहार क्यों किया था और आज

ऐसा क्यों? तो उसने जवाब दिया कि जो मैं किताब पढ़ रही थी वह थ्रिलर है, अधूरा छोड़कर मुझे दोबारा वही चैप्टर पढ़ना पड़ता है, यही कारण है कि मैं तुमसे सही से बात नहीं कर पाई और जब मैंने किताब खत्म कर दी, बात करना चाहा तब तक तुम सो चुकी थी।

दोपहर के समय हम दोनों कैंटीन में समोसा खाने के लिए गए।

"पहले मुझे भी मुझे लगा तुम मुझसे सही से बात ही नहीं करोगी।"—मैंने फीके स्वर में कहा।

"नहीं यार वो थ्रिलर किताब की वजह से।"—उसी भाव में रिया ने जवाब दिया।

"अरे यार! मुझे लगा कि तुम अभी से कॉलेज की परीक्षा की तैयारियाँ शुरू कर रही हो।"

"नहीं यार! इतनी जल्दी थोड़ी।"

"तुम्हारा चश्मा दूर का है या नजदीक का?"—मैंने उससे दोबारा सवाल किया।

"नजदीक का है, तुम्हारा?"

"तुम्हारी ही तरह।"

"अरे यार एक तो तुमने केमिकल डिपार्टमेंट में प्रवेश लिया और हॉस्टल रूम भी बिल्कुल सेम और अब चश्मा भी सेम है, तुम मेरी कार्बन कॉपी बनने आई हो।"

"नहीं यार···ऐसा कुछ नहीं है।"—मैंने लगभग हँसते हुए कहा। कुछ क्षण चुप रहने के बाद मैंने दोबारा समोसे खाते हुए उससे सवाल किया—"समोसा कुछ खास नहीं है।"

"सही कहा ज्योति! इस कैंटीन में चाय के अलावा कुछ भी खानेवाली चीज अच्छी नहीं होती।"

"हाँ पर! खाना ही पड़ेगा हमें।"

"खाना तो पड़ेगा ही क्योंकि लड़कियों को कॉलेज के बाहर जाने की इजाजत नहीं है, और जाना भी चाहा तो हेड ऑफिस में बकायदा लिखित पत्र भेजना पड़ेगा, तभी गेट पर खड़ा वॉचमैन हमें बाहर जाने देगा।"

"हमारी सुरक्षा (सेफ्टी) के लिए ऐसा है।"

"घंटा! हम लड़कियाँ अपनी सुरक्षा खुद कर सकती हैं।"

"हाँ सही कहा।"

कुछ घंटों तक हमने कैंटीन में बैठकर एक-दूसरे के बारे में बातचीत की और फिर हॉस्टल निकल गए।

हर वक्त हम साथ में रहने लगे। हम दोनों बहुत खास किस्म के दोस्त बन चुके थे, जो लेक्चर वह नहीं अटेंड करती उसमें मैं भी नहीं होती, हर कार्य हमारा एक ही समय पर होता। मैंने सोचा नहीं था कि उसके जैसी एक अच्छी लड़की मेरे जीवन में एक दोस्त बनकर आएगी। मैंने सोचा था कि घर से दूर मुझे अकेलापन महसूस होगा, पर वह अकेलापन रिया की वजह से कोसों दूर जा चुका था। रिया मेरा ध्यान एक बहन की तरह रखती थी। पढ़ने से लेकर सोने तक वह हर तरीके से मेरा ध्यान रखती।

मैंने कई बार रिया के माँ-बाप के बारे में पूछने का जिक्र किया पर वह हर बार बात बदलकर वह बात बताना ही नहीं चाहती थी। बस उसके फोन पर केवल एक महिला का फोन आता था, मुझे लगा शायद उसकी माँ होगी।

हर दिन की तरह हम रोज सुबह उठते हैं, मस्ती करते हैं, लेक्चर भरते हैं, कैंटीन में खाते हैं, मेरे सोने के बाद रिया किताब पढ़ती।

मैं हर शुक्रवार को अपने घर चली जाती थी, रिया कई बार अपने घर जाती, तो कई दफा नहीं जाती थी, वह हॉस्टल में ही रहती थी, माता-पिता की वजह से मुझे भी हर हफ्ते जाना पड़ता था।

कई महीनों के बाद मैं एक बार शुक्रवार को रिया को अपने घर लेकर आई, रिया के लाख न कहने पर भी मैं रिया को बच्ची की तरह खींचकर अपने घर लेकर आई।

रिया के आने की वजह से इतना अच्छा लगने लगा कि माँ ने कहा कि रिया को भी तू हर शुक्रवार को अपने साथ घर लाया कर और मेरी माँ ने कहा कि रिया का खयाल रखा कर, मैंने माँ से कहा रिया खुद मेरा खयाल रखती है। मुझे खयाल रखने की जरूरत ही नहीं पड़ती। रिया के बारे में मैंने सबकुछ अपनी माँ को बताया कि किस तरीके से रिया मेरा खयाल रखती है।

मेरी माँ से वह इतने प्यार से बातें करती, देखने के बाद ऐसा लगता है कि जैसे माँ को पहली बार देख रही हो, देखने के बाद ऐसा प्रतीत होता है जैसे रिया के जीवन में माँ की कमी रही हो।

रिया के साथ उस दिन हम दोनों ने खूब सारी सेल्फी ली और देर रात तक हमने फिल्म देखी।

धीरे-धीरे वक्त निकलते हुए जा रहा था हमारी दोस्ती और भी गहरी होती जा रही थी, हमें धीरे-धीरे ऐसा लगने लगा कि हम दोनों बहन जैसी हैं।

ऐसे ही हमारी जिंदगी बहुत ही बढ़िया व्यतीत हो रही थी, बस पढ़ना खाना और मस्ती करना, यही हमारी जिंदगी पहले हम दूर-दूर सोते थे, अब पास-पास सोने लगे थे, हम कपड़े से लेकर हर चीज आपस में शेयर करने लगे। मेरी और रिया की कद काठी बिल्कुल एक जैसी ही थी, इस वजह से वह कभी मेरे कपड़े पहनती, मैं उसके पहन लेती।

परीक्षा की तैयारियों में रिया मेरी हद से ज्यादा मदद करती। मेरी प्रोजेक्ट रिपोर्ट से लेकर 'प्रेजेंटेशन फाइल' तक सारा का सारा रिया ही सँभालती।

□

11

कई महीनों से जब हम दोनों कैंटीन में बैठे रहते तो एक आई.टी. डिपार्टमेंट का फॉर्मल ड्रेस में एक हट्टा-कट्टा लड़का रिया को देखता रहता। शायद वह रिया को पसंद करता था। वह लगभग 2 महीने से रिया के आजू-बाजू चक्कर लगा रहा था। पहले खबर नहीं पड़ी कि वह चुपके-चुपके रिया को देखता, कभी किसी बहाने क्लास के सामने से गुजरता, तो कभी किसी बहाने से कैंटीन में आकर रिया के सामने बैठा रहता और जब रिया उसके सामने देखती लगता कि जैसे उस लड़के के चेहरे पर जमाने भर की हड़बड़ाहट हो। रिया जब भी उसे देखने लगती है तो अपनी नजरें फेर लेता, मानो किसी लड़की की तरह शर्मा रहा हो।

एक दिन मैंने रिया से कहा, "यह लड़का तुझे हर वक्त घूरता रहता है, जबरदस्त क्रश है तू उसकी।"

"यह आई.टी. डिपार्टमेंट का लड़का है। मैंने जिस दिन प्रवेश लिया था इस कॉलेज में, उसी दिन इसने भी इस कॉलेज में प्रवेश लिया था, इसे मेरा नाम भी पता है।"—रिया ने साधारण तरीके से जवाब दिया।

"तुझे उसका नाम पता है?"

"राकेश नाम है उसका।"

"कहीं तू भी तो उसे नहीं पसंद करती!"—मैं उसे छेड़ते हुए कहा।

"नहीं ज्योति! तुझे तो खबर ही है, लड़कों की आदत है लड़कियों को घूरना और इस हिसाब से हर कोई घूरनेवाले लड़के को अपना बॉयफ्रेंड बना लूँ तो इस हिसाब से तो लगभग 20-30 बॉयफ्रेंड हो जाएँगे मेरे।"

रिया के इस जवाब से हम दोनों जोर-जोर से हँसने लगे।

और एक दिन शाम को हम दोनों रात्रि भोजन के लिए लगभग 8:00 बजे खाना खाकर रूम में बैठकर बातें कर रहे थे। तभी मेरे मन में अचानक एक सवाल आया और मैंने पूछा—"जो लड़का पीछा करता है तेरा, उसका क्या नाम है?"

"राकेश है! तू क्यों उसके बारे में पूछ रही है?"

"सोच रही हूँ कि तू उसे पसंद नहीं करती, तो मैं ही कर लूँ।"

"छेड़ने में मजा आ रहा है तुझे!"

"वैसे इतना बुरा भी नहीं है, फॉर्मल ड्रेस में रहता है। एक तो पढ़ा-लिखा लगता है और दूसरा हट्टा-कट्टा नौजवान है।"

"हट्टा- कट्टा से क्या मतलब ज्योति? दिल खूबसूरत होना चाहिए।"

"उसका दिल खूबसूरत ही है।"

"तुझे उसके बारे में बहुत खबर है।"

"हाँ प्यार हो गया है न, इसलिए!"

रिया ने मुझे पेन फेंककर मारा और थोड़े कातिल अंदाज में मुसकराते हुए कहा—"जाकर पहले असाइनमेंट पूरा कर, कल सम्मिट करना है, आई बहुत प्यार करनेवाली!"

"बेटा तू अब थ्रिलर किताब छोड़ और रोमांस की किताबें पढ़ना शुरू कर, तेरी जिंदगी में प्यार ने दस्तक मार दी है।" इससे पहले रिया तकिया फेंककर मुझे मारती, मैं चद्दर के अंदर घुस गई और उसने मुझे जवाब दिया, "प्यार-व्यार के चक्कर में मुझे नहीं पड़ना है।"

कुछ वक्त के बाद हम दोनों अब राकेश को खुद छेड़ने लगे थे। जानबूझकर कैंपस में छुप जाते थे, जब हम नजर नहीं आते तो राकेश के माथे पर चिंता की लकीरें साफ नजर आने लगतीं। उसका घूरना, पीछा करना, धीरे-धीरे अच्छा लगने लगा था। हम दोनों अब उससे मस्ती करने लगे, उसे देखने के बाद ऐसा लगता, रिया को वह सच्चा प्यार करता है।

मैंने रिया से कहा कि उस राकेश का फेसबुक अकाउंट चेक कर, रिया ने जवाब दिया कि मैं इंस्टाग्राम चलाती हूँ, फेसबुक नहीं, तभी मैंने अपने फोन से राकेश का फेसबुक अकाउंट चेक किया।

बड़ी मुश्किल से ढूँढ़ने के बाद राकेश का फेसबुक अकाउंट मिला। वह एक कविता लिखनेवाला लेखक था। उसने बहुत सारी अपने फेसबुक अकाउंट पर कविताएँ लिखी हुई थीं। यह देखकर हम दोनों चौंक गए और मैंने रिया के कान में फुसफुसाते हुए कहा—"यह तेरे लिए लड़का एकदम सही है।" रिया हलकी सी मुसकराई जैसे हथेली पे इलायची का टुकड़ा। मुझे खबर हो गई थी कि इस चश्मिश को यह लेखक धीरे-धीरे पसंद आ रहा है।

15 दिन बाद।

1 दिन कुछ ऐसा हुआ कि राकेश हिम्मत जुटाकर किसी तरीके से हम जहाँ कैंटीन में बैठे हुए हैं वहाँ आकर बैठा और हम दोनों को देखकर थोड़ा सा चौंक सा गया, पर उसका चेहरा हम दोनों से ज्यादा डरा हुआ नजर आ रहा था, तो शरमाते हुए बैठा और रिया से सवाल किया—"कैसी हो रिया?"

"अच्छी हूँ, तुम!"—रिया ने बनावटी मुसकान के साथ जवाब दिया।

"अच्छा हूँ! वैसे तुम यहाँ जिस समय आती हो उसी समय मैं भी आता हूँ तो सोचा आज बात करूँ।"—इधर-उधर देखते हुए राकेश ने कहा। यह सुनते ही हम अपने मन में सोच रहे थे कि कई महीनों से तो यह खुद हमारा पीछा करता है, उसी समय आता है जिस समय हम इस कैंटीन में आते हैं और यह उल्टा चोर कोतवाल को डाँटे वाला हाल कर रहा है।

"तुम हमारे समय आते हो, हम नहीं।"—रिया थोड़े तीव्र स्वर में बोली।

यह सुनकर वह घबरा गया। रिया का यह जवाब सुनकर मैं भी हक्की-बक्की रह गई, तभी उसी समय राकेश के कुछ दोस्त राकेश को बुला ले गए और वह वहाँ से उल्टा पैर भाग गया। उसके जाने के बाद रिया थोड़ी खड़ूस भाव में बोली—"इसकी हिम्मत तो देखो! आज टेबल पर आ गया और उलटा हम उसके समय पर आते हैं, उल्टा चोर कोतवाल को डाँटे!"

"फिर भी रिया! तुझे ऐसा जवाब नहीं देना चाहिए, और रही बात मेरी जानेमन वो तेरा आशिक है, सच्ची मोहब्बत करता है तुझसे, आज टेबल पर आया है तभी न कल तुझे बेड पर लेकर जाएगा।"—मैं उसे छेड़ती हुई बोली।

"इसकी इतनी भी अच्छी किस्मत नहीं!"

"सच कहूँ, प्यार तो करता है, पर शायद बोलने से डरता है, देखा नहीं हम लोगों से ज्यादा तो वही शर्मा रहा था।"

"जाने दे ज्योति! मैं प्यार-व्यार के चक्कर में अपना समय बरबाद नहीं करना चाहती।"—रिया निर्णयात्मक में स्वर में बोली।

"प्यार का दूसरा नाम ही बरबाद है मेरी जान।"

"जा···न तू··· ! राकेश को लेकर मुझे आजकल बहुत छेड़ती रहती है।"

"उसका फेसबुक अकाउंट तू चेक करना, तेरे प्यार में वह कई कविता लिख चुका होगा, देख लेना तू! अपना हाल-ए-दिल बयाँ किया होगा।"

"तू पढ़ उसकी बकवास कविता, मेरे लिए मेरी थ्रिलर किताब ही काफी है।"

जब मैं सो गई थी तो रिया ने मेरा फोन चुपके से लिया और उसमें राकेश के फेसबुक अकाउंट में, राकेश द्वारा लिखी गई कविताएँ पढ़ रही थी। रिया के इस रूप से एक बात पक्की हो गई थी कि रिया भी अब राकेश को थोड़ा बहुत पसंद करती है, पर वह होता है न जो लड़कियाँ नाटक करती है पसंद भी है फिर भी इस तरीके से व्यवहार करती हैं कि वह हमें पसंद नहीं है, ठीक वैसे ही रिया कर रही थी।

मैंने सोचा वह मेरी एक अच्छी दोस्त है, मैं इस काम में उसकी मदद करूँ। उससे पहले मैं राकेश के बारे में सब खबर करती हूँ। न वह किसी भी प्रकार का नशा करता है, और न ही किसी बुरी चीज की लत थी, राकेश एक साधारण सा लड़का था।

एक बार मैं किताब लेने के लिए लाइब्रेरी की तरफ से जा रही थी, वहाँ मुझे राकेश दिखा, मैंने उससे सारी बातें पूछीं वह क्यों रिया का पीछा करता

है ? उसने जवाब दिया कि मैं रिया से प्यार करता हूँ, पर बोलने से डरता हूँ। इसी कारण मैं उसे कुछ कह नहीं पाता, फिर मैंने उसे रिया का नंबर दे दिया।

रात में 9:00 बजे राकेश का मैसेज रिया के फोन पर आया। राकेश का मैसेज आते ही रिया भागते हुए मेरे पास आई और आश्चर्यचकित होकर कहा—"राकेश का मैसेज है!"

"मैंने ही तेरा नंबर दिया।"

"चल झूठी, आज दिन भर तू मेरे पास ही थी, फिर कैसे नंबर दिया?"

"जब मैं बुक लाइब्रेरी में गई थी, तभी!"

"अच्छा! जरा सा मैं तेरे साथ नहीं आई, और तुमने मेरा फायदा उठा लिया।"

"यस बेबी!"

"इसकी क्या जरूरत थी? नहीं देना था नंबर!"

"तू जा, उससे बात कर, मुझे असाइनमेंट लिखने दे।"—मैंने बात टालते हुए उसे जानबूझकर उसकी चारपाई पर भेज दिया ताकि वह राकेश से बातें कर सकें।

रिया तकरीबन राकेश से 2:00 से 3:00 तक बातें करती रही। रिया धीरे-धीरे रोजाना राकेश से बातें करने लगी। शुभ प्रभात (गुड मॉर्निंग) से लेकर शुभ रात्रि (गुड नाइट) तक, पानी पिया से लेकर खाना खाया या नहीं, यह सब बातें रिया और राकेश के दरमियान होने लगीं। बस बाकी था तो बेबी, सोना, जान, वाली बातें। पर वह दिन भी दूर नहीं था, जब बेबी, सोना जानू वाली बातें शुरू हो जाएँ। धीरे-धीरे एक-दूसरे को दोनों ज्यादा वक्त देने लगे, रिया कुछ हफ्तों से इस इंतजार में थी कि राकेश प्यार का इजहार करें और मैं हाँ कहूँ।

अब कुछ दिनों से रिया फिट-फाट होकर अपने बालों को सँवारकर जाने लगी। जब हल्के कत्थई रंग में वेस्ट टी-शर्ट, हलके गुलाबी रंग की लिपस्टिक लगाए, कानों में मध्यम साइज के झुमके पहनती तो रिया का यह रूप देखकर

राकेश का मुँह खुला का खुला रह जाता। रिया जानबूझकर सज-सँवरकर आती थी। रिया को अब अपनी जिंदगी रंगीन लगने लगी थी। वह समय आ गया था कि रिया थ्रिलर बुक की जगह अब लव स्टोरी बुक पढ़ने लगी थी।

मैं चाहती थी रिया और राकेश आपस में ज्यादा वक्त बिताएँ। मैं हमेशा इस फिराक में रहती थी कि राकेश और रिया ज्यादा-से-ज्यादा वक्त बिता सकें।

एक दिन शाम को हम हॉस्टल में बैठे थे, तभी मैंने कहा—"देख रिया! मुझे खबर है तू राकेश को पसंद करती है, तो तू ही क्यों नहीं प्यार का इजहार कर देती?"

"वो करेगा, मैं नहीं करूँगी, और वैसे भी कभी लड़की प्यार का इजहार थोड़ी करती है।"

मैंने उसे अपनी बाँहों में लेकर कहा—"तो आपका राकेश कब आपसे प्यार का इजहार करेगा या रात भर बातें ही होंगी।"

"अब उसकी मर्जी, मुझे प्यार का इजहार करें या न करें, मैं तो सामने से नहीं करनेवाली।"

"अच्छा बाबा! मत करना, वह खुद ही एक दिन करेगा।"—मैंने सरल भाव में कहा।

"ज्योति! एक बात बता।"

"क्या?"

"हम जीवन में जो सोचते हैं, कभी-कभी वो रास्ता हमसे इतना दूर क्यों होता है? और नए रास्ते से मुलाकात हो जाती है।"

"मतलब रिया!"

"मैंने सोचा था कि अभी मैं अच्छे तरीके से पढ़ाई करूँगी, जैसे ही कॉलेज खत्म होगा, अच्छी नौकरी लगने के बाद किसी लड़के को पसंद करके उससे शादी करके फिर आराम से जिंदगी व्यतीत करती।"—रिया ने थोड़े उदास स्वर में कहा।

"जिंदगी है रिया! कोई भी चीज फिक्स नहीं होती, तू जो सोचे वही हो, ऐसा कभी नहीं होगा। जिंदगी में हर कार्य आगे-पीछे हो सकता है, और वैसे भी जो होना होगा वक्त पर होगा रिया! हम बदल नहीं सकते। जो किस्मत में लिखा होगा वही हमें मिलेगा और जो नहीं लिखा है वह हमें कभी नहीं मिलेगा, समझी!" ये बात जैसे ही मैंने रिया से कही, रिया मुझसे लिपट गई, खबर नहीं क्यों अचानक ऐसे लिपट गई, ऐसा लगता था कि वह अंदर-ही-अंदर बहुत अकेली हो, कुछ छूट गया उससे, कभी-कभी ऐसा लगता कि जैसे उसका कोई हो ही न, और उसका चेहरा कभी-कभी ऐसा प्रतीत होता जैसे सूखे हुए पत्ते बिखरे पड़े हो।

कुछ समय बाद वो पल आ ही गया जब राकेश ने रिया को प्यार का इजहार किया कि मैं तुमसे प्यार करता हूँ। राकेश ने रिया को प्यार का इजहार पुराने तरीकों से किया, एक सच्चे आशिक की तरह, मतलब खत लिखकर, जैसे पुराने जमाने में लोग अपने प्यार का इजहार पत्र के द्वारा करते थे, ठीक उसी प्रकार से राकेश ने भी रिया को प्यार का इजहार खत के जरिए किया, उस खत में अपने प्यार के बारे में लफ्जों से बयाँ करके लिखा हुआ था।

मुझे चुपके से राकेश ने वह खत लाकर दे दिया था कि मैं रिया को रात में दे सकूँ। मैंने रिया से कहा तेरे लिए एक तोहफा है, जो तेरे चाहनेवाले ने दिया है, मैं खत देकर अपनी चारपाई पर सो गई। रिया को थोड़ा अजीब लगा कि मैं उसके साथ मजाक कर रही हूँ, पर जब उसने खत को खोला तो पढ़ते ही रह गई, खत में कुछ इस तरीके से लिखा हुआ था कि—

प्रिय रिया,

मैं तुमसे बेहद प्यार करता हूँ, रिया। खयालों के सागर में हर वक्त मैं तुम्हें देखता हूँ, तुम्हें ही पाता हूँ, तुम्हें ही सोचता हूँ, तुम्हें महसूस करता हूँ। मैं तुमसे इस कदर प्यार करता हूँ कि बयाँ नहीं कर सकता, पर हर वक्त तुम्हें बोलने से डरता हूँ, तुम्हारे सामने न बोलने का कारण तुम्हारी कातिल निगाहें हैं, तुम्हारी कातिल निगाहें जब मेरे पर पड़ती हैं तो उसी वक्त मैं सबकुछ भूल जाता हूँ। जब तुम मेरे पास से गुजरती हो तो दिल की धड़कन इतनी रफ्तार

पकड़ लेती है कि पूछो ही मत। आजकल किस क्लास में घुस जाता हूँ, कौन से विषय पढ़ता हूँ? क्या लिखता हूँ? कुछ याद नहीं रहता…सिवाय तुम्हारे कुछ याद नहीं रहता। तुम्हें याद ही होगा, परसों तुमने झुमके पहने थे, तुम्हारे झुमके के ऊपर मैंने एक छोटे से फेसबुक पर लेख लिखे हैं, जिसे सबसे ज्यादा लोगों ने पसंद किया है। वैसे मैं कविता लिखता हूँ, पर कभी प्यार के ऊपर कुछ नहीं लिखा, पर जब से तुम मेरी जिंदगी में आई हो प्यार का मतलब समझ आ गया है। सपनों में तुम्हारी मीठी आवाज हर वक्त मेरे कानों में पड़ती है।

मैं नहीं जानता कि तुम मुझसे प्यार करती हो, यार पर मैं तुमसे बेहद प्यार करता हूँ…I love you…

अगर मेरा प्यार तुम्हें मंजूर होगा तो आज रात मुझे मैसेज करना अगर प्यार नहीं होगा तो मुझे मैसेज मत करना, मैं समझ जाऊँगा कि तुम मुझसे प्यार नहीं करती।

तुम्हारा आशिक

राकेश…

यह पत्र पढ़कर रिया को कई घंटे तक नींद नहीं आई फिर सोच-समझकर उसने राकेश को मैसेज किया कि मैं भी तुमसे प्यार करती हूँ। रिया पूरी रात जगी रही, पूरी रात राकेश से बातें कीं, उससे अपनी गहरी से गहरी बातें शेयर कीं। उस दिन रिया को बात करने के लिए रात छोटी पड़ गई थी। रात में बातचीत करने की वजह से तकरीबन 5:00 बजे उसे गहरी नींद आई और वह सो गई। जब मैं सुबह उठी तो उसका फोन चालू ही था, उसका फोन देखकर मैं समझ गई थी कि पूरी रात रिया ने बातचीत की, इसी कारण मैंने उसे सोने दिया और वह तकरीबन 10:00 बजे उठी।

दोपहर के समय राकेश ने रिया को कॉफी शॉप आने का प्रस्ताव भेजा।

"तू भी चल न कॉफी शॉप ज्योति!" रिया मुझसे निवेदन करने लगी,

फिर मैंने कहा—"मैं तेरा भी असाइनमेंट लिख देती हूँ, और आज तेरा पहला दिन है, मैं जाऊँगी तो खुलकर बात नहीं कर पाओगे तुम दोनों, तू तो कर लेगी पर राकेश नहीं कर पाएँगे।"

"प्लीज चल न···"—मुँह बनाकर रिया निवेदन करने लगी।

"शादी के बाद में मुझे लेकर जाएगी क्या? आज पहला दिन है, साथ में व्यतीत करो, अपने आपको समझो, कल से मैं भी साथ में रहूँगी।"

"पर मुझे डर लग रहा है! मैंने ऐसा पहले कभी नहीं किया।"

"अरे बाबा! कुछ नहीं होगा, सब सही हो जाएगा। कुछ हफ्तों तक ऐसा महसूस होगा, पर कुछ हफ्तों बाद ही तुम लोग आपस में खुलकर बातें करोगे।"

"वह तो बाद की बात है, पर तू चलती तो सही रहता।"

"तू अच्छे तरीके से बन-ठन के जा, सब सही हो जाएगा।"

रिया मेरी बात मानकर राकेश से मिलने के लिए कॉफी शॉप चली गई। झारखंड का प्यार और गहरा होता जा रहा है, कुछ हफ्ते बाद हम तीनों एक साथ में कैंटीन में मिलने, खाने पीने लगे, मौज-मस्ती हमारी चालू थी।

रिया ने पूरे तरीके से किताबों से दूरियाँ बना ली थीं। सबकुछ बढ़िया चल रहा था, जिस तरीके से खुशनुमा जिंदगी चल रही थी, उसी प्रकार से उसका रिश्ता भी चल रहा था। रिया अब बहुत खुश रहने लगी। जिस तरीके से राकेश बन-ठन के कॉलेज आता उसी प्रकार से रिया भी बन-ठन के कॉलेज में प्रवेश करती।

जिंदगी की पटरी सीधे ही चल रही थी, मौज मस्ती के चक्कर में हमारी पढ़ाई थोड़ी कमजोर जरूर हुई, पर हम जिंदगी का भरपूर आनंद ले रहे थे।

(एक दिन कैंटीन में)

"पढ़ाई पूरी हो जाए फिर उसके 2 साल बाद में शादी कर लेंगे।"—रिया ने राकेश की आँखों में देखकर प्यार भरे स्वर में कहा।

"तुम दोनों ने शादी का प्लान बना लिया, वाह! मुझे बताया तक नहीं, बहुत फास्ट हो यार तुम दोनों।"— मैं थोड़ी चौंककर बोली।

"ये प्लान रिया का है मेरा नहीं, मेरा बस चले तो मैं आज ही शादी कर लूँ।" —राकेश ने रिया का हाथ अपने हाथ में पकड़कर कहा।

"ओ···! लैला-मजनू यह कैंटीन है, तुम्हारा घर नहीं अपना हाथ छोड़ो।"— मैंने कहा। हाथ छोड़कर राकेश ने सवाल पूछा—"ज्योति तुम बताओ! तुम कब आओगी रिलेशनशिप में?"

"हेलो राकेश!" रिया ने झिझककर कहा—"यह हमारे साथ रहेगी, इसे कहीं नहीं जाना है।" रिया की बात से हम तीनों हँसने लगे। दोबारा रिया ने कहा—"ज्योति के पिता जहाँ कहेंगे ज्योति वहीं शादी करेगी।"

"आज के समय में क्या तुम सुसंगत विवाह (अरेंज मैरिज) करनेवाली हो?" —राकेश ने थोड़ी हैरानी में पूछा।

"मुझे तो सही लगता है सुसंगत विवाह!"—मैंने जवाब दिया।

"यह सब बात छोड़ो और ये बताओ कि 25 सितंबर की तैयारी कैसे चल रही है?"—रिया ने उत्सुक होकर पूछा।

"मैं तो कविता बोलनेवाला हूँ और तुम दोनों!"

"हम दोनों पारंपरिक नृत्य (ट्रेडिशनल डांस) करनेवाले हैं।"

"बाप रे! सच में···।"—राकेश ने चौंककर कहा।

"हाँ यार···तुम्हें विश्वास नहीं।"

"नहीं विश्वास है···पर मैंने सोचा नहीं था कि तुम लोग नृत्य करोगे।"

"हम दोनों ने बहुत पहले ही सोचा था।"

"कोई नहीं, देखते हैं परसों क्या होता है?"

"प्रोग्राम के अगले ही दिन रिया का जन्मदिन भी है, हमें बेहतरीन तरीके से जन्मदिन के लिए तैयारी करनी पड़ेगी।"

"मुझे नहीं मनाना जन्मदिन अपना!"—रिया ने मुँह फेरते हुए कहा।

"ऐसे कैसे नहीं मनाना है! रिलेशनशिप में आने के बाद पहला जन्मदिन तुम्हारा ही पड़ रहा है।"

"ठीक है, जैसा तुम लोग चाहो। वैसे भी तुम्हारे सामने मेरी चलती ही कहाँ है।"

"तुम क्या तोहफा दोगी ज्योति!" राकेश ने मुझसे सवाल किया और मैंने जवाब देते हुए कहा—"सरप्राइज है, मैं नहीं बता सकती।" फिर मैंने राकेश से पूछा—"तुम्हारा क्या प्लान है।"

"मेरा भी सरप्राइज है!" राकेश ने जैसे ही कहा उसकी बात काटते हुए रिया बोली—"अरे तुम दोनों सुनो! परसों कॉलेज में कार्यक्रम है तो हमें बाहर जाने का मौका मिल सकता है, क्यों न हम कोई फिल्म देखने चलें?"—मैंने उन दोनों से पूछा।

"व्हाट ए ग्रेट आइडिया''हम जरूर चलेंगे।"

और हम कार्यक्रम के पश्चात् फिल्म देखने के लिए तैयार हो गए। 15 सितंबर के लिए हम जोरों शोरों से तैयारियाँ करने लगे, हम दोनों ने पारंपरिक नृत्य में हिस्सा लिया था, सबसे पहले हमारा कार्यक्रम हुआ, हमने पारंपरिक नृत्य किया और उसके कुछ घंटों बाद राकेश का नंबर आया। उसकी कविता सुनकर सभी लोग मुग्ध हो उठे, राकेश की कविता बहुत ही अच्छी थी, उसकी कविता से चारों तरफ तालियों की आवाजें आने लगीं। ये देखकर रिया बहुत प्रसन्न हो उठी।

प्रोग्राम के खत्म होने के पश्चात्, हम तीनों ने फिल्म देखने का प्रोग्राम बनाया था, इसके लिए बहुत ही उत्साहित थे। कुछ घंटों बाद हम तीनों टैक्सी के द्वारा सिनेमा हॉल सही समय पर पहुँच गए। बहुत ज्यादा भीड़भाड़ न होने की वजह से हमें फिल्म की टिकट जल्दी से प्राप्त हो गई, फिल्म टिकट में जो बैठने की सीट मिली मनपसंद तो नहीं थी, फिर भी हमें अच्छा लगा, क्योंकि रिया के मनपसंद कलाकार शाहरुख खान की 'जीरो' फिल्म थी।

कुछ मिनट में फिल्म शुरू हो गई, हम तीनों बहुत ही उत्सुकता से देखने लगे, धीरे-धीरे हमें फिल्म में मजा आने लगा, और मजेदार लुफ्त उठाते देखते-ही-देखते 'इंटरवल' पड़ गया।

"मैं बाहर से क्या लाऊँ?···किसे क्या खाना है?"—राकेश ने हम दोनों से पूछा। रिया ने पॉपकॉर्न लाने को कहा, पर मैंने वनीला आइसक्रीम।

राकेश अपनी सीट से उठकर जाने लगा, तभी मैंने अचानक कहा—"ठहरो! मैं भी चलती हूँ, मुझे बाथरूम जाना है।" मैंने रिया को आने के लिए कहा पर उसने मना कर दिया, इंटरवल के दौरान आनेवाले विज्ञापन को रिया देख रही थी।

रिया की नजर राकेश की सीट पर गई, राकेश अपना फोन अपनी सीट पर ही छोड़कर चला गया था। राकेश का फोन अपने हाथों में लेकर देखने लगी फिर वह फोन का पासवर्ड खोलने की कोशिश कर रही थी, पर राकेश का फोन नहीं खुला, पर उसने थोड़ी कोशिश करते हुए पासवर्ड रिया लिखा तो फोन तुरंत खुल गया। पासवर्ड में रिया होने की वजह से रिया खुश हो गई। रिया ने उत्साहित होकर राकेश की फोटो देखने के लिए गैलरी का ऑप्शन खोला। फोटो देखने के दरमियान तभी एक व्हाट्सएप पर मैसेज आया 'प्रिया' के नाम से।

रिया उस मैसेज को टच करके व्हाट्सएप पर गई। जब उसने प्रिया का मैसेज पढ़ा, पढ़ने के बाद जैसे रिया की पूरी दुनिया ही पलट गई। उसने सोचा नहीं था कि राकेश ऐसा निकलेगा। रिया ने राकेश से जो उम्मीद रखी थी उस उम्मीद पर राकेश ने पानी फेर दिया। इस पानी फेरने की वजह व्हाट्सएप पर आया प्रिया का मैसेज था। जो मैसेज रिया के हाथ लग गया था। इस मैसेज को पढ़ते समय रिया का हाथ काँप रहा था। मैसेज कुछ इस तरह था कि···

प्रिया : "राकेश तुमने 1 वर्ष पहले किस किए थे, अब नहीं करोगे क्या?"

राकेश : "मैं तुम्हारा बेस्ट फ्रेंड हूँ, एक बार कर लिया और दोबारा नहीं करूँगा मैं, जो करूँगा अब मैं रिया के साथ करूँगा।"

प्रिया : "बस एक बार मुझसे किस के आगे भी कुछ कर लो फिर मैं तुम्हारे रास्ते में कभी नहीं आऊँगी।"

राकेश : "तुम क्यों नहीं समझ रही हो!"

प्रिया : "मैं सब समझ रही हूँ, इसीलिए तो कह रही हूँ।"

राकेश : "इतनी जिद ठीक नहीं।"

प्रिया : "अपने बेस्ट फ्रेंड से माँग रही हूँ, किसी गैर से नहीं।"

राकेश : "ठीक है प्रिया! मैं सोच-समझकर रात तक जवाब देता हूँ।"

प्रिया : "खूब अच्छी तरह सोचना, मैं तुम्हें कल शाम 5:00 बजे परिमल गार्डन में मिलूँगी।"

राकेश : "ठीक है!"

ये सारी बातें पढ़ कर रिया को मानो 440 वोल्ट का झटका लगा, जो उसके विचारों को कुचलकर रख दिया। उसके पाँव तले जमीन खिसक गई, दिल को जोर का झटका लगा। उसने सोचा, मैं राकेश से इतना प्यार करती हूँ, वह मेरे साथ ऐसा करेगा, मैंने सोचा नहीं था। मेरे प्यार के बदले उसने यह सिला दिया। रिया के हाथ-पाँव काँप रहे थे। उसे उस दिन मैं भी बेरंग सी दिखाई देने लगी। हम दोनों जब तक नाश्ता लेकर वापस आए, रिया ने राकेश के लाए नाश्ते को छुआ तक नहीं।

रिया ने कहा, "कुछ मिनट बाद मुझे हॉस्टल जाना है।" राकेश और मैंने बड़ी हैरानी से पूछा, "क्या हुआ अचानक? फिल्म क्यों नहीं देख रही है? तबीयत तो खराब नहीं है न?" पर उसने कोई जवाब नहीं दिया। फिर उसने कहा, "हम बाद में फिल्म देखेंगे, मेरा सिर भारी हो रहा है…।" रिया को देखकर हम दोनों चिंतित हो गए और हम तीनों वहाँ से निकल गए। हमने रास्ते भर सोचा कि रिया अभी हमारे साथ हँस-खेल रही थी और अचानक क्या हुआ रिया को? राकेश के साथ मैं भी सोच में पड़ गई। रिया के इस बर्ताव से हम दोनों बेहद घबरा गए। पर मैंने सोचा कि अब हॉस्टल जाकर ही मैं सब खबर कर सकती हूँ! मैंने रास्ते में रिया से पूछने की कोशिश की, पर बनावटी मुसकान के साथ उसने कुछ नहीं कहा। पर मुझे शक था कि कोई ऐसी बात जरूर है, जिसे रिया छुपा रही है।

हम दोनों हॉस्टल में प्रविष्ट हो गए। रिया चारपाई पर बैठकर जोर से अपना पाँव जमीन पर रगड़ने लगी। उसका यह रूप देखकर मैं आश्चर्यचकित हो गई। मैंने उससे हैरान होकर प्रश्न किया, पर कोई जवाब नहीं मिला। मैंने अपना हाथ उसके हाथ में रखा और उसके गालों को सहलाते हुए पूछा, "क्या हुआ, मेरी रिया? मुझे नहीं बताएगी? मैं तेरी बहन जैसी हूँ न? क्या हुआ ऐसे अचानक तुझे?··· तू रोना बंद कर···पहले!" अपने आँसुओं को लगाम लगाते हुए रिया ने सारी बातों का पर्दाफाश किया। जो मैं घंटों से जानने की कोशिश कर रही थी। उसने सारी बात बताई कि सिनेमा हॉल में इंटरवल के दौरान क्या हुआ! प्रिया का मैसेज पढ़ा। एक-एक बात मुझे बताई।

यह सुनकर मेरे होश उड़ गए। राकेश ऐसा कर सकता है, मैंने कभी सोचा ही नहीं था। राकेश को मैंने साफ पानी की तरह समझा था, पर वह इतना गंदा निकलेगा, मैंने सोचा नहीं। यह सुनकर भी मुझे 440 वोल्ट का झटका लगा। कुछ क्षण तक मेरे मुँह में जैसे बर्फ जम गई हो। मुझे कुछ समझ नहीं आ रहा था कि मैं क्या कहूँ?···फिलहाल मैं रिया को सँभाल रही थी।

कुछ समय बाद राकेश ने जब अपना फोन खोला तो उसे इस बात की भनक हो गई कि रिया ने मेरे और प्रिया के दरमियान हुए सारे मैसेज पढ़ लिये हैं। इस बात की भनक लगते ही राकेश का कॉल रिया के फोन पर आने लगा, रिया ने फोन नहीं उठाया। मैंने सोचा कि फोन उठाकर पूछ लूँ। मेरी रिया के साथ ऐसा क्यों किया?···कुछ घंटे बाद मेरे फोन पर भी राकेश का कॉल आने लगा। हम दोनों ने अपना-अपना फोन स्विच ऑफ कर दिया।

उस रात रिया ने अपने बारे में मुझे सारी बात बताई कि मैं एक अनाथ हूँ···अनाथ आश्रम में पली-बढ़ी हूँ। मारिया आंटी बचपन से मेरी देख-रेख करती हैं। मेरी जिंदगी बेकार है। मुझे कोई प्यार नहीं करता। सब धीरे-धीरे मुझसे दूर हो जाते हैं। मेरा परिवार मुझसे दूर हो गया। अब जीने का कोई सहारा था, वह भी मुझसे दूर हो गया। ये सारी बातें रिया ने रोते हुए बताईं।

रिया की जिंदगी की दास्तान सुनकर मेरे आँसू बिन बादल बरसात की तरह बहने लगे। मैंने उसे अपने गले लगाकर कहा, "दिल पर इतना बड़ा

बोछ लिये तू चल रही थी, पागल! मुझे बताना तो चाहिए था, मैं तेरी बहन जैसी हूँ''किसने कहा तू अनाथ हैं? मैं हूँ न तेरे साथ, तेरी बड़ी बहन!" मैंने उसे प्यार देकर, समझाकर किसी तरह उसे सुला दिया। लगभग 1:00 बजे उसे सुलाने के बाद, मेरे आँसू रात भर रुकने का नाम ही नहीं ले रहे थे।

□

12

अगले दिन उसे जन्मदिन का मुबारकबाद देकर मैंने तितली आकार का एक चमचमाता लॉकेट उसके गले में पहना दिया। वह थोड़ी खुश हुई, फिर हम दोनों लेक्चर के लिए क्लास में जा रहे थे, तभी राकेश रिया का हाथ पकड़कर माफी माँगने लगा। रिया ने भी अपने गुस्से को जाहिर करते हुए पूरे कैंपस के सामने राकेश को खींचकर तमाचा जड़ दिया।

राकेश अपना मुँह नीचे किए हुए वहाँ से चला गया। मैंने झल्लाए स्वर में कहा, "सही किया रिया! यह इसी लायक है।"

फिर हम दोनों क्लास में चले गए।

कुछ दिन निकल गए, राकेश ने रिया को हजारों फोन किए, पर हम दोनों गुस्से के मारे राकेश का फोन नहीं उठा रहे थे। रिया का गुस्सा अभी ठंडा नहीं हुआ था। उसके चेहरे का भाव अभी भी व्यक्त कर रहा था कि वह बहुत ही दुःखी है, इसलिए मैं उसे ज्यादा छेड़ती नहीं थी, बस उसका खयाल रखती थी। रिया कुछ हफ्तों से न तो ठीक से खाना खा रही थी, न पानी पी रही थी। उसका यह हाल देखकर मुझे बेहद दुःख का आभास हो रहा था।

इसी दौरान राकेश ने किसी और के नंबर से मुझे फोन करके बात की और उसने बताया कि मैं प्रिया के साथ थोड़ा-बहुत शारीरिक संबंध (फिजिकल रिलेशनशिप) में रहा हूँ, पर मैं रिया से प्यार करता हूँ। जाने-अनजाने में मुझसे गलती हो गई। मुझे अपनी गलती का एहसास है। मुझे एक बार रिया से बात करनी है, मैं तुम्हारे हाथ जोड़ता हूँ।

इस तरीके से राकेश ने मुझसे कई दिन तक रिया से मिलने के लिए गुहार

लगाई। मैंने सोचा कि गलती तो इनसान से ही होती है, इसलिए रिया शायद माफ कर दे तो अच्छा रहेगा। मैंने रिया को सारी बात बताई, पर रिया मिलने के लिए उत्सुक नहीं थी। मैंने उसे लाख समझाया कि जा, एक बार राकेश से मिल ले, पर हर बार की तरह रिया का एक ही जवाब होता था—'नहीं'।

फिर जब मुझे कुछ समझ में नहीं आया तो मैंने अपनी कसम देकर रिया को राकेश के रूम पर मिलने के लिए भेज दिया। मेरी इस कोशिश पर पानी न फिरते हुए रिया मेरी बात मान गई और राकेश से मिलने निकल पड़ी।

वहाँ पहुँचने के बाद राकेश ने रिया से माफी माँगी और उसे जन्मदिन की शुभकामनाएँ भी दीं। राकेश ने रिया का हाथ पकड़कर कहा कि मुझे एक बार माफ कर दो, पर रिया मना करके वहाँ से जाने लगी, तभी राकेश ने उसका हाथ पकड़कर रोकने की कोशिश की, इस हरकत ने रिया को पागल बना दिया। राकेश उसे रोकने की कोशिश कर रहा था, इस दौरान उनके बीच खींचा-तानी भी हुई···तभी रिया ने उसके गले पर दाँत काट लिया, इसके बावजूद भी राकेश ने उसे पकड़कर माफी माँगने की कोशिश की। तब भी रिया का गुस्सा सातवें आसमान पर था, उसे कुछ दिखाई नहीं दे रहा था। उसने गुस्से में लोहे की एक मूर्ति से उसके सिर पर मार दिया और वहाँ से निकल आई।

जब वह उस अवस्था में हॉस्टल में आई, उसके होंठ पर खून लगा था और थोड़े-बहुत हाथों में भी। यह देखकर मैं सन्न रह गई। मैंने उसे तुरंत रूम में खींचा और दरवाजा बंद कर दिया, फिर मैं हड़बड़ाते हुए पूछा, "क्या हुआ रिया? बोलना!···" मैं यही शब्द चार-पाँच बार उसके सामने दोहराती रही। रिया के तरफ से कोई जवाब नहीं आया, वह बस रो रही थी। उसे देखने के बाद मुझे लगा कि राकेश ने रिया को मारा होगा, पर जब मैंने अपने रूमाल से खून साफ किया तो मैं चौंक गई, क्योंकि रिया को कहीं भी चोट लगने का निशान नहीं था। फिर मेरे मन में सवाल आया, यह खून किसका है?···लाख कोशिश के बाद भी रिया ने मुझे सारी बात बताई···उसके इस बात से मैं हद से ज्यादा डर गई। मैंने पहली बार मारिया आंटी से बात की, उन्होंने मुझसे कहा कि "कुछ दिनों के लिए तुम रिया को अपने घर लेकर चली जाओ!"

मारिया आंटी की बात मानकर मैं रिया को लेकर अपने घर चली गई। हम दोनों बहुत ज्यादा दु:खी थे, पर माता-पिता को पता न चले, इसलिए हम दोनों जानबूझकर उनके सामने खुश होने का नाटक करते थे। रात में मैं और रिया टी.वी. देख रहे थे और मेरे माता-पिता सोए हुए थे। कुछ देर बाद मैंने भी रिया को अपनी गोद में लेकर किसी तरह सुला दिया। उस रात मुझे नींद नहीं आ रही थी। ऐसा लगता था कि हमारी खुशियों को किसी की नजर लग गई हो। मैंने कभी सोचा भी नहीं था कि जिंदगी में ऐसे समय भी देखने पड़ेंगे।

पर इससे भी खतरनाक मंजर ने दरवाजे पर दस्तक दे दी थी। सुबह का समय था, लगभग 8:00 बज रहे थे, तभी किसी ने दरवाजे को खटखटाया, दरवाजे के समीप होने के कारण रिया ने दरवाजा खोला तो देखा कि सामने अखबारवाला खड़ा था। उससे अखबार लेकर रिया ने मेरे पिता को थमा दिया।

मैं, रिया और पिताजी एक साथ आराम से बैठकर चाय पी रहे थे, तभी माँ ने अपनी रसोई से आवाज लगाई, "ज्योति! यहाँ रसोई-घर में आ जा, रिया के लिए पापड़ तल दे!"

"आई माँ!"

"नहीं, रहने दे! मेरा मन नहीं है पापड़ खाने का।"

"खा ले, यह पापड़ बाजार का नहीं है, माँ ने घर पर ही बनाया था।"

"अच्छा, ठीक है! जा, लेकर आ पापड़।"

"तू यहीं बैठकर चाय पी, मैं पापड़ तल के लाती हूँ।" सहज भाव से मैंने उसे कहा।

"हाँ, ठीक है, पर जल्दी आना!"

मैं पापड़ तलने के लिए रसोई में चली गई और रिया पिताजी के साथ चाय की चुस्की ले रही थी। तभी पिताजी रिया के हाथ में अखबार थमाकर खुद बाथरूम चले गए। रिया ने जैसे ही अखबार का पहला पन्ना खोला तो नीचे एक हेड लाइन छपी थी—'निर्मल यूनिवर्सिटी के राकेश की मौत'। इस खबर के साथ राकेश की तसवीर भी छपी थी। रिया ने जैसे ही हैडलाइन पढ़ी,

उसके होश उड़ गए, 'आखिर यह कैसे हो सकता है ?' इस खबर को पढ़कर रिया वहीं गिर गई थी। जब मैं पापड़ तलकर आई तो देखा, रिया कहीं नजर नहीं आ रही थी।

मैंने पिताजी से पूछा, "रिया बाथरूम गई है क्या ?"

"रिया को अखबार थमाकर मैं अभी तो गया था, वह कहीं और गई होगी!" पिताजी के जवाब से मैं हैरान हो गई। मैं तुरंत छत पर गई, रूम में देखा, पर रिया कहीं नजर नहीं आ रही थी। मुझे परेशान देखकर पिताजी ने साधारण शब्दों में कहा, "यहीं तो थी! शायद किसी दोस्त के घर गई होगी!"

"यहाँ उसका कोई दोस्त नहीं है, पिताजी!" मैंने चिंतित स्वर में कहा।

"मैं तो बस उसे अखबार देकर बाथरूम चला गया था।"

मैं हैरान-परेशान हो उसे पूरे मुहल्ले में ढूँढ़ा, पर रिया कहीं नजर नहीं आई। पड़ोसियों से भी पूछताछ की, पर निराशाजनक जवाब ही मिले।

तभी मेरी नजर फड़फड़ाते अखबार के पन्नों पर गई, मैंने अखबार को खोला और वही हैडलाइन पढ़ी, जो रिया ने पढ़ी थी। यह खबर पढ़कर मैं पसीने से लथपथ हो उठी, मुझे कुछ समझ नहीं आ रहा था कि मैं क्या करूँ ? मैं भागते हुए छत पर गई, क्योंकि मेरा फोन छत पर ही था। मैं रिया को फोन करने ही वाली थी, तभी उसका लंबा-चौड़ा एक मैसेज आया। रिया के द्वारा किए गए मैसेज को पढ़ते-पढ़ते मेरी आँखों से आँसू टपकने लगे और फोन को गीला करने लगे। इस मैसेज को पढ़ मेरे मन में इस कदर उलझन पैदा हुई कि मैं सुध-बुध खोकर घुटने के बल जमीन पर गिर गई। पर मेरे मन में यही सवाल उठ रहा था कि रिया कहीं दूर न निकल जाए! फिर भी हिम्मत जुटा के मैं भागते हुए रिया को ढूँढ़ने निकल पड़ी, पर रिया का कुछ अता-पता नहीं चला। मैंने लोगों को उसकी तसवीर भी दिखाई, ताकि वह किस तरफ गई है मालूम हो सके, फिर भी मैं नाकामयाब रही।

मैसेज कुछ इस तरह था—

प्रिय ज्योति,

तेरे साथ रहकर मुझे जिंदगी खूबसूरत लगने लगी थी। मैं खुशकिस्मत हूँ कि मुझे तू मिली। तू मेरी जिंदगी की एक किताब है, जिसे मैं हमेशा अपनी यादों में रखूँगी, उसे पढ़ूँगी। तुझे छोड़कर जाने का मन तो नहीं है, पर शायद यही सही है। मुझे जिंदगी ने हर मोड़ पर दर्द ही दिया है, अत: मैं नहीं चाहती कि तू भी मेरी वजह से परेशान हो। इस बदकिस्मत लड़की के साथ रहकर तू भी बदकिस्मत हो जाएगी। मैं जिंदगी से थक गई हूँ ज्योति! मेरी जिंदगी में परेशानियाँ ही लिखी हैं, और मेरे साथ रहकर तुझे भी इसका सामना करना पड़ेगा। मुझे माफ करना! मुझे जाना ही होगा! न जाने क्यों मुझसे ऊपरवाला इतना परेशान है कि बचपन में मेरे माता-पिता और भाई मुझसे छीन लिया, फिर राकेश। अब मैं नहीं चाहती कि मेरे साथ रहकर तू भी मुझसे दूर हो जाए, इसलिए मैं खुद जा रही हूँ, मुझे माफ करना! मुझे ढूँढ़ने की कोशिश मत करना, अब मैं चाहकर भी वापस नहीं आऊँगी। जितने पल मैं तेरे साथ थी, उसे खूबसूरत बनाने के लिए दिल से शुक्रिया! मेरी दुआ हमेशा तेरे साथ रहेगी। मुझे याद करते वक्त अपने आँसू व्यर्थ मत करना, मुझे अच्छा नहीं लगेगा।

जा रही हूँ ज्योति! मैं हमेशा तुझे याद करूँगी।

रिया के इस मैसेज से मैं हद से ज्यादा टूट गई। मैंने सपने में भी नहीं सोचा था कि मुझे रिया को छोड़ना पड़ेगा या मैं रिया से दूर हो जाऊँगी। उसके इस तरह जाने से मुझे घुटन सी महसूस होने लगी। फिर मुझे तुरंत खयाल आया कि राकेश की हत्या रिया से हुई है, कहीं रिया को पुलिस न पकड़ ले! मैंने मारिया आंटी को फोन किया और उन्हें सब बता दिया, फिर मारिया आंटी ने एक अनाथ आश्रम का पता भेजा, जिसमें रिया पली-बढ़ी थी। मैं वहाँ चली गई। वहाँ पहुँचकर मुझे एक बड़ा सा गेट दिखा। मैंने वहाँ खड़े सिक्योरिटी गार्ड से मारिया आंटी का नाम बताया, फिर मुझे प्रवेश मिल गया।

मैंने देखा कि मारिया आंटी सफेद ड्रेस में कुछ छोटे बच्चों के साथ बैठे समय व्यतीत कर रही थीं। जब उन्होंने मुझे देखा तो बच्चों को अंदर भेजकर आंटी ने मेरा स्वागत किया और मुझे एक बड़ी कुरसी पर बैठने का संकेत

दिया। मारिया आंटी मेरे सामने ही बैठी थीं, हमारे बीच एक मेज का फासला था। उस मेज पर वही अखबार और कुछ कागजात (डाक्यूमेंट्स) पड़े थे।

पहला शब्द मारिया आंटी के मुख से निकाला, वे मुझसे पूछीं, "क्या हुआ था उस दिन?" मैंने मारिया आंटी को सबकुछ बता दिया। मैंने उन्हें रिया द्वारा भेजे गए मैसेज भी दिखाए। रिया का मैसेज उनके सामने पूरी कहानी का चिट्ठा खोलकर रख दिया।

"डोंट वरी! सब सही हो जाएगा।" जैसे ही मारिया आंटी ने कहा, मैं उनकी बात काटकर व्याकुल होकर बोली, "पुलिस रिया को छोड़ेगी नहीं, वह मुसीबत में है, उसे बचा लो।"

"शायद तुमने ठीक से अखबार नहीं पढ़ा!" मारिया आंटी श्रद्धाभाव से बोली और मेरे सामने अखबार सरकाकर हेड लाइन के नीचे पढ़ने का संकेत दिया। हेड लाइन के नीचे लिखा था—'राकेश की मौत बाथरूम में गिरने की वजह से हुई'। मैं यह पढ़कर खुश हुई कि यह रिया ने नहीं किया है, पर मेरे चेहरे की खुशी देखकर मारिया आंटी ने सहज भाव में कहा—"राकेश की मौत रिया के द्वारा ही हुई थी, पर अनाथ आश्रम का ही एक लड़का पत्रकार है, उसने इस खबर की पड़ताल की और झूठी रिपोर्ट बनाई कि राकेश की मौत बाथरूम में गिरने की वजह से हुई। रिया गिरफ्तार न हो, इस वजह से हमने झूठी रिपोर्ट बनवाई।"

"यानी राकेश की मौत रिया के द्वारा ही हुई!"

"हाँ।"

"रिया कहाँ है?" मैंने उम्मीद भरे स्वर में पूछा।

"हमें नहीं मालूम।"

"आपको जरूर मालूम होगा, मारिया आंटी! कृपया बता दीजिए, मुझे एक बार रिया से मिलना है।"

"रिया सही-सलामत है। शायद अब वह किसी से न मिले। उसने मुझे एक बार फोन किया था, रो रही थी। जो बात तुम्हें लिखकर बोली है, वही बात

मुझे फोन पर कही कि मैं कभी मिलने नहीं आऊँगी; मुझे ढूँढ़ने की कोशिश मत करना।

मुझसे मेरी पीड़ा सहन नहीं हो रही थी, ऐसा लगता था कि किसी ने सीने पर खंजर से वार कर दिया हो। मैं वहाँ बैठे-बैठे रोने लगी। मेरी हालत देखकर मारिया आंटी ने मेरी तरफ पानी सरकाया और समझाते हुए कहा, "सुनो बेटा! रिया की जिंदगी उतार-चढ़ाव से भरी पड़ी है। उसकी जिंदगी में परेशानी थी, जो भौंरों की तरह मँडरा रहे थे, पर अब हद से ज्यादा होने की वजह से वह हमारे बीच नहीं है। माँ-बाप का साया बचपन में ही छूट गया, बचपन में इसी अनाथ आश्रम में पली-बड़ी है। मैंने हर कोशिश की उसे खुश रखने की, पर वह अपने तरीके से ही रहती है। रिया ने जिस शख्स से प्रेम किया, वह भी अब इस दुनिया में नहीं है, मर चुका। तुम्हें छोड़ने के लिए उसका दिल गवारा नहीं किया होगा, फिर भी तुम उसके साथ परेशान न हो, इसी कारण रिया तुम से भी दूर चली गई; और रही बात तुम्हारी तो तुम अपना जीवन अच्छे से गुजारो, जो होना होगा, वही होगा, नियति का यही नियम है। और दूसरी बात, रिया को ढूँढ़ने की कोशिश में अपना वक्त जाया मत करना, उसने कहा है नहीं आने का, अत: वह कभी नहीं आएगी। और यदि उसका मन हुआ तो वह लौटकर तुम्हारे पास जरूर आएगी। बस, भगवान् से प्रार्थना करना कि रिया लौट आए।

ये बातें सुनकर मैं रोते-रोते अपने घर चली आई। मारिया आंटी की बातें न मानकर मैं उसे लगभग 2 हफ्ते तक तलाश करती रही। हर गली-चौराहे उसे ढूँढ़ा, पर रिया मुझे कहीं नहीं मिली, न जाने वह किस हालत में होगी, यही सोच कर मेरा बुरा हाल था।

उसके जैसी कोई लड़की देखती हूँ तो रुक जाती हूँ कि कहीं मेरी रिया तो नहीं! पर शायद उसने ठीक ही कहा था कि मुझे ढूँढ़ने की कोशिश मत करना, मैं कहीं नहीं मिलूँगी, और यह सच हुआ। इस हादसे को कई साल गुजर गए, पर उसका न कोई फोन आया और न वह कहीं दिखाई दी; न जाने किस दुनिया में चली गई! वह उस दुनिया से लौटकर आएगी या नहीं, मैं नहीं जानती। पर हर वक्त इस आस में रहती हूँ कि वह एक दिन लौट आएगी। मैं

मरने से पहले एक बार रिया से मिलना चाहती हूँ, उसे देखना चाहती हूँ, उससे बात करना चाहती हूँ। न जाने मेरी चश्मिश कैसी होगी?…कैसी होगी?…कैसी होगी?…कैसी होगी…

कई वर्षों से दबे अपार पीड़ा को ज्योति ने ए.सी.पी. कबीर रेड्डी के सामने बयाँ कर दिया। पर अपने दिल पर पत्थर रखकर ज्योति ने उस पात्र को बयाँ किया।

ज्योति के आँसू देखकर ए.सी.पी. कबीर रेड्डी ने अपने पाजामे के बाएँ जेब से रूमाल निकालकर ज्योति को दिया।

कुछ क्षण तक कबीर रेड्डी के साथ वहाँ मौजूदा सभी लोग चुप रहे।

"सर! यह रही रिया की पूरी कहानी, जो आपके सामने है।" ज्योति ने अपने आँसू पूछते हुए कहा।

"तुम बहादुर और नेक लड़की हो ज्योति!" कबीर रेड्डी ने गहरी प्रशंसक स्वर में कहा।

"सर! मुझे एक बात समझ नहीं आ रही है कि यह लॉकेट आपके पास कैसे? यह लॉकेट तो मैंने रिया को दिया था!" हैरानी जाहिर करते हुए ज्योति ने ए.सी.पी. कबीर रेड्डी से पूछा।

"तुम्हें एक बात बताऊँ तो तुम्हें यकीन नहीं होगा!" कबीर रेड्डी ने फीके शब्दों में कहा।

"कहिए सर! ऐसी क्या बात है, जो मैं आपकी बातों पर यकीन नहीं करूँगी?"

"बातें ही कुछ इस तरीके की हैं।" एक लंबी साँस छोड़ते हुए कबीर रेड्डी ने कहा।

"कहिए सर!"

"यह जो सीरियल किलर है, वह कोई और नहीं, बल्कि रिया है।" कबीर रेड्डी ने बात सँभालते हुए कहा। यह सुनते ही ज्योति को लगा कि जैसे किसी

ने उसके सीने पर खंजर से वार कर दिया हो। उसने लड़खड़ाते स्वर में कहा, "नहीं सर! आपको कोई गलतफहमी हुई है, मेरी रिया ऐसा नहीं कर सकती। आप मेरा यकीन कीजिए, आपको बहुत बड़ी गलतफहमी हुई है।"

"पुलिस को सबूत मिला है, ज्योति! धीरज रखो।"

"नहीं सर, गलती से किसी लाश के साथ यह लॉकेट आ गया होगा, मेरी रिया ऐसा बिल्कुल नहीं कर सकती।" हलकी जुबान लड़खड़ाते हुए ज्योति ने कहा।

"रिया कई वर्षों से गायब है और पहले भी वह हत्या कर चुकी है। और तुम्हारी कहानी सुनकर पूरा यकीन हो गया कि यह सीरियल किलर कोई और नहीं, बल्कि रिया है।"

"वह किसी की जान नहीं ले सकती।"

"गुस्से और अपमान ने रिया को पागल बना दिया है, हमें उसे पकड़ना ही होगा; और वैसे भी वह कानून की मुजरिम है। हम उसका एनकाउंटर नहीं करेंगे, पर हमें सजा तो देनी ही पड़ेगी, चाहे वह सजा कुछ वर्षों की कैद हो या उम्रकैद।"

"उसकी दिमागी हालत ठीक नहीं है, पर मुझे लगता है कि वह ठीक होगी!"

"हमें एनकाउंटर करने का आदेश मिला है, पर फिर भी मैं तुम्हारे लिए उसे गिरफ्तार करूँगा, हमारे पास कोई और चारा नहीं है।"

"मुझे यकीन नहीं होता कि सीरियल किलर रिया है।"

"तुम उससे प्यार करती हो, शायद इसीलिए तुम्हें यकीन नहीं हो रहा है, पर कानून सबके लिए बराबर है, हमें काररवाई करनी ही पड़ेगी।"

यह बात सुनकर ज्योति रोते हुए गिड़गिड़ाने लगी, "छोड़ दीजिए सर, मैं उसे ठीक कर दूँगी, मैं उसे समझा दूँगी। रिया मेरी बात आसानी से समझ जाएगी, मुझे पूरा भरोसा है। आप समझने की कोशिश कीजिए, सर!"

"हम तुम्हारी भावना को समझ सकते हैं, पर कानून सबूत व मुजरिम

देखता है, भावना नहीं। और शायद कानून भावना देखता तो रिया बच भी जाती, पर अब जो करेगा, कानून ही करेगा।" इस बार जावेद ने जवाब दिया।

"नहीं सर···" यह बोलते हुए ज्योति जोर-जोर से रोने लगी।

"अपने आपको सँभालो, ज्योति! हम तुम्हारे भावना की कदर करते हैं, पर हम भी मजबूर हैं।"

"सर, मेरी एक ख्वाहिश है!"

"क्या?"

"मैं उसे आखिरी बार देखना चाहती हूँ, मुझे मना मत कीजिएगा, सर! मैं आपसे हाथ जोड़ती हूँ।" हाथ जोड़कर गुहार लगाते हुए ज्योति ने कहा।

"हम्म···" कबीर रेड्डी ने कुछ मिनट तक चुप्पी साधे रखी।

"प्लीज सर!"

"ठीक है, रंजना! तुम इसे अपने साथ लेकर चलना।" कबीर रेड्डी ने आदेशपूर्ण स्वर में रंजना से कहा।

"पर सर!···" जैसे ही रंजना ने यह शब्द निकाला, कबीर रेड्डी बोल पड़ा, "इसने हमारी बहुत मदद की है, इसलिए हमें इसकी भी बात सुननी चाहिए।"

पूछताछ वाले कमरे से निकलकर कबीर केबिन में आया और तनकर कुरसी पर आराम से बैठा, उसके साथ जावेद भी बैठा।

"अच्छा हुआ जो हमने यह पहले नहीं कहा कि सीरियल किलर रिया है, वरना ज्योति हमें सारी कहानी झूठी ही बताती!" जावेद ने गंभीरता से कहा, "उसे बचाने की जरूर कोशिश करती।"

"कहीं ऐसा तो नहीं कि ज्योति कुछ और भी छुपा रही हो?"

"छुपाने से क्या मतलब? हमें तो बस सीरियल किलर चाहिए और वह हमारे हाथ लग ही जाएगी।"

"ठीक कहा, सर!"

"ज्योति ने हमारी मदद हद से ज्यादा की।"

"हमने उसके साथ अच्छा नहीं किया, बिना जाने-समझे उसे घर से उठा लाए और यहाँ लाकर टॉर्चर किया।"

"आटे के साथ घुन भी पिसता है, जावेद!"

"सर, आपने एक चीज नोटिस की!"

"क्या?"

"ज्योति और रिया, दोनों एक केमिकल डिपार्टमेंट की छात्रा हैं।"

"हाँ, इसीलिए तो रिया को ब्रोमाइन की समझ है कि उसे किस तरीके से इस्तेमाल करना है! मैंने पहले ही कहा था कि यह सीरियल किलर एक जीनियस है।"

"मानना पड़ेगा सर! इस तरीके से हत्या कोई लड़की कर रही है, किसी को भी यकीन नहीं होगा। गोवा की लेडी सीरियल किलर!"

"लड़कियाँ क्या नहीं कर सकतीं, जावेद?"

"मुझे लगता था कि लड़कियाँ डरपोक किस्म की होती हैं, पर अब यह भ्रम दूर हो गया।"

जावेद के इस बात को सुन पानी का एक घूँट पीते हुए कबीर रेड्डी हँसने लगा।

"सर, आप एक-एक बात से मुकर गए!"

"किस बात से?" कबीर रेड्डी ने थोड़ा ठिठककर पूछा।

"सीरियल किलर का एनकाउंटर करनेवाले थे, फिर आप क्यों मुकर गए?"

"देखो जावेद!" कबीर रेड्डी सहज भाव में समझाते हुए कहा, "ज्योति के बताए कहानियों से यह खबर मिलती है कि रिया एक लावारिस लड़की है, जो अनाथ आश्रम में रहती थी। न उसके माता-पिता का पता, न ही उसे प्यार मिला, इस वजह से वह अपने आपको रोक नहीं पाई। वह यह सब जानबूझकर नहीं कर रही, इसे एक साइकोलॉजिकल प्रॉब्लम कहते हैं···ऐसे

लोगों को डॉक्टर की जरूरत होती है। हम इसे माफ तो नहीं कर सकते, पर हम इसकी मदद जरूर करेंगे।"

"सर, अचानक आपके दिल में दया!"

"दया नहीं है जावेद! मैंने भी बचपन में अपने माँ-बाप को खोया है, मैं यह दर्द समझ सकता हूँ। पर मुझे प्यार करनेवाले मेरे मामाजी थे, उन्होंने मेरा ध्यान एक छोटे बच्चे की तरह रखा। जब तक मैं मामाजी के साथ था, तब तक मुझे कभी महसूस ही नहीं हुआ कि मैं अनाथ हूँ। मामाजी का साया रहते हुए भी कभी-कभी मेरा मन करता था कि मैं कहीं दूर निकल जाऊँ। मुझे भी हद से ज्यादा गुस्सा आता था। कभी-कभी तो ऐसा मन होता कि अपनी जान मैं खुद ही ले लूँ। कैसे मैंने अपने आपको रोका है, ए.सी.पी. बनने के काबिल बनाया है, वह मैं ही जानता हूँ।"

"मैं समझ सकता हूँ सर! माफ कीजिएगा, मैंने ऐसी बातें कही।"

"नहीं जावेद, ऐसी कोई बात नहीं है, बस मेरे मन में था तो बता दिया।"

"सीरियल किलर रिया अब हमारे हाथ कैसे आएगी?"

"अभी तुम अच्छा प्रश्न पूछे हो!"

"बताइए सर!"

"तुम अपने हिसाब से बताओ कि उसे कैसे पकड़ें!"

"जब से ज्योति ने उसकी कहानी सुनाई, तब से मेरा दिमाग काम नहीं कर रहा है, सर!"

"हम अनाथ आश्रम के लिए कुछ घंटों के बाद निकलेंगे और वहाँ जाकर पहले उस अनाथ आश्रम की प्रमुख मारिया से पूछताछ करेंगे। मारिया को झूठी गवाह बनाकर रिया को अनाथ आश्रम आने के लिए मजबूर करेंगे, और मारिया के पास रिया का फोन नंबर न हो, ऐसा हो ही नहीं सकता।"

"वाह सर! क्या दिमाग चलाया आपने? पर आपको लगता है कि मारिया ऐसा होने देगी?"

"जो आप चाहते हैं, वह सबकुछ होगा।"

"रिया को बुलाने के लिए हम बहाना क्या बनाएँगे?"

"वहाँ जाकर देख लेंगे, फिलहाल तुम इस बात का पता करो कि अनाथ आश्रम किस जगह है? हमें जल्द-से-जल्द वहाँ निकलना पड़ेगा।"

"सर, मैं ज्योति से पूछ लेता हूँ, उसने अनाथ आश्रम देखा है।"

"ठीक है, जल्दी पूछकर मुझे जानकारी दो!"

□

13

कुछ देर बाद ज्योति के द्वारा बताए गए पते पर कबीर रेड्डी की पूरी टीम निकल पड़ी। जहाँ ज्योति खुश हो रही थी कि मुझे रिया से मिलने का मौका मिलेगा, वहीं कबीर रेड्डी ने अपने पिस्तौल में कारतूस भर कर अपने पीछे रख ली। गाड़ी तेज गति से बचपन में पली–बढ़ी रिया के उस अनाथ आश्रम की ओर दौड़ रही थी। इस जाँच (इन्वेस्टिगेशन) में कबीर रेड्डी को बहुत सारे मोड़ मिले, पर एक और मोड़ मिलने के लिए बेताब हो रही थी। क्या वह मिलन कबीर की जिंदगी पलटकर रख देगा या वह मोड़ कबीर के लिए एक सपना होगा, यह देखना अभी बाकी था। जहाँ पर ए.सी.पी. कबीर रेड्डी की टीम खुश हो रही थी कि अब हम कुछ घंटों में रिया को गिरफ्तार करके कामयाब हो जाएँगे, पर अभी दुःखों की चिड़ियाँ गोता लगाने के लिए बेताब हो रही थीं।

काले रंग की स्कॉर्पियो रिया के आश्रम पहुँच गई। पहुँचते ही कबीर स्कॉर्पियो का दरवाजा खोलते हुए गेट पर पहुँचे और वहाँ अनुमति लेने के बजाय बिना अनुमति लिये आश्रम में घुस गया। गेट पर तैनात जावेद और किशन को खड़ा रहने के लिए कहा, फिर कबीर रेड्डी ने ज्योति और कॉन्स्टेबल रंजना के साथ आश्रम के अंदर प्रवेश लिया। कबीर रेड्डी के मन में एक ऐसी षड्यंत्रपूर्ण योजना थी कि रिया अनाथ आश्रम में खींची चली आती।

बिना अनुमति लिये कबीर रेड्डी के अनाथ आश्रम में प्रवेश लेने की वजह से मारिया ने कड़कड़ाती आवाज में कहा, “यह कोई तरीका नहीं है

ए.सी.पी. सर, यह बच्चों का आश्रम है और आपसे अनुरोध है कि पिस्तौल बाहर मत दिखाइए, बच्चे डर जाएँगे।"

कबीर रेड्डी ने इस बात का कोई जवाब नहीं दिया। फिर थोड़ी देर में मारिया ने अपने केबिन में बुलाया और वहाँ सामने पड़े काले रंग की कुरसी पर तीनों बैठ गए।

पहला शब्द मारिया के मुँह से निकला, "कैसे आना हुआ इस अनाथ आश्रम में, ए.सी.पी. साहब?"

"पुलिस जहाँ जाती है, बिना मतलब के नहीं जाती।" कबीर रेड्डी ने रूखेपन में जवाब दिया।

"इसीलिए तो पूछ रही हूँ!"

"हमें खबर मिली है कि आपने किसी गुनहगार को छुपाकर रखा है!"

यह सुनकर मारिया थोड़ी घबरा सी गई, वह ज्योति को घूरकर देखने लगी, 'कहीं ज्योति ने 3 साल पहले हुए राकेश की मौत के बारे में पुलिस को खबर तो नहीं न कर दी!' यह सब सोचते हुए मारिया ने घबराकर पूछा, "किसको छुपाकर रखा है मैंने?"

"रिया को…"

"पहली बात मैंने रिया को कहीं नहीं छुपाया है और वह इस समय कहाँ पर है, मुझे यह तक मालूम नहीं। उसने क्या गुनाह कर दिया, जो पुलिस को यहाँ तक आना पड़ा?"

"गोवा शहर में सीरियल किलिंग के मामले बहुत आ रहे हैं, यह सीरियल किलर कोई और नहीं, बल्कि आपके आश्रम की ही लड़की रिया है; सीरियल किलर रिया है!"

अपने स्थान से उठते हुए मारिया ने घबराकर कहा, "यह आप क्या कह रहे हैं, आपको गलतफहमी हुई होगी! रिया कभी ऐसा कर ही नहीं सकती।"

"कर ही नहीं सकती! की है और बहुत साल पहले भी रिया ने एक और हत्या की थी।"

"मतलब!" मारिया के होंठ बिचकाए।

"कुछ साल पहले राकेश की मौत भी रिया के द्वारा हुई थी। वह तो आप थीं, जिन्होंने झूठे सबूत बनवाकर रिया को बचा लिया; पर शायद रिया अब नहीं बचेगी।"

मारिया ने ज्योति के तरफ बेबस होकर देखते हुए कहा, "आखिर तुमने बात छुपाई नहीं, सब बता दिया पुलिस को!"

मारिया के मुँह से यह शब्द सुनते ही ज्योति ने अपना सिर नीचे झुका लिया, फिर कबीर रेड्डी ने कहा, "आप भी एक गुनहगार हैं, आपने कानून के साथ खिलवाड़ किया है अतः थोड़ी सजा तो आपको भी मिलेगी।"

"मुझे जो सजा देनी है, वह मंजूर है, पर सीरियल किलर रिया है, मैं यह नहीं मान सकती।"

ज्योति ने मारिया की बातों से सहमत होते हुए अचानक कहा, "यही बात मैं भी कह रही हूँ, मारिया आंटी! पर कोई मेरी बातों का विश्वास ही नहीं कर रहा है।"

"देखिए सर! आप राकेश के कत्ल के मामले में हमें गिरफ्तार कर लीजिए, पर यह सब अफवाह है।"

"अफवाह नहीं, यह हकीकत है, मैडम!" रंजना ने कहा।

फिर कबीर रेड्डी ने धैर्य से इसके बारे में संक्षेप में समझाया कि किस तरीके से रिया इस कत्लेआम को मंजिल तक पहुँचा रही है, "रिया के वे टूटे हुए बाल, जो पोस्टमार्टम में प्राप्त हुए थे। ज्योति द्वारा दिया गया तितली आकार का लॉकेट और एक बड़ी बात—जिस जगह राकेश के गले पर निशान था, उसी जगह मारे गए सारे युवकों में उसी तरह का निशान पाया गया। इससे यह पता चलता है कि यह मर्डर रिया ने ही किया है। और जो लड़का अपने पार्टनर को धोखा देता है या उन्हें धोखा देने की योजना भी बनाता है, रिया ऐसे युवकों की तलाश में रहती है, उसे उस लड़के में एक राकेश नजर आता है, जिन कारणों से इस हत्या को रिया एक सीरियल किलर बनकर अंजाम दे

रही है। रिया एक मानसिक रोगी (साइको) हो गई है। अपमान और बेबसी ने उसे पागल बना दिया है। वह अच्छे और बुरे में फर्क नहीं कर पा रही। हमें आपकी मदद चाहिए, तभी हम रिया को पकड़ सकते हैं, वरना हमें मजबूरन उसे एनकाउंटर करना पड़ेगा।"

ए.सी.पी. कबीर रेड्डी की इस बयान और जो रिपोर्ट दिखाई, उससे साफ जाहिर होता था कि यह सीरियल किलर रिया ही है। इस रिपोर्ट व बयान को देखकर मारिया और ज्योति, दोनों सन्न रह गए। कुछ समय के लिए लगा जैसे उनके मुँह में बर्फ जम गए हों, उनके मुख से एक शब्द भी नहीं फूट रहे थे। लफ्जों के मोती मुँह में ही बिखर गए थे। पर इनके आँसू टूटे हुए मोती जैसे बहने लगे थे कि रिया इस कदर एक सीरियल किलर बन गई।

कबीर ने मारिया से कहा, "मुझे आपकी सख्त जरूरत है, कृपया हमारी मदद कीजिए।"

"कैसी मदद, सर?" बात बदलते हुए मारिया ने दोबारा कहा, "क्या रिया बच नहीं सकती?"

"हर बार भगवान् साथ नहीं देता, हमें उसे पकड़ना ही होगा। अभी भी उसने तीन युवकों को कहीं छुपाकर रखा है। वे किस हाल में होंगे, अभी तक खबर नहीं! अतः हमें गिरफ्तार करना ही होगा। हाँ, एक चीज है, उसे जल्द-से-जल्द किसी डॉक्टर के पास भेजकर इलाज करवाना पड़ेगा, और इस पूरे काम का जिम्मा पुलिस उठाएगी।"

"मेरी कैसे मदद चाहिए, सर?" निराश स्वर में मारिया ने पूछा।

"रिया का नंबर तो आपके पास होगा ही!"

"जी, नंबर तो है, पर रिया ने कहा है कि मुझे फोन मत करना। मैं खुद सामने से फोन करूँगी। मेरे पास जो नंबर है, वह एक साल पुराना है और वह नंबर रिया का है या नहीं, मुझे ठीक से मालूम नहीं।"

"ठीक है, आप उस नंबर से प्रयास कीजिए और एक बहाना बनाइए कि मेरी तबीयत बहुत खराब है, अतः रिया तुम्हें जल्द-से-जल्द आना होगा।

आपकी बातें सुनकर रिया जरूर आएगी।"

"जो इतने वर्षों तक मिलने नहीं आई, वह कैसे आ सकती है?"

"अच्छे वक्त में रिया न आए, पर बुरे वक्त में वह जरूर आएगी। वैसे भी आपने बचपन में उसे पाला-पोसा है; वह जरूर आएगी। बस, आप बहुत ज्यादा बीमार होने का नाटक करिए।"

इस बात के लिए मारिया मान गई और अनाथ आश्रम के लैंडलाइन फोन से रिया के नंबर पर फोन किया।

ट्रिंग···ट्रिंग···ट्रिंग···ट्रिंग···चार से पाँच रिंग बजने के बाद रिया ने फोन उठाया···

"हेलो मारिया···!" रिया की आवाज आई।

"मैं मारिया बोल रही हूँ।" मारिया ने कहा।

"कैसी हो मारिया?"

"मैं ठीक नहीं हूँ रिया! इसीलिए तो फोन किया।" मारिया ने झूठे बनावटी अंदाज में दबे स्वर में कहा।

"क्या हुआ मारिया···सब ठीक है न?" रिया ने हैरानी से पूछा।

"मेरी तबीयत हद से ज्यादा खराब है, रिया, तुम्हें जल्द-से-जल्द आना पड़ेगा। मैं तुम्हें आखिरी बार देखना चाहती हूँ।"

"ऐसा मत बोलिए, मारिया! मैं जल्द-से-जल्द आती हूँ।"

"क्या तुम इसी शहर में हो?"

"हाँ मारिया! आप फिकर मत कीजिए, मैं 20 मिनट में आ जाऊँगी।" यह कहते हुए रिया ने तुरंत फोन काट दिया।

रिया गोवा शहर में ही है यह बात सुनकर ज्योति और मारिया को पूरा यकीन हो गया कि यह सीरियल किलर कोई और नहीं, बल्कि हमारी रिया ही है।

तभी कबीर ने बाहर खड़े जावेद को फोन किया कि "होशियारी के

साथ खड़े रहना और अपनी पिस्तौल को छुपाकर रखना। रिया अनाथ आश्रम आनेवाली है। उसे जरा सी भी भनक नहीं पड़नी चाहिए कि हम पुलिस वाले हैं!"

जिस तरीके से ए.सी.पी. कबीर रेड्डी ने समझाया, उसी तरीके से अपने-अपने पिस्तौल छुपाकर किशन और जावेद बाहर तैनात हो गए।

रिया को आने में अभी 20 मिनट तक का समय लगेगा, तभी मारिया ने सभी के लिए चाय मँगवाई।

सभी लोग चाय की चुस्कियाँ लेने लगे, तभी मारिया ने ज्योति की हालत के तरफ देखते हुए कहा, "तुम कैसी हो, ज्योति? और तुम्हारा यह हाल कैसे हुआ? यह चोट कैसे लगी है तुमको? और पुलिस के साथ… ?"

"पुलिस को शक था कि सीरियल किलर मैं हूँ, इसीलिए मेरी इतनी धुलाई हुई।"

"तुम पर शक कैसे गया?"

"रिया के बर्थडे पर मैंने जो लॉकेट दिया था, वह मेरे नाम से था, और वही लॉकेट पुलिस को लाश के साथ प्राप्त हुआ, इसी कारण पुलिस को लगा कि मैं सीरियल किलर हूँ।" मारिया की बातों का ज्योति ने जवाब दिया।

चाय का कप नीचे रखते हुए कबीर रेड्डी ने सरल भाषा में कहा, "पुलिस को बहुत बड़ी गलतफहमी हो गई थी, इसके लिए पूरा डिपार्टमेंट शर्मिंदा है, मारियाजी!"

"गलतियाँ इनसान से ही होती हैं, पर यह एक लड़की है, ऐसी हालत नहीं करनी चाहिए।" ज्योति के हुलिया पर तरस खाते हुए मारिया ने कहा।

"अब मैं ठीक हूँ, मारिया आंटी। बस, मुझे रिया को एक बार देखना है।" यह कहते-कहते ज्योति की आँखों से आँसू छलक गए।

"जैसी तुम्हारी हालत है, ठीक उसी प्रकार मेरी भी है। न जाने कितने दिन गुजर गए, मैंने रिया को देखा ही नहीं! रिया को तुम्हारे हाथ की पनीर बहुत पसंद थी।"

"वह चली गई, वरना मैं हर रोज उसके लिए पनीर बनाती।"

"खैर, अब क्या फायदा ?"

मारिया व ज्योति आपस में बातें कर रहे थे और कबीर अपना रिवाल्वर निकालकर कुरसी के नीचे अपने हथेली पर रगड़ रहा था। कबीर ने अपने मन में ठान लिया था कि अगर रिया भागने की कोशिश करेगी तो मैं उसका तुरंत एनकाउंटर कर दूँगा, इसलिए वह अपने रिवाल्वर को फिट कर रहा था। एनकाउंटर करने की अनुमति कमिश्नर के द्वारा कबीर को कई दिन पहले ही मिल चुकी थी। इस कारण कबीर रेड्डी बेफिक्र था।

जिस तरीके से रिया ने हत्या की है, उसके लिए सरकार उसे फाँसी की सजा सुनाती। और कुछ दिन में चुनाव का दबाव भी आनेवाला था, इससे अच्छा था कि चुनाव के पहले ही केस को रफा-दफा कर दिया जाए। कबीर के मन में बार-बार खयाल आ रहा था कि क्यों न मैं रिया का एनकाउंटर कर दूँ, पर उसके मन में यह बात भी आ रही थी कि मैं ज्योति से वादा कर चुका हूँ कि रिया का एनकाउंटर नहीं करूँगा। कबीर के मन में घोड़ों की तरह कई सवाल दौड़ रहे थे। अंततः उसने यह निर्णय लिया कि मैं एनकाउंटर नहीं करूँगा, बल्कि रिया को गिरफ्तार करके उसे नियम के अनुसार सजा देंगे, वैसे भी रिया एक साइको है।

(समय 2:35 बजे)

ज्योति और मारिया लगभग 10 मिनट से बातचीत कर रहे थे, उसी दौरान ज्योति मारिया से वह सवाल करनेवाली थी, जो रहस्य से भरा पड़ा था। जो किसी ने कल्पना तक नहीं किया होगा, ऐसे रिया से जुड़े कुछ तथ्य बाहर निकलकर जगमगानेवाले थे तथा उस जगमगाहट से कबीर की जिंदगी में हमेशा के लिए अँधेरा आनेवाला था, और उसकी बेड़ियाँ कसकर कबीर को जकड़नेवाली थी। ज्योति ने चाय की अंतिम चुस्की लेकर चाय का कप मेज पर रखा और मारिया से सवाल किया। वह सवाल उसे करना चाहिए था या नहीं, पर वह सवाल कबीर की जिंदगी से उसी तरह जुड़ा था, जैसे सूर्य रोशनी

से, पत्ते डाली से, बुराई नफरत से, मुहब्बत किस्मत से, हवा साँसों से। ज्योति ने मारिया से सवाल पूछा, "मारिया आंटी! रिया अनाथ क्यों थी?"

मारिया ने साधारण तरीके से ज्योति के बातों का जवाब दिया, "रिया अनाथ कहाँ है, मैं उसकी माँ जैसी ही तो हूँ।"

"आप रिया की माँ ही हैं, इसमें कोई दो राय नहीं, पर रिया का कहना था कि उसने बचपन में ही अपने माँ-बाप को खो दिया था।"

"यह कहानी बहुत लंबी है, ज्योति!"

"रिया के आने में अभी समय है, फिलहाल आप उस कहानी को ही बता दीजिए।" रंजना ने कहा।

मारिया बड़ी धैर्य से वह बात बताने जा रही थी, जिससे कबीर का वर्षों का नाता इस धागे से जुड़ा था—यह बात कई वर्ष पुरानी है। मैं अनाथ आश्रम के कार्य से मुंबई गई थी। हालाँकि कार्य पूर्ण नहीं हुआ, पर बहुत दिनों के बाद बाहर जाने की वजह से मैंने सोचा कि क्यों न मैं 2 दिन तक मुंबई शहर घूम लूँ? मैंने 25/11 को दिनभर मुंबई शहर में मौज-मस्ती के साथ घूम लिया। मैंने मुंबई का कोना-कोना देखा, पर अभी भी मुझे अपना पसंदीदा 'ताज होटल' देखना बाकी था, अत: अगले दिन 26/11 को लगभग शाम के समय ताज होटल के लिए निकल गई। मैंने सोचा कि आज रात का भोजन ताज होटल में ही करूँगी। पर वहाँ जाकर मुझे ऐसे स्थल देखने पड़े, जिसकी मैंने सपने में भी कल्पना नहीं की थी।

26/11 की शाम जब मैं ताज होटल पहुँची तो पता चला कि यहाँ विदेश से कुछ स्पेशल गेस्ट आए हैं, इस कारण मुझे ताज होटल में प्रवेश नहीं मिला। फिर ताज होटल के समीप ही बाथरूम था, जहाँ मैं बाथरूम करने चली गई।

कुछ क्षण बाद मुझे अचानक बंदूकों से ताबड़तोड़ गोली चलने की आवाज सुनाई पड़ी। मैं पल भर के लिए डर सी गई। फिर मेरे मन में खयाल आया कि शायद स्पेशल गेस्ट के स्वागत में गोलियों की बरसात हो रही है, पर मैं गलत थी। जैसे ही मैंने बाथरूम का दरवाजा खोला तो देखा कि बाहर

अफरा-तफरी मची है, लोगों के चिल्लाने की तेज आवाज मेरे कानों में पड़ रही थी।

लोग इधर-उधर भाग रहे थे। उस डरावनी चीख से मैं बिल्कुल डर गई थी। मेरी साँसें रुक-रुककर चलने लगीं, क्योंकि कुछ लोग बड़ी-बड़ी बंदूकों से ताज होटल के अंदर व बाहर ताबड़तोड़ गोलियाँ बरसा रहे थे। तभी न जाने कहाँ से उसी भीड़ में भागते हुए एक नन्ही सी गुड़िया नजर आई, जो लाल ड्रेस में बिल्कुल परी-सी लग रही थी। वह भागते हुए मेरी तरफ आ रही थी। उसके चेहरे पर खून के छींटे पड़े थे। वह कोई और नहीं, बल्कि रिया थी।

रिया को इस हालत में देख मैं तुरंत बाथरूम से निकली और उसे गोद में लेकर दोबारा बाथरूम में छुप गई। इतनी प्यारी व मासूम बच्ची थी कि वह बस पापा-मम्मी चिल्ला रही थी। मैंने उसे चुप्पी साधने के लिए कहा तो वह बिल्कुल चुप हो गई। और कुछ पल के बाद रिया मेरी गोद में ही बेहोश हो गई।

मैं 4 घंटे तक रिया को लेकर उस बाथरूम में पड़ी रही और जब मुझे मामला कुछ शांत लगा तो मैं चुपके से रिया को लेकर वहाँ से हॉस्पिटल निकल गई। डॉक्टर ने कहा कि ज्यादा डरने की वजह से यह बच्ची थोड़ी कमजोर सी हो गई है, इसी कारण से यह बेहोश हो गई। डॉक्टर को दिखाने के बाद मैं रिया को तुरंत उस होटल में ले आई, जहाँ मैं ठहरी थी।

इसके अगले ही दिन मैं घटनास्थल पर भागते हुए गई, उसके माता-पिता के बारे में पूछा, तो मुझे जवाब मिला कि इसके माता-पिता 26/11 आतंकी हमले में मारे जा चुके हैं। मैंने रिया के माता-पिता का शव भी देखा। मैं कई दिनों तक रिया से पूछती रही कि तुम्हारा घर कहाँ है? तुम्हारे और कौन हैं? उसने कोई जवाब नहीं दिया। अब मुझे पता चल गया था कि रिया अनाथ हो गई है।

मैं वहाँ से रिया को अपने साथ लेकर गोवा आ गई। उसका पालन-

पोषण किया। रिया को सँभालना हद से ज्यादा मुश्किल था। किस तरीके से मैंने उसे सँभाला है, मैं ही जानती हूँ। रिया इतनी डरी हुई थी कि कुछ वर्षों तक वह अँधेरों से भी डरती थी। रिया के डरने की वजह से इस आश्रम में कभी अँधेरा नहीं होता था। और बदकिस्मती से जब भी बिजली चली जाती तो मैं रिया को अपने पास सीने से लगाकर सुला देती। मेरे हर कोने में रिया के लिए रोशनी है, मेरी रिया के लिए जगह है। पुलिस उसके बारे में क्या सोचती है, क्या नहीं, मुझे फर्क नहीं पड़ता। बस, मैं इतना कहना चाहूँगी कि रिया बुरी लड़की अपने हालातों से बनी है, अपने अकेलेपन से बनी है, अपने दुःखों से बनी है, भगवान् द्वारा की गई साजिशों से बनी है, अपनी खराब किस्मत से बनी है।

मारिया द्वारा बताई गई कहानी सुनकर ज्योति और रंजना की आँखों से आँसू छलकने लगे, पर कबीर की जैसे पूरी दुनिया ही पलट गई। कबीर ने कल्पना तक नहीं की थी कि इस तरह की घटना से उसका पाला भी पड़ेगा।

कबीर अपनी जगह से खड़ा हो गया। उसके आँसू झरने की तरह बहने लगे। उसके हाथ से पिस्तौल फिसलकर जमीन पर गिर गए। उसे देखकर ऐसा लगता था कि वह खड़े-खड़े ही मर जाएगा। उसके आँसुओं की बारिश इस कदर थी कि कोई भी देखकर चौंक जाए। उसके हाथ-पाँव काँप रहे थे।

ए.सी.पी. कबीर रेड्डी की यह हालत देखकर ज्योति, रंजना और मारिया पल भर के लिए सहम से गए। कबीर रेड्डी की यह हालत देखकर ज्योति अपने स्थान से उठी और कबीर के कंधों पर हाथ रखते हुए हैरानी से पूछा, "अचानक आपको क्या हुआ, सर? आप इतना क्यों रो रहे हैं?"

कबीर रेड्डी रोते हुए लड़खड़ाते आवाज में कहा, "रिया···रिया···रिया··· रिया···मेरी रिया···! कबीर की आवाज ठीक से निकल भी नहीं रही थी।

मारिया भी कबीर की यह हालत देखकर कुछ समझ नहीं पा रही थी। कबीर रेड्डी इस तरीके से रो रहा था कि जैसे उसके प्राण निकल जाएँगे। बड़ी मशक्कत के बाद कबीर रेड्डी को रंजना, मारिया और ज्योति, तीनों

मिलकर कुरसी पर बैठाया, फिर भी उसका रोना बंद ही नहीं हो रहा था। वह अपना मुख आसमान की तरफ करके जोर-जोर से रोते हुए अत्यंत दुःख के साथ कहा, "भगवान् ने ऐसा क्यों किया मेरे साथ? मेरी रिया जिंदा थी और मुझे खबर तक नहीं! मेरी गुड़िया, मेरी प्यारी बहन रिया कितने दुःख के साथ अपनी जिंदगी व्यतीत की है। इतने वर्षों से मैं अपनी रिया से दूर क्यों था?"

कबीर के मुँह से जैसे ही यह बात निकली कि रिया कोई और नहीं, मेरी बहन है, तो यह सुनकर मारिया ज्योति और रंजना—तीनों हैरान हो गए।

ज्योति ने कबीर का हाथ पकड़कर रोते हुए पूछा, "क्या रिया आपकी बहन है?"

कबीर ने रोते हुए कहा, "26/11 के आतंकी हमले के दौरान मेरे माता-पिता की मृत्यु हो गई थी, उस घटना में केवल मैं ही बचा था। जब हम ताज होटल के हॉल में थे, तभी ताबड़तोड़ गोलियाँ चलने लगीं, हम इधर-उधर भागने लगे, इस बीच न जाने कब मेरा हाथ रिया के हाथ से छूट गया और वह मुझसे दूर हो गई। उस दिन के बाद हमें ताज होटल के फर्स्ट फ्लोर पर एक लाश मिली। उसकी कद-काठी बिल्कुल रिया जैसी थी, यह देख मामाजी ने मान लिया कि रिया मर गई। फिर भी मैं कई दिनों तक रिया को ढूँढ़ता रहा, पर वह कहीं नहीं मिली, फिर इसे मैंने भी सच मान लिया। और देखो, मेरी बहन जिंदा है, मैं उसे कई वर्षों के बाद देखूँगा। बचपन में मैं उसके लिए चॉकलेट लाता था, उसे किटकैट चॉकलेट बहुत पसंद है। उसकी आँखें बिल्कुल मेरी जैसी छोटी-छोटी हैं। वह बचपन में बहुत शरारत करती थी। मेरी बहन बहुत बढ़िया पेंटिंग बनाती है, सच कह रहा हूँ, आप मेरा यकीन कीजिए। पिताजी कहते थे कि रिया मुझसे भी ज्यादा होशियार है।"

कबीर रोते-रोते न जाने क्या-क्या बड़बड़ाने लगा।

"सर, आप अपने आपको सँभालिए, शांत हो जाइए।"

कबीर रेड्डी बौखलाकर बस बोलते ही जा रहा था, "रिया बेकसूर है, सारी गलती राकेश की है, मैं उसे छोड़ूँगा नहीं। मेरी रिया बेकसूर है। मैं पुलिस

की नौकरी छोड़ दूँगा। मैं अपनी रिया को बहुत बड़े डॉक्टर के पास लेकर जाऊँगा। और देखना, वह बहुत जल्द ठीक हो जाएगी। उसने कुछ नहीं किया, रिया ऐसा कर ही नहीं सकती!"

कबीर रेड्डी बौखला कर पागलों जैसी बातें करने लगा। उसे सँभालना हद से ज्यादा मुश्किल होते जा रहा था। तभी ज्योति ने समझाते हुए कहा, "आपकी रिया को कुछ नहीं होगा। वह आपकी बहन तो है ही, साथ ही हमारी भी बहन है; हम उसे कुछ नहीं होने देंगे।"

"हाँ कबीर! हम उसे कुछ नहीं होने देंगे, बस तुम अपने आपको सँभालो।" मारिया ने कहा।

"आप धीरज रखिए, सर! रिया को कुछ नहीं होगा। यह बात इस कमरे से बाहर नहीं जाएगी। आप चिंता मत कीजिए, मैं भी किसी से कुछ नहीं कहूँगी। मैं आपके साथ हूँ।" रंजना ने भरोसा देते हुए कहा।

अपने आँसू पोंछते हुए कबीर ने मारिया से सवाल किया, "रिया अभी भी उतनी खूबसूरत है, जितनी बचपन में थी? मारिया, बताओ न प्लीज…!"

"अब उससे भी खूबसूरत हो गई है तुम्हारी बहन! और तुमने सच कहा, उसकी आँखें बिल्कुल तुम्हारे जैसी हैं।"

"मैं आपका शुक्रगुजार हूँ, मारियाजी! मैंने गलती से अगर आपको कुछ कह दिया हो तो मुझे माफ करना! मैं आपके एहसानों का बदला कभी नहीं चुका सकता, आपने रिया को एक माँ बनकर सँभाला है।"

"यह मेरा फर्ज है, बेटा!"

"अभी देखना, मेरी बहन आएगी तो मुझे बहुत डाँटेगी।"

कबीर फिर से बड़बड़ाने लगा। ज्योति और रंजना बड़ी मशक्कत के बाद कबीर को शांत किया और उसे पानी पिलाया। कबीर की हरकतें इस प्रकार हो गई थीं कि वह क्या कह रहा है, उसे खुद समझ नहीं आ रहा था। रिया जिंदा है, सही–सलामत है, इस खुशी में कबीर अपने आपको रोक नहीं पा रहा था।

पल भर में कबीर के पास इतनी सारी खुशियों ने दस्तक दे दी कि कबीर अपने आपको रोक नहीं पा रहा था। जो शख्स जिंदगी भर खुशियों का मोहताज रहा, उसके दरवाजे पर एक साथ बेपनाह खुशियों ने दस्तक दे दी।

कबीर अपने बहन से बेपनाह मुहब्बत करता था। बचपन में उसे जरा सी भी तकलीफ होती थी तो उसकी रूह काँप जाती थी, फिर अब तो रिया कबीर से रू-ब-रू होगी। कबीर रेड्डी हद से ज्यादा खुश हो रहा था कि मेरी रिया जिंदा है। कबीर रेड्डी ने यह सच मान लिया था कि 26/11 के हमले में उसके माता-पिता के साथ रिया भी चल बसी। पर खुशकिस्मती से रिया बच गई।

कबीर रेड्डी एक ए.सी.पी. था, पर वह पल भर में भूल गया कि रिया एक मुजरिम है, बल्कि अपने को पाकर वह पुलिस की नौकरी छोड़ देगा, यहाँ तक कहा। इससे पता चला कि कबीर अपनी बहन से कितना प्यार करता है। कबीर के जीवन में आशा की किरण जगी। 15 वर्षों के पश्चात् कबीर अपनी बहन से मिलनेवाला था।

कबीर की हालत देखकर पल भर के लिए मारिया, ज्योति और रंजना डर सी गई। पर इन सबको भगवान् का चमत्कार देखने को मिला। जिस सीरियल किलर को कबीर गंभीरता से गिरफ्तार करने आया था, वह सीरियल किलर कोई और नहीं, बल्कि उसकी खुद की बहन रिया निकली। इस घटना को क्या कहें, यह भगवान् का चमत्कार ही तो है।

पर भगवान् का इससे भी बड़ा चमत्कार उस समय बाहर आया।

(2:35 बजे बाहर की स्थिति)

2:35 बजे कमिश्नर साहब का फोन जावेद के फोन पर एक गलत निर्णय लेकर आया।

जब कमिश्नर साहब का फोन आया तो जावेद दबे स्वर में कहा, "जय हिंद सर!"

"जय हिंद!" कमिश्नर ने तीव्र स्वर में कहा, "कबीर रेड्डी फोन क्यों नहीं उठा रहा है?"

"ए.सी.पी. सर अंदर पूछताछ कर रहे हैं।"

"तुम कहाँ हो?"

"हमें और किशन को गेट पर रहने के लिए स्पेशल तैनात किया है, सीरियल किलर अभी 5 मिनट में आने वाली है, लगभग आने ही वाली होगी, सर!"

"सीरियल किलर आनेवाली है और तुम सब गेट पर उसका स्वागत करने के लिए खड़े हो!"

"ए.सी.पी. सर ने कहा है।"

"गेट पर कबीर रेड्डी को रहना चाहिए। जब हमें सीरियल किलर मिल चुकी है तो एनकाउंटर करके इस केस को तुरंत रफा-दफा करना चाहिए। पूछताछ करने का क्या मतलब? हमें जल्दी से इस केस को खत्म करना है!"

"ए.सी.पी. सर का कहना है कि हम इस सीरियल किलर का एनकाउंटर नहीं करेंगे।"

"क्यों? यह सीरियल किलर तुम लोग की बहन लगती है क्या?" झल्लाते हुए कमिश्नर साहब बोले।

"नहीं सर, इस सीरियल किलर कि जिंदगी बहुत ही उतार-चढ़ाव से भरी पड़ी है। इस सीरियल किलर की मानसिक संतुलन ठीक नहीं है, इसलिए वह ऐसी घटना को अंजाम दे रही है। इस सीरियल किलर को डॉक्टर के इलाज द्वारा ठीक किया जा सकता है।"

"सीरियल किलर के चक्कर में न जाने कितने केस वैसे-के-वैसे पड़े हुए हैं, अब तुम लोग को लगता है कि हमें उसकी चिकित्सा करानी चाहिए, उसकी देख-रेख करनी चाहिए और जब वह ठीक हो जाए तो उसे टाटा, बाय-बाय! करना चाहिए, तुम सबका दिमाग सठिया गया है।"

"पर...सर...!" जैसे ही जावेद अगला शब्द कहने जा रहा था कि तभी जावेद की बात काटकर कमिश्नर साहब ने आदेश देते हुए कहा, "मैं तुम्हें आदेश देता हूँ कि तुम उसे आते ही एनकाउंटर कर देना!"

"मैं··· ?" हिचकिचाते हुए जावेद ने पूछा।

"हाँ, तुम! क्यों, तुम्हारे बस की बात नहीं है ?"

"ए.सी.पी. सर··· !"

"मैंने तुम्हें आदेश दिया, वही करो! मैं कमिश्नर हूँ, कोई ए.सी.पी. नहीं।"

"ठीक है, सर! जैसा आप कहें।" जावेद कमिश्नर साहब के आदेशों का पालन करते हुए यह ठान लिया कि मैं रिया का एनकाउंटर करूँगा। बस, इंतजार था तो रिया के अनाथ आश्रम आने का।

इधर जावेद को रिया का एनकाउंटर करने का आदेश मिला, उधर उसी समय कबीर रेड्डी को पता चला कि रिया कोई और नहीं, बल्कि मेरी ही बहन है। इधर किशन और जावेद, दोनों अपने-अपने बंदूक हाथों में सख्ती से पकड़कर खड़े थे, ताकि जैसे ही रिया आश्रम में प्रवेश करे, वैसे ही वे उसका एनकाउंटर करें। यह एनकाउंटर जावेद की जिंदगी का पहला एनकाउंटर था। जावेद की इच्छा न होने के बाद भी उसे यह एनकाउंटर करना ही था।

जिस समय कमिश्नर ने आदेश दिया, उसी समय कबीर रेड्डी का रो-रोकर बुरा हाल था। मारिया के केबिन में बैठे कबीर बेसब्री से अपनी बहन रिया का इंतजार कर रहा था और बाहर उसी समय एनकाउंटर करने का आदेश मिला। अब वह घड़ी आ गई, जब रिया आश्रम में प्रवेश लेनेवाली थी। रिया ने एक हरे रंग के रिक्शे में गेट पर प्रवेश किया। उसने काले रंग का जींस और मैरून रंग का सूट पहन रखी थी, हाथ में एक छोटा सा बैग लिया हुआ था, मध्यम कद-काठी और पहनावा साधारण सा था। रिक्शेवाले को पैसा देकर रिया अपने कदम धीरे-धीरे आश्रम की ओर बढ़ा रही थी। जावेद ने गेट पर खड़े सिक्योरिटी गार्ड से धीरे से पूछा, "क्या यही रिया है ?"

"हाँ साहिबजी! यही रिया है।"

10 गज की दूरी पर खड़ा जावेद ने पिस्तौल निकालकर आव देखा न

ताव और उसने पिस्तौल के घोड़े को दबा दिया। पिस्तौल से निकली गोली सनसनाती हुई रिया की खोपड़ी को सीधे आर-पार करके निकल गई।

अचानक गोली की आवाज सुनते ही मारिया, ज्योति, रंजना और कबीर रेड्डी सहित सभी बाहर आए। बाहर आते ही उन्होंने देखा कि रिया अपने दोनों हाथ हवा में तैराते हुए जमीन पर धड़ाम से गिरी और उसके सिर से खून की धार जमीन पर बह रही थी। रिया की यह हालत देखकर मारिया ने चिल्लाया, "रिया··· !" जैसे ही कबीर को पता चला कि यह लड़की रिया है, वह तेजी से रिया की तरफ दौड़ा, उसके पीछे मारिया, ज्योति और रंजना, तीनों दौड़ पड़े।

रिया की यह हालत देखकर कबीर के हाथ-पाँव काँपने लगे। उसने तुरंत जमीन पर लेटकर रिया को अपनी गोद में लिया और रोते हुए बेहद बेचैनी से कहने लगा, "रिया, तुम्हें कुछ नहीं होगा···देखो, मैं आ गया हूँ···तुम्हारा भाई अभी भी जिंदा है। किसने मेरी रिया का यह हाल किया?··· जल्दी से कोई एंबुलेंस बुलाओ! देखो, मेरी रिया के सिर से खून निकल रहा है···कबीर का संतुलन बिगड़ते जा रहा था, साथ ही मारिया, रंजना और ज्योति का रो-रोकर बुरा हाल था, क्योंकि रिया मर चुकी थी।

कबीर रेड्डी अपनी वरदी निकालकर रिया के सिर को बाँधने लगा, ताकि उसके सिर से खून न निकले, पर जावेद के पिस्तौल से निकली गोलियाँ रिया की जान ले चुकी थी। रिया एक लाश की तरह अपने भाई कबीर के गोद में पड़ी हुई थी।

किस्मत की बात देखो, रिया 15 साल से कबीर से दूर थी और अब इतनी दूर निकल गई कि शायद यमराज भी चाहे तो उसे वापस नहीं ला सकता। इसे खराब किस्मत कहेंगे या इत्तेफाक, शायद इसे बयाँ नहीं कर सकते!

कबीर रेड्डी की यह हालत देखकर जावेद और किशन को कुछ समझ नहीं आ रहा था, फिर उन्हें इस बात की खबर हुई कि यह सीरियल किलर कोई और नहीं, बल्कि ए.सी.पी. कबीर रेड्डी की बहन है। पर जावेद भी अपने फर्ज के आगे मजबूर था। रिया की मौत कबीर के गोद में होने की वजह

से कबीर को बरदाश्त नहीं हुआ और वह रिया को अपनी गोद में लिये खुद भी रिया के साथ ही अपने माता-पिता के पास चला गया। रिया ने कबीर के गोद में दम तोड़ा और कबीर ने रिया को गोद में लेकर दम तोड़ा। उस दिन सारी कहानियों ने उन दोनों के साथ ही दम तोड़ दिया।

□

14

कबीर और रिया की जिंदगी उतार-चढ़ाव भरी थी, जिसमें इतने कोण बने कि इस घटना के दस्तावेज को ज्योति ने एक उपन्यास का रूप दिया।

मारिया रिया की याद में अनाथ आश्रम का नाम 'रिया' रखा, ताकि रिया हमेशा उसकी यादों में जिंदा रहे।

कुछ साल बाद ज्योति द्वारा लिखा गया उपन्यास, जो कबीर और रिया के जीवन की कहानी थी, वह 'World Biggest Strange Story' के नाम से प्रकाशित हुई।

देखते-ही-देखते रिया और कबीर के जीवन पर आधारित इस उपन्यास को पूरी दुनिया में खूब सारा प्यार मिला। इस उपन्यास ने ज्योति को इस देश का बहुत बड़ा लेखक बना दिया।

एक इंटरव्यू में ज्योति से एक रिपोर्टर ने पूछा, "आपने एक सीरियल किलर के ऊपर कहानी लिखिए, जो आपने खुद इसे महसूस किया है। आप इस सीरियल किलर पर क्या प्रतिक्रिया देना चाहेंगी?"

"देखिए! जन्म से कोई सीरियल किलर नहीं होता है, वह समाज के द्वारा मानसिक रूप से प्रताड़ित होता है। हम हमेशा किसी को कुछ भी कह देते हैं, पर उस बात से सामनेवाले की जिंदगी पर क्या प्रभाव पड़ता है, यह हम नहीं जानते और शायद जानने की कोशिश भी नहीं करते; पर वे शब्द किसी की जिंदगी के मायने बदल के रख देते हैं।"

"तो आपका कहना है कि रिया एक सीरियल किलर नहीं थी?"

"कोई जन्म से सीरियल किलर नहीं होता है, यह बात मैं पहले ही बता चुकी हूँ और रही बात जिंदगी की तो कुछ अस्थिरता इनसान को अवसादग्रस्त (डिप्रेशन में) कर देता है। यदि आप भी मानसिक रूप से बीमार हैं तो आप भी इस तरीके की हरकत कर सकते हैं। कानूनन यह एक अपराध (क्राइम) तो है ही, पर मेरी नजर में यह एक बीमारी है।"

"सीरियल किलर कोई जन्म से नहीं होता, यह आप इतने दावे के साथ कैसे कह सकती हैं?"

"रिया जैसी एक सीधी-सादी लड़की जब एक सीरियल किलर बन सकती है तो हर कोई बन सकता है। डब्ल्यू.एच.ओ. के शोध के अनुसार, हर पाँच में से एक इनसान मानसिक रूप से ग्रस्त है। हमें जरूरत है तो अपनी जीवनशैली को बदलने की। लोगों से घृणा की जगह प्यार करने की, लोगों को समझने की। हम अपनी जिंदगी के खुद ही मालिक हैं। इन मालकियत को प्राकृतिक रूप से समझने की आवश्यकता है।"

□□□